VALSEZ,
POUFFIASSES

DU MÊME AUTEUR

Dans la même collection :

Laissez tomber la fille.
Les souris ont la peau tendre.
Mes hommages à la donzelle.
Du plomb dans les tripes.
Des dragées sans baptême.
Des clientes pour la morgue.
Descendez-le à la prochaine.
Passez-moi la Joconde.
Sérénade pour une souris défunte.
Rue des Macchabées.
Bas les pattes.
Deuil express.
J'ai bien l'honneur de vous buter.
C'est mort et ça ne sait pas.
Messieurs les hommes.
Du mouron à se faire.
Le fil à couper le beurre.
Fais gaffe à tes os.
A tue... et à toi.
Ça tourne au vinaigre.
Les doigts dans le nez.
Au suivant de ces messieurs.
Des gueules d'enterrement.
Les anges se font plumer.
La tombola des voyous.
J'ai peur des mouches.
Le secret de Polichinelle.
Du poulet au menu.
Tu vas trinquer, San-Antonio.
En long, en large et en travers.
La vérité en salade.
Prenez-en de la graine.
On t'enverra du monde.
San-Antonio met le paquet.
Entre la vie et la morgue.
Tout le plaisir est pour moi.
Du sirop pour les guêpes.
Du brut pour les brutes.

J'suis comme ça.
San-Antonio renvoie la balle.
Berceuse pour Bérurier.
Ne mangez pas la consigne.
La fin des haricots.
Y a bon, San-Antonio.
De « A » jusqu'à « Z ».
San-Antonio chez les Mac.
Fleur de nave vinaigrette.
Ménage tes méninges.
Le loup habillé en grand-mère.
San-Antonio chez les « gones ».
San-Antonio polka.
En peignant la girafe.
Le coup du père François.
Le gala des emplumés.
Votez Bérurier.
Bérurier au sérail.
La rate au court-bouillon.
Vas-y Béru !
Tango chinetoque.
Salut, mon pope !
Mange et tais-toi.
Faut être logique.
Y a de l'action !
Béru contre San-Antonio.
L'archipel des Malotrus.
Zéro pour la question.
Bravo, docteur Béru.
Viva Bertaga.
Un éléphant, ça trompe.
Faut-il vous l'envelopper ?
En avant la moujik.
Ma langue au Chah.
Ça mange pas de pain.
N'en jetez plus !
Moi, vous me connaissez ?
Emballage cadeau.
Appelez-moi, chérie.

T'es beau, tu sais !
Ça ne s'invente pas.
J'ai essayé : on peut !
Un os dans la noce.
Les prédictions de Nostrabérus.
Mets ton doigt où j'ai mon doigt.
Si, signore.
Maman, les petits bateaux.
La vie privée de Walter Klozett.
Dis bonjour à la dame.
Certaines l'aiment chauve.
Concerto pour porte-jarretelles.
Sucette boulevard.
Remets ton slip, gondolier.
Chérie, passe-moi tes microbes !
Une banane dans l'oreille.
Hue, dada !
Vol au-dessus d'un lit de cocu.
Si ma tante en avait.
Fais-moi des choses.
Viens avec ton cierge.
Mon culte sur la commode.
Tire-m'en deux, c'est pour offrir.
A prendre ou à lécher.
Baise-ball à La Baule.
Meurs pas, on a du monde.
Tarte à la crème story.
On liquide et on s'en va.
Champagne pour tout le monde !
Réglez-lui son compte !
La pute enchantée.
Bouge ton pied que je voie la mer.
L'année de la moule.
Du bois dont on fait les pipes.
Va donc m'attendre chez Plu-
meau.
Morpions Circus.
Remouille-moi la compresse.
Si maman me voyait !
Des gonzesses comme s'il en
pleuvait.
Les deux oreilles et la queue.
Pleins feux sur le tutu.
Laissez pousser les asperges.
Poison d'Avril, ou la vie sexuelle
de Lili Pute.

Bacchanale chez la mère Tatzi.
Dégustez, gourmandes !
Plein les moustaches.
Après vous s'il en reste, Monsieur
le Président.
Chauds, les lapins !
Alice au pays des merguez.
Fais pas dans le porno...
La fête des paires.
Le casse de l'oncle Tom.
Bons baisers où tu sais.
Le trouillomètre à zéro.
Circulez ! Y a rien à voir.
Galantine de volaille pour dames
frivoles.
Les morues se dessalent.
Ça baigne dans le béton.
Baisse la pression, tu me les gon-
fles !
Renifle, c'est de la vraie.
Le cri du morpion.
Papa, achète-moi une pute.
Ma cavale au Canada.

Hors série :

L'Histoire de France.
Le standinge.
Béru et ces dames.
Les vacances de Bérurier.
Béru-Béru.
La sexualité.
Les Con.
Si « Queue-d'âne » m'était conté.
Les confessions de l'Ange noir.
Y a-t-il un Français dans la salle ?
Les clés du pouvoir sont dans la
boîte à gants.
Les aventures galantes de Béru-
rier.
Faut-il tuer les petits garçons qui
ont les mains sur les hanches ?
La vieille qui marchait dans la
mer.

Œuvres complètes :

Vingt-deux tomes déjà parus.

SAN-ANTONIO

VALSEZ, POUFFIASSES

ROMAN TYPIQUEMENT POLICIER,
MAIS ABSOLUMENT IRREMPLAÇABLE

FLEUVE NOIR

6, rue Garancière - Paris VIᵉ

© 1989, « Éditions Fleuve Noir », Paris.

ISBN 2-265-04184-X
ISSN 0768-1658

Il n'est pas important qu'on voie ton cul si l'on ne voit pas en même temps ton visage.

San-Antonio

CHAPITRE I

OFFRES DE SERVICES

Précédé d'un employé de la banque, M. Jean Bonblanc descend à la salle des coffres.

Étant gros et sexagénaire, il a les jambes écartées et se déplace avec une certaine lenteur, comme s'il craignait de louper une marche. Il a la silhouette d'Obélix et la tête de Boubouroche. Tu dirais un vieux cocu professionnel ; le genre patron bon enfant qui comble de cadeaux ses employées du beau sexe, pour peu qu'elles consentent à lui prêter le leur.

Une fois le sol carrelé atteint, il marque un temps d'arrêt, content de l'avoir bien descendu. Le remonter sera plus fatigant mais moins dangereux. Il sort son vaste mouchoir de sa poche, le déploie, donne un grand coup de trompette dedans, le roule minutieusement avant de le remettre en place.

Le préposé aux coffiots est déjà devant la porte blindée du 178. Il glisse dans la serrure inférieure la clé détenue par la banque et tend la main à M. Bonblanc pour qu'il lui remette la sienne propre. Il n'est pas forcé de déponner les deux, mais c'est un employé obligeant. Lorsque la seconde carouble a rempli son office, il murmure à son client le nom d'un ancien Premier ministre japonais :

— Nakasoné !

Puis se retire silencieusement au-delà des grilles rébarbatives afin de gagner un bureau discret sur lequel il fait des mots croisés de force 5 sur l'échelle de Favalleli.

M. Jean Bonblanc ouvre la porte du C.F. (c'est ainsi qu'on appelle la chose en milieu bancaire). Il s'agit d'un coffre important, gabarit travailleur de force. Il comprend une partie inférieure dégagée, dans laquelle Bonblanc conserve un Gauguin, peint par un faussaire réputé, un Modigliani sans signature, un Corot de l'époque merdique et trois Yves Brayer authentiques. Au-dessus se trouvent deux étagères robustes. L'une supporte cent vingt-six lingots d'or de un kilo chacun et une boîte à chaussures bourrée de billets de mille dollars ; l'autre donne asile à des dossiers, porte-documents, chemises en tout genre. C'est l'une de ces dernières que Jean Bonblanc est venu chercher. Il en a besoin pour étudier un remaniement de l'une de ses sociétés.

Comme il tend sa main potelée, tavelée, manucurée, poilée de roux pâle, il stoppe son geste, abasourdi par la vue d'une enveloppe blanche, format demi commercial, sur laquelle on a écrit son prénom et son initiale patronymique en caractères dits bâton.

Cette chose banale le terrifie. En effet, il est certain, absolument certain, de ne l'avoir pas déposée en ce coffre *qu'il est seul à avoir le droit d'ouvrir*.

Une sorte de plainte sourde part de sa bedaine, suivie d'un projet de sanglot qui s'achève en ridicule couac. Cette enveloppe blanche constitue une faillite de la société au milieu de laquelle il se débat depuis plus d'un demi-siècle. Car, *quelqu'un* d'autre que lui l'a mise là. *Quelqu'un* qui, donc, peut avoir accès à ce coffre inexpugnable. Il a un réflexe d'horreur pour appeler au secours. Se ravise in extremis.

Il décachette l'enveloppe et en retire un feuillet couvert de mots tracés également en écriture bâton. Il lit :

Cher Monsieur Bonblanc,

Je suis représentant en meurtres et je me permets de vous adresser mes offres de services, certaines particularités de votre existence me donnant à penser qu'elles vous seraient utiles. Par mon intermédiaire vous avez toutes les garanties souhaitables : sécurité, discrétion, honnêteté (le fait que j'aie accès à ce coffre sans y dérober quoi que ce soit vous le prouve).

Je vous laisse une période de réflexion et me permettrai ensuite de vous téléphoner où vous savez afin de connaître vos intentions et de prendre éventuellement certains arrangements avec vous.

Veuillez croire, je vous prie, en mes sentiments dévoués.

D.C.D.
Agent général du Comité des Deuils.

L'incrédulité, l'effarement, la stupeur de M. Jean Bonblanc sont indicibles. Il relit le message un nombre incalculable de fois, puis finit par le plier en deux pour le serrer dans sa poche intérieure où somnole un portefeuille aussi dodu que lui.

Au bout d'un instant d'égarement, il presse le timbre d'appel et le préposé surgit.

Pendant que ce dernier reverrouille la porte, Bonblanc murmure :

— Vous croyez qu'ils sont vraiment inviolables, vos coffres ?

L'interpellé pouffe :

— Il faudrait un fameux matériel pour les forcer !

— Sauf à avoir la clé ? objecte Bonblanc dans un parler qui ne s'est jamais défait d'expressions rurales.

— Si nous prenons l'exemple de celui-ci, votre clé n'y suffirait pas : il faut votre présence puisque vous n'avez donné de procuration à personne.

— Quelqu'un pourrait se faire passer pour moi !

L'autre le regarde et son humeur farceuse s'accroît.

— Voyons, je suis physionomiste et mon collègue Margineau l'est autant que moi.

Le gros sexagénaire est sur le point de s'écrier : « Mais, bordel, quelqu'un l'a bel et bien ouverte, cette putain de porte, la preuve ! » Une fois de plus, il se contient.

— Admettons qu'on me vole ma clé ou qu'on en fasse un double, qu'on vienne ici de nuit, qu'on...

« Con toi-même ! » pense l'employé dont Bonblanc casse un tantinet les couilles avec sa crainte insensée d'être volé.

— Non, monsieur Bonblanc, non, non, non, rassure-t-il ; la nuit les signaux d'alarme sont en place, les grilles verrouillées. Avez-vous vu l'épaisseur de la porte qui ferme cette salle ? Commandée électroniquement de surcroît. Vous pouvez dormir sur vos deux oreilles.

Le gros mec n'insiste pas. D'ailleurs, il est l'heure de son rendez-vous au salon de massage Gladys (l'un de ses points de chute clandestins, où on lui trévulse les roupettes et gnognote le gouzigouzou de première).

Il remonte, lent et pensif, en se récitant les termes du message qu'il a en fouille. Drôle d'affaire ! S'il était raisonnable, il devrait se rendre de ce pas à la police pour raconter sa mésaventure. Oui, mais à qui ? C'est quoi, au fait, la police ? Pour un truc aussi peu banal, tu vas frapper à quelle porte ? Celle du commissariat du coin où un agent bas de képi va te prendre pour un zozo ? Celle de la P.J. où tu ne trouveras personne qui veuille t'entendre bonnir une calembredaine aussi farfadingue ?

Il gamberge, Jean Bonblanc. Il se sent dérangé, menacé. C'est pas tolérable, un bigntz de ce genre. Il va tout de même aller se faire tailler une plume et glisser un doigt dans l'oigne, histoire de détendre l'atmosphère.

Mettons-nous bien d'accord : ce n'est pas du vice. Plutôt des habitudes hygiéniques. A son âge, l'homme qui cesse de se faire dégorger le bigorneau s'engage délibérément dans les ténèbres. La permanence de sa virilité maintient l'individu dans une estime de soi indispensable à l'harmonie de son existence. Celui qui renonce à la baise abdique sa qualité d'homme. Jean Bonblanc qui a compris cela, rend visite plusieurs fois par mois à des personnes qui savent ranimer ses feux de la Saint-Jean. Pas toujours facile d'éjaculer convenablement. Il joue souvent *Été et fumée*, de Tourgueniev. Y a des émissions ratées, comme certaines planches de timbres-poste que se disputent ensuite les philatélistes ; sauf que les étreintes signées couilles-vides, elles, sont nulles et non avenantes.

Bon, alors puisqu'il a pris rencart chez « Miss Gladys », à Courcelles, il va d'abord aller se faire destructurer l'intime. Après quoi, il aura les idées plus nettes et avisera.

Il monte dans sa Renault 21 noire sur le tableau de bord de laquelle trône continuellement sa cocarde tricolore de maire (depuis une quinzaine d'années, il préside aux destinées de la commune de Glanrose, Yvelines).

Il roule avec application dans les encombrements de la capitale. Jamais de pépin, Bonblanc. Il pulvérise les records de « bonus » chez son assureur.

Parvenu aux abords du parc Monceau, il trouve une place de rêve pour sa tire. Avant de quitter son véhicule, il relit le message époustouflant : *Je suis représentant en meurtres et je me permets de vous adresser mes offres de services...*

Impensable ! Une blague ? Mais va-t-on, pour en faire une, déposer des messages dans les coffres-forts des banques ?

Étreint d'une *mortelle* angoisse, il remet la babille dans sa vague et gagne l'immeuble des voluptés.

« Miss Gladys, soins esthétiques. »

Le panneau de cuivre s'étale sur la lourde, sûr de soi et dominateur. Chose marrante, au-dessus de la porte, une loupiote reste éclairée toute la journée (rappel des bordels d'autrefois ?).

Il sonne. Jean Bonblanc perçoit le très léger cliquetis (ou cliquètement, ou cliquettement) du judas actionné. Un œil de velours l'identifie et la porte s'ouvre sur un grand sourire.

— Bonjour, monsieur Jean !

On est heureux de le recevoir car il est généreux. C'est Martine qui vient de délourder. Très jeune fille b.c.b.g. : un tailleur léger, un chemisier de soie, des bijoux pas du tout bidon. Elle lui fait « la bise ». S'il rendait visite à sa nièce avocate, ce serait à peu près le même cérémonial.

— Vous allez bien, monsieur Jean ?

Il répond machinalement que « oui », mais sa frime infirme. La donzelle le guide au salon.

Dans une pièce voisine, un gonzier auquel on pratique le vibromasseur est en train de prendre son pied et en informe le voisinage à grands cris.

— Asseyez-vous, Mme Gladys vient tout de suite ; elle finit un ambassadeur du tiers monde.

Jean Bonblanc, homme au jugement sain, songe qu'à quoi bon rameuter les nations occidentales pour des secours d'urgence si les diplomates des pays assistés vont se faire découiller à des tarifs de luxe avec l'osier généreusement octroyé ? Quand son peuple crève la dalle, on ne dépense pas son blé dans un clandé de gala, alors que pour une poignée de fèves, n'importe quelle fille de ton patelin est prête à jouer « monte-là-dessus ».

Miss Gladys, c'est la femme de quarante balais au comble de la séduction. Une brune coiffée court, avec d'étranges yeux bleus agrandis aux fards Chanel. Robe noire stricte. Fourreau, si tu vois. Une interminable fermeture Éclair. Quand elle tire dessus, t'as l'impression qu'elle s'ôte la peau. Dessous, tu trouves quoi ? Un slip en dentelle noire, un porte-jarretelles, des vrais bas. La moitié du boulot est déjà faite !

Gladys est une telle déesse de l'amour qu'elle travaille avec très peu de personnel. Deux ou trois filles formées par elle, genre Martine. Elle leur transmet sa technique ; mais son charme, son *must*, pas moyen ; ils n'appartiennent qu'à elle, et tous ces messieurs en veulent. Les autres employées sont les toreros au service du matador. Des passes de cape, des poses de banderilles ; mais la mise à mort, c'est Gladys qui l'exécute. En voilà une, pour te faire gicler la cervelle par la bonde de vidange, elle est imbattable ! C'est la Greta Garbo de la jouissance !

Elle aussi fait la bibise à Jeannot.

— Vous boirez bien un doigt de porto, bon ami?

Elle prend son temps, la chérie. N'emballe le mouvement qu'en fin de parcours, quand mister client vadrouille dans la région des apothéoses. Il convient de jouer le jeu. Jean Bonblanc accepte. Cinquante ans d'âge! Du « Santos Junior » vieilli en fût. Un nectar! On viendrait chez Miss Gladys juste pour son porto!

Gladys trinque mais trempe à peine ses lèvres dans son verre dont, ensuite, elle retransvase le contenu dans la boutanche.

— Vous ne paraissez pas très heureux, tantôt, ami Jean?

La perspicacité des femelles, je vous jure! La remarque trouble Gros Bêta. Alors, parce qu'il est désemparé et que, donc, il a besoin de se confier, voilà qu'il narre son problème à Gladys. Lui raconte qu'il a trouvé un message « de menace » dans son C.F. à la banque. Il ne montre pas le poulet, reste évasif quant au texte, mais il met l'accent sur cette étrange violation: quelqu'un a ouvert son coffiot pour y déposer une babille, sans toucher aux valeurs qu'il contient. Dans une chambre forte qui ferait chialer d'impuissance feu le gentil Spaggiari soi-même.

Elle méduse à son tour devant ce mystère de la chambre close, Gladys. Ne sait que recommander à M. Jean. La police? Il se ramasserait! Une précaution: changer de banque et de coffre, le plus rapidement possible.

Bon, mais on ne va pas tourner un documentaire sur le problème. Elle a une succession de rendez-vous avec lesquels il ne faut pas chahuter, Gladys. Kif un illustre spécialiste, elle découpe son temps, le répartit, prévoit large, certes, mais à condition de rester dans une certaine rigueur.

— Passons dans la chambre noire, vous allez y oublier les maléfices de la vie, ami Jeannot.

Il admet, la suit ; ému par la légère flatterie qu'elle lui accorde sur la braguette d'une main prometteuse. Elle connaît les petits gestes propitiatoires qui mettent en condition, mine de rien. C'est ça, une vraie technicienne.

Ils se rendent dans la chambre capitonnée de velours noir. Le plafond est en glaces fumées. L'immense couche comporte des draps violets. C'est funèbre et bandant, inexplicablement. Jean Bonblanc en raffole.

— J'appelle la petite Monica, où souhaitez-vous que nous restions seuls ? s'enquiert la belle hôtesse.

Il opte pour le tête-à-tête. Dans le fond, il a des goûts simples, M. le maire. Il faut convenir aussi que Miss Gladys abat un travail considérable. Une harpiste virtuose dont les doigts s'accrochent simultanément à toutes les cordes de l'instrument !

Une fois dessapé, bien allongé sur le lit de bataille, Bonblanc se détend enfin et ferme les yeux à cette félicité retrouvée. Une halte de bonheur vrai dans la vie maléfique.

— Oui, laissez-vous bien aller, Gros Minet. Je vais vous entreprendre comme jamais, vous allez voir.

Elle se dépouille du fourreau noir. Jean Bonblanc rouvre un lampion pour ne pas rater la surgissance du porte-jarretelles. Dans sa jeunesse, toutes les femmes se fringuaient ainsi et c'était bougrement féerique. Ça valait le coup de s'asseoir en face d'elles dans l'autobus, ou d'aller s'acheter des chaussures.

— Vous aimeriez m'ôter ma petite culotte vousmême, Gros Minou ?

Gros Minou dit que volontiers.

Elle s'agenouille sur le plumard, dos au client, et les doigts malencontreux de Jean Bonblanc s'affolent sur ces délicateries. Il abaisse le mignon sous-vêtement et implore, comme un gosse qui réclame une tartine, que Miss rapproche son joufflu du visage de M. le maire pour une minouchette préalable. Elle y consent volontiers et attaque parallèlement le chipolata de ce vaillant sexagénaire. Donc, il y a harmonisation des rapports. Le bidule de Gros Minou entreprend laborieusement sa dilatation ; opération toujours hasardeuse, avec des amorces triomphales qu'une pensée à la con réfrène, des stagnations incertaines, des chutes récupérées in extremis d'un coup de langue habile sur le filet.

Et puis, soudain, alors qu'on semblait parti pour la gloire, descente en vrille. Le zobinet part à dame. C'est la vraie loque et pendeloque. D'entrée de jeu, Gladys, en femme experte, juge le désastre irréversible. Elle turlute encore, par probité et conscience professionnelle, mais elle sait déjà qu'une chique pareille ne se récupère pas. Même avec de la vaseline et un chausse-pied, tu peux faire pénétrer ce triste machin nulle part. En plus, il a cessé de tutoyer le clito de Madame, M. le maire. C'est la désaffection totale, la renonciation définitive.

Gladys laisse quimper le mollusque du vioque.

— J'ai dans l'idée que votre histoire de coffre vous mobilise trop, monsieur Jean !

Il ne répond pas. Elle se remet dans le bon sens pour que ce fesses à bite devienne un face-à-face. Alors, le lumineux sourire de Miss Gladys s'évapore. Elle considère la face soudain blafarde du client, son regard fixe, sa bouche encore béante de gourmandise, et réalise que Jean Bonblanc vient de décéder, le visage enfoui dans son exquise toison.

Son oraison funèbre est brève.
— Le con! murmure-t-elle avec dévotion.

Elle dit à Martine:
— Ne nous affolons pas, surtout. C'est mon deuxième décès en dix-huit ans de carrière. Pour le premier, je travaillais seule dans un studio meublé, près de l'Opéra. Le client était un marchand d'engrais azotés de l'Yonne. Un peu péquenod. Il m'a fait une hémorragie cérébrale en finissant de se rhabiller. J'ai agi avec beaucoup de sang-froid. Surtout, ne pas prévenir la police, sinon ces messieurs de la Tour Pointue prennent un malin plaisir à vous chercher les pires noises. Pour le marchand d'engrais, j'ai téléphoné à sa société où, par chance, je suis tombée sur son gendre, un garçon sympathique qui est accouru. Il avait un copain ambulancier et l'a fait venir avec l'un de ses véhicules. Ils m'ont dégagé le « malade » en douceur et j'ai lu dans les journaux du lendemain que ce brave bonhomme avait été retrouvé sur la voie publique. Par la suite, le gendre est venu me voir et j'ai eu le privilège de sa pratique pendant plusieurs années. Loïc, il se prénommait. Un sodomite. Il faut dire qu'il avait servi dans la Marine nationale.

« Je bavarde pour me donner le temps de la réflexion, mais, cette fois, je suis un peu prise au dépourvu, ma chérie. Je sais que ce gros benêt est un notable dans son bled; m'aura-t-il assez rebattu les oreilles avec ses manigances politiques, ses relations « haut placées », ses réalisations locales... Les hommes de cet âge sont plus stupides encore que leurs cadets. Il possède une usine, un appartement boulevard Richard-Wallace, une chasse en Sologne. Ça ruisselle de fric, ces gros connards. Qui prévenir?

La chose va s'ébruiter et je risque les pires ennuis. Nous sommes vraiment mal barrées, ma pauvre Martine. »

Martine réfléchit intensément. C'est une fille de bonne éducation : bac de philo, deux années à la fac de droit avant d'opter pour le pain de fesses. Elle lit tous les prix littéraires et saurait te réciter toutes les capitales du monde, à une ou deux erreurs près.

— Il me vient une idée, Miss Gladys.

— Qu'elle soit la bienvenue !

— Je connais un policier pas tout à fait comme les autres : un garçon des services spéciaux très spécial ! Il m'a draguée, l'an dernier, dans le T.G.V. en rentrant de Lyon. Une séduction folle. A l'arrivée, nous avons laissé nos bagages à la consigne et nous nous sommes précipités dans un hôtel, près de la gare de Lyon. Une séance mémorable. Deux heures d'amour frénétique. Je ne pouvais plus marcher. On s'est revus à plusieurs reprises et c'était chaque fois meilleur. Je suis certaine qu'il nous donnerait un coup de main.

Miss Gladys semble sceptique.

— Vous savez, ma chérie, je ne voudrais pas vous ôter vos illusions, mais un flic reste toujours un flic, et on ne peut guère compter sur sa complaisance ; sauf s'il est un ripou, auquel cas il vous présente la note et c'est chérot.

Mais Martine est têtue, confiante, amoureuse aussi, peut-être ?

— Pas lui ! Je vous jure, Miss Gladys. Pas lui !

Miss Gladys sourit, de son sourire mystérieux qui donne aux hommes l'irrésistible envie de savoir de quelle couleur sont les poils de sa chatte.

CHAPITRE II

DANS LES CAS DIFFICILES
ON FAIT APPEL A MOI

Jérémie murmure :
— Tu as des nouvelles de Bérurier ?
— Aucune.
— Le bruit court qu'il a pris un congé illimité et qu'il vit dans la ferme de ses parents, à Saint-Locdu-le-Vieux, avec Louisiana, la petite Canadienne que nous avons ramenée du Québec.
— Le cœur a ses raisons, déclamé-je.
A cet instant, le biniou de ma tire grelotte dans la boîte à gants où il se repose. Je m'en saisis, branche le contact. Le standardiste de la Grande Taule déclare de sa voix impersonnelle qui fait tant pour le prestige de la police :
— Commissaire San-Antonio ?
— De fond en comble.
— Une petite dame prénommée Martine vous réclame d'extrême, extrême, extrême urgence. C'est elle qui l'a déclaré trois fois. Voici son numéro.
Je fais signe à M. Blanc d'inscrire sur le bloc adhésif fixé au tableau de bord de ma Maserati.
— Martine comment ? insisté-je.
— Martine rien. Elle m'a seulement dit de vous préciser qu'elle était la Martine du T.G.V.

— Je vois !

Il ricane :

— Bon souvenir, commissaire ?

— Et ta sœur ?

Je raccroche et recompose le numéro que vient de noter le Noirpiot.

On dégoupille illico dès la première sonnerie, preuve qu'on devait guetter mon appel. Et je reconnais sa voix caressante. Un velours ! Chaleureuse, joyeuse, bien qu'on y sente percer une grosse préoccupation.

— Tu es un amour de m'appeler, Antoine. J'ai besoin de ton aide. Tu peux venir tout de suite me rejoindre ? C'est très grave.

— J'arrive.

Bayard ! Tu me connais ? Défenseur de l'opprimé et de la femme quand elle est bien roulée et qu'elle nique comme une déesse lubrique.

— Qu'arrive-t-il ? questionne Jérémie.

— Je l'ignore encore. Une merveilleuse poulette m'a butiné le sensoriel voici tantôt une année, et voilà qu'elle a besoin de moi.

Lorsque, par pure politesse, je lui ai demandé ce qu'elle faisait dans la vie, Martine, elle m'a répondu : « Mon droit. » Je l'ai crue. Il y avait en elle quelque chose de studieux, d'intello. Seulement quand je me pointe devant une lourde marquée « Miss Gladys, soins esthétiques », je commence à sentir des ratés dans mon estime. Ce genre de plaques, je les connais dans Pantruche. Son droit ! C'est en tout cas pas le droit chemin !

Elle vient déponner, me sourit, sourcille en avisant le grand primate des savanes.

— L'inspecteur Blanc, mon adjoint, présenté-je.

On entre dans un salon où flottent de capiteuses senteurs. Je vois une boutanche de porto avec deux verres qui viennent de servir et qu'on n'a pas encore évacués.

— Je peux te parler seul à seul ? me chuchote-t-elle.

— Penses-tu. Pour quoi faire ? Jérémie Blanc, c'est moi, en négatif. Que se passe-t-il, ma puce ?

— Tu sais où tu te trouves ? murmure-t-elle.

— Une maison de délicatesses, je suppose ?

— Tu supposes bien.

Je soupire.

— Avec les dons que tu possèdes, il eût été dommage que tu travaillasses dans un magasin d'alimentation. C'est récent, cet engagement dans la galanterie ?

— Quelques mois. L'occasion, l'herbe tendre, une certaine philosophie...

— Ne t'excuse pas, chacun attrape l'existence par le bout qu'il peut. Qu'est-ce qui ne va pas ?

— Un de nos vieux clients vient de décéder ici d'un infarctus ; un notable fortuné, très gentil.

— Mort sur le coup, dis-je, comme l'exquis président Félix Faure ?

— Tu juges de notre désarroi ! Si la chose se sait, elle risque de nous valoir la fermeture de l'institut.

— Ce n'est pas un institut, ricané-je, mais une institution ! Et alors, comme ça, tu as pensé à moi pour écraser l'affaire ?

— J'ai dit à Miss Gladys que tu étais l'homme de la situation.

— Où es Miss Gladys ?

— Elle « s'occupe » d'un diplomate.

— Et le mort?

— Dans la chambre noire.

— De circonstance, fais-je. On peut lui rendre les ultimes devoirs?

Elle nous entraîne dans une pièce davantage conçue pour l'amour que pour la mort, malgré la couleur des murs et de la literie. Effectivement, un aimable sexagénaire bedonnant et chauve repose sur le couvre-lit. Ces dames ont eu la courtoisie de le refringuer. Il a le dernier sommeil renfrogné, ce digne type.

Je coule une main pas joyce à l'intérieur de son veston. J'en ramène un larfouillet contenant ses papiers d'identité ainsi qu'un bon paquet d'osier, preuve qu'il n'a pas été détroussé dans ce lieu de plaisir. D'ailleurs, on sent, au premier contact, que cet « institut » est une maison sérieuse, voire de classe, où le client n'a pas besoin de placarder son grisbi dans ses chaussettes pendant qu'il tire sa crampe. L'homme se nomme Jean Bonblanc. Il est le maire de l'aimable localité de Glanrose, réputée pour son auberge deux étoiles où il m'est arrivé de convier des petites dames qui se laissaient driver jusqu'à l'annexe où se trouvent de délicieuses chambrettes tapissées de cretonne à fleurs.

— On peut téléphoner, jolie Martine?

Elle m'emporte dans un exquis salon privé, pas plus grand qu'un mouchoir de poche. Je feuillette mon carnet puis compose un numéro.

— Ici brigadier Tuméfèche, j'écoute.

— Commissaire San-Antonio.

— Mes respects, monsieur le...

— Repos! Tuméfèche, vous allez m'envoyer une ambulance avec deux hommes à l'adresse que je vais vous indiquer pour charger un cadavre qu'il conviendra d'embarquer à l'institut médico-légal. Mort naturelle. Dans le rapport vous préciserez que le monsieur en question est décédé d'une crise cardiaque sur un banc du parc Monceau. Ça joue?

— A vos ordres, monsieur le...

Je raccroche.

Martine se jette contre moi, le pubis en offrande, et me gratule à mort, comme quoi je suis mieux que Superman, Rambo et autres cons de la mythologie cinémateuse.

— J'espère que l'autopsie confirmera la mort naturelle, dis-je, sinon, y a rien de fait, tu le conçois?

Là-dessus, Miss Gladys fait son entrée, époustouflante dans une tenue de nuit du siècle dernier. Tu croirais Mme Bovary dans ses galipettes. Le pantalon bouffant fendu, les bas de laine, le caraco de flanelle, le bonnet fanchon. Il avait envie de tirer George Sand, le diplomate bougne. Mme Vigée-Lebrun, la reine Hortense... Friponne à t'en assécher les muqueuses comme un os de gazelle dans le désert!

Martine lui raconte mon intervention, comme quoi le danger est conjuré. Alors elle a des larmes pures et simples de gratitude, cette savante courtisane. Elle nous dit sans équivoque que ce que je viens de faire, elle m'en sera reconnaissante sa vie durant. En fille pleine de psychologie, elle a pigé que je ne suis pas le genre de drauper à qui on propose une enveloppe, pas même une séance de radaduche. Elle dit qu'elle aimerait nous traiter dans un restau de classe: *Guy Savoie, Lasserre, La Tour d'Argent...*

Et puis, elle passe au côté pratique. Me raconte que ce fatal infarctus qui a terrassé M. Jeannot, consécutait à une forte émotion que le cher homme venait d'avoir à sa banque. Elle me raconte qu'il avait trouvé un bien curieux message dans son coffiot, Bonblanc.

Du coup, je fouille le mort. Trouve la lettre. Je l'engourdis. Ça m'intéresse. Drôle d'histoire. J'explore toutes ses vagues. Y déniche un agenda à couverture de lézard, plus un interrogateur à distance pour répondeur automatique. Je confisque ces deux objets, sans vergogne (je suis en manque de vergogne depuis pas mal de temps déjà, mon fournisseur se trouvant en rupture de stock).

In petto, je me dis que la gentillesse est toujours récompensée : je dépanne ces gentilles trafiquantes de charmes par pure bonté d'âme et le hasard me gratifie d'un mystère, moi qui les aime tant.

Miss Gladys me regarde avec des yeux « particuliers ». Pas en professionnelle, mais en gourmande. Est-ce sa gratitude qui me grandit ? Je parie que si on s'organisait le grand orgasme débridé, les deux, elle abandonnerait ses « recettes » de courtisane pour vivre avec élan et simplicité une authentique troussée « amoureuse ». Elle troquerait ses atours frelatés de pute pour retrouver sa nudité ardente d'amante.

Je ne quitte ces chéries que lorsque l'ambulance de police-secours les a débarrassées de leur encombrant client et on se jure de se revoir avant bientôt.

— Redonne voir cette lettre ! me demande M. Blanc.

Je la lui présente. Il la lit en marmonnant :

— Pour être chiée, elle est chiée ! J'ai déjà lu des lettres chiées, mais chiées à ce point, encore jamais !

Il la dépose devant soi, sur le comptoir de bois du *Bar Bare*, un endroit douillet dans la région de l'Étoile, où fréquentent des cinéastes inoccupés,

quelques truands discrets et, par conséquent, des
poulets de bonne tenue. L'ambiance y est du genre
cossu anglais (tissus écossais, mobilier d'acajou et,
aux murs, des gravures représentant des chasses à
courre). Une musique de bon ton : jazz calmos. Un
barman galonné. Le patron, un Corse d'Auvergne,
fait la causette près de sa caisse à la lumière d'une
énorme lampe dont l'abat-jour de parchemin célèbre
une marque de porto réputée. Il est loqué en gentle-
man (du moins selon l'idée qu'il se fait de la gentry
limonadière). L'intérêt de ce genre d'établissement,
c'est de te fournir un havre de calme au cœur du
trépidant Paris. Le Noirpiot et ma pomme dégustons,
moi une vodka-orange, lui une grenadine-limonade,
juchés sur deux hauts tabourets qui nous transfor-
ment en bergers landais.

— Tu crois vraiment que le bonhomme a trouvé ce
message dans son coffre ? murmure le grand primate
des Gaules.

— Pourquoi, sinon, aurait-il prétendu cette chose
invraisemblable ? Rappelle-toi que l'incroyable est
presque toujours vrai !

— Mais comment aurait-on pu avoir accès à son
coffre ?

— Ça, c'est une bonne question à vingt francs,
grand. Il va falloir lui trouver une réponse.

M. Blanc récite, de mémoire :

— « Je suis représentant en meurtres et je me
permets de vous adresser mes offres de services,
certaines particularités de votre existence me donnant
à penser qu'elles vous seraient utiles »...

— Bravo, tu mémorises vite ; tu aurais fait un bon
comédien.

— C'est curieux, ce gros type clamsé ne semble
pourtant pas avoir eu une existence compliquée.

— Elle ne l'a peut-être pas été.

— *Certaines particularités de votre existence me donnant à penser qu'elles vous seraient utiles !* répète M. Blanc. On n'écrit pas cela à un père tranquille.

Je fais signe à Alonzo, le barman aux yeux de velours, de renouveler ma vodka-orange et lui recommande d'y ajouter une moulinée de poivre blanc. J'aime le décapant, le corrosif, tout ce qui te ramone le corgnolon et te fouette les entrailles.

— Tu as réellement l'intention d'approfondir cette histoire ? questionne le Négus en tapotant la lettre de ses doigts couleur chocolat au lait en train de fondre.

— C'est bandant, non ? Peut-être que ça ne débouchera sur rien, et peut-être qu'on découvrira une grosse couille. Le vieux type a pu mentir en prétendant avoir trouvé cette babille dans son coffre, je le reconnais, bien que je pense le contraire. Seulement, s'il n'a pas menti, on est à l'orée d'une affaire pas piquée des hannetons. Tu vois, ça ronronnait un peu, le boulot, ces jours.

— On commence par la routine ? Tout sur Jean Bonblanc, sa vie, son œuvre, ses maîtresses ?

— Obligatoire, mon cher Watson.

Il acquiesce, boit une gorgée de limonade. Je le regarde dans la lumière tamisée du bar. Il est superbe, mon *black* pote. Voilà qu'il se laisse pousser un collier de barbe que tu croirais taillée dans l'astrakan le plus pur. Il porte un jean, des santiags authentiques, une veste de daim clair dont il a roulé les manches. Smart, le gonzier ! Il vire gravure de mode pour *Lui* (l'homme qui ne cherche que *Play* et *boy*).

Il soupire :

— Elles sont mignonnes, tes deux putes. Elles font moins putes que les putes courantes. On dirait qu'elles jouent à pratiquer ce métier.

— C'est vrai, y a du dilettantisme dans leur mission. Nous passerons les voir un de ces quatre.

Il rougit. Malgré sa couleur, je détecte ses confusions dermiques, à M. Blanc, au fait que ses pommettes se mettent à foncer.

— Tout de suite la nique! grommelle mon aminche. Je parlais sans arrière-pensées.

— Mais avec un tricotin de cheval! Il te faudrait un chausse-pied pour licebroquer, dans l'état où tu es!

Il hausse les épaules. Je le sens troublé. Il fait rarement du contrecarre à sa chère Ramadé, mais cela lui arrive parfois, de manière épisodique, ponctuelle. Il tire une crampe extra-conjugale, comme le boa en captivité gobe son rat avant de se rendormir pour huit jours.

Je biche l'agenda du défunt et entreprends de le feuilleter. Rien ne résume mieux l'existence de l'homme d'aujourd'hui que ce carnet découpé en jours, voire en heures.

J'y lis des noms qui me sont inconnus. Il conservait une activité importante, si j'en juge au nombre de ses rendez-vous quotidiens.

— Allez, go! fais-je. On va aller chez lui, se rencarder sur son mode de vie, ses affaires, tout le *cheese*.

Une dame grave comme le Parlement britannique nous reçoit dans un salon hétéroclite où se retrouvent sans se mélanger, telles les eaux du Rhône avec celles du Léman, plusieurs styles de mobilier. Cela va de la haute époque au Napoléon III en passant par le Louis XV et le Charles X. De quoi poser son pantalon d'urgence et faire caca sur le gros tapis turc de trente mètre carrés qui supporte ce bric-à-broc.

— Ainsi, vous êtes de la police, messieurs?

— En effet, madame.

— Et qu'est-ce qui me vaut cette visite?

— Un malheur, hélas, fais-je en prenant ma mine d'ordonnateur des pompes funèbres sur le sentier de la veuve.

La personne, que je te précise, vadrouille dans les soixante carats. Elle est coiffée austère: cheveux d'un blanc bleuté, du plâtre de Paris sur la façade avec une bouche façon griotte, dessinée de traviole sur des lèvres minces. Nœud de velours noir autour de son début de goitre (probable dans l'espoir de le dissimuler, alors qu'il le souligne). Robe de soie imprimée, jaquette de laine par-dessus, gros bas de coton, chevilles enflées, godasses déformées par des pinceaux que torturent les rhumatismes déformants. C'est le genre mémère aisée, poupette bourgeoise, mamie gourmée. Bref, la vieille peau chiante qui professe sa confiance en Chirac et vote Le Pen, comme on se branle, dans la touffeur de l'isoloir.

Elle sourcille et répète:

— Un malheur?

Mais sans dramatiser outre mesure.

— J'ai le regret de vous annoncer, madame, le décès de votre mari.

Elle secoue la tête, ce qui fait pleuvoir blanc sur ses épaules.

— Ça m'étonnerait, je suis célibataire.

Du coup, je bafouille:

— Vous n'êtes pas madame Bonblanc?

— Mademoiselle.

— C'est-à-dire?

— C'est-à-dire que je ne me suis jamais mariée, rebuffe l'irascible personne, à deux doigts de l'in-

solence et même, je me demande si elle n'aurait pas
franchi la limite, mine de rien et de papier mâché.

— Puis-je vous demander ce que vous représentez
par rapport à M. Jean Bonblanc?

— Je suis sa sœur jumelle, cela ne se voit pas?
Mais peut-être ne le connaissez-vous pas? Venez-
vous me dire qu'il est décédé?

Décédé me fait songer à D.C.D., le signataire du
message.

— Effectivement, mademoiselle. Il est mort sur un
banc du parc Monceau, d'une crise cardiaque.

Tu sais quoi?

— Qu'allait-il fiche au parc Monceau? gronde la
vilaine pas charitable.

Le décès du frangin n'a pas l'air de lui importer
davantage que sa première serviette hygiénique (à ne
pas jeter dans les vouatères, je vous en conjure!).

— Respirer l'air sucré de juin en écoutant le gazouillis des oiseaux, suggéré-je avec un lyrisme qui
ferait mouiller la culotte d'une marâtre.

Elle me fichtroie d'une œillée plus acérée qu'une
navaja.

— Lui! Le gazouillis des oiseaux! Il ne savait
même pas que ça existe.

Je soupire.

— Peut-être s'est-il senti mal au volant en passant
devant le parc, et se sera-t-il dit que l'air lui ferait du
bien? Il n'était pas marié?

— Oh! il l'a été, et même deux fois. Sa première
est morte dans un incendie, sa seconde, dont il a
divorcé, lui faisait des procès tous les deux ans pour le
rajustement de sa pension alimentaire.

— Et au plan de ses occupations, que faisait-il?

— Il a une usine d'emboutissage à Puteaux, plus

une multifiduciaire à la Bourse, dont il est le P.-D.G.
mais qu'il laisse gérer par un associé.

— Il avait des liaisons?

Là, la vieille renâcle:

— Dites-moi, monsieur, mon frère est-il décédé
d'une crise cardiaque ou par assassinat? Ces questions me paraissent sans fondement s'il est mort de
mort naturelle.

— A première vue, il a été terrassé par un infarctus, ce sera au médecin légiste de confirmer ou
d'infirmer la chose. Mais lorsque quelqu'un trépasse
sur la voie publique, il est normal que la police
rassemble quelques informations à son sujet. Je
m'étonne que vous en preniez ombrage.

La sécheresse de mon ton lui fait sortir les aéro-
freins. C'est vrai qu'elle lui ressemble étrangement,
mémère.

— Je n'en prends pas ombrage, j'en suis seulement
surprise, corrige-t-elle.

— Il ne faut pas. Vous n'avez pas répondu à ma
question: M. Jean Bonblanc avait-il des liaisons?

— Il ne me faisait pas de confidences sur la question, mais je suis convaincue qu'il y avait « quelque
chose » entre lui et sa secrétaire, Mme Crépelut. Il
m'est arrivé de surprendre certains gestes équivoques
entre eux, des regards, aussi, d'une éloquence gênante.

— Vous lui connaissiez ou soupçonniez des ennemis?

Elle se rembrunit, hésite.

— C'est délicat, fait-elle. Je suppose que tout le
monde en a peu ou prou, et, souvent sans s'en douter.
Dans la vie, les antipathies, les inimitiés, les jalousies,
les rancunes foisonnent. Mais peut-on affirmer que

ceux qui les nourrissent à votre endroit soient vos
ennemis ? Ennemi, c'est un terme important, voyez-
vous.

C'est pas si con, ce qu'elle énonce, Miss Bonblanc.
Elle a du chou. Grinçante dame, mais qui voit l'existence sans lunettes de soleil, à cru, telle qu'elle est,
bien vacharde !

— Qui soupçonneriez-vous, dans l'entourage de
votre frère, de pouvoir devenir un ennemi potentiel ?

— Tout le monde et personne.

— A savoir ?

— Ses familiers, naturellement.

— Exemple ?

— Son associé, son ex-femme, sa secrétaire et,
pourquoi pas, moi également, pendant qu'on y est.

— Vous ? m'étonné-je.

— Je vous le dis tout de suite : ce n'est pas le cas ;
mais vous n'êtes pas obligé de me croire. Nous avions
des rapports assez aigus, Jean et moi. Chien et chatte !
C'est rare chez des jumeaux, je sais. Cela fait une
dizaine d'années que je vis avec lui : la grande sœur
jouant le rôle d'épouse, mi-gouvernante du curé,
mi-maîtresse de maison. Vous voyez le genre ? A
l'origine nous étions pauvres. Lui, il s'en est sorti,
mais moi je suis restée sans la moindre fortune. Or,
Jean, réputé généreux, s'est toujours montré pingre
avec moi ; épluchant les comptes de la maison,
contrôlant les moindres denrées qui entrent. A croire
qu'il éprouvait un plaisir sadique à me maintenir dans
un dénuement doré. J'ai droit au gîte et au couvert.
Une fois l'an, à mon anniversaire, il m'achète une
toilette dans une boutique bon marché, sinon il me
laisse tirer la langue...

Je devine une immense rancœur de la frangine. De

la haine? Pas vraiment, mais cette ladrerie du frelot qui ne s'exerçait que sur elle lui est restée — et lui restera toujours — au travers de la gorge ; la mort du tyran ne va rien arranger.

Certaines particularités de votre existence me donnant à penser qu'elles (sous-entendu mes offres de services de tueur) vous seraient utiles!

Faisait-on allusion à la *sister* irascible? A l'épouse divorcée avide d'une pension toujours plus confortable? A un associé peut-être peu scrupuleux qui aurait niqué le père Bonblanc?

— Verriez-vous un inconvénient à ce que je fasse faire une photocopie de son répertoire téléphonique, mademoiselle Bonblanc?

Elle est suffoquée.

— Mais quelle indiscrétion!

— Je sais. Hélas, nous exerçons un métier qui repose dessus.

Elle a repris sa frime ultra-sévère de directrice d'internat d'avant-guerre en train de sévir contre une jouvencelle surprise à tailler une pipe à l'aide-cuisinier.

— Monsieur le policier, si, comme vous paraissez le croire, mon frère est bien mort d'un infarctus, je ne vois pas la nécessité d'entreprendre une enquête sur lui. Je vous ai révélé l'essentiel de ce que vous devez savoir, et...

M. Blanc se dresse de son siège et murmure:

— Madame, puis-je vous demander où se trouvent les toilettes? J'ai mangé de la nourriture occidentale à midi, et ne la supporte pas!

La vieille n'en croit pas ses oreilles embourgeoisées.

— Charmant! fait-elle.

Puis, du bout des lèvres (voire des dents), elle jette :

— Au fond du couloir, à gauche, il y a le vestiaire ; il comporte des toilettes.

— Je vous remercie.

Quand Jérémie est sorti, elle déclare :

— A la circulation, passe encore. Mais qu'on trouve des Noirs parmi les inspecteurs de police, alors là...

— L'évolution des races dites inférieures, mademoiselle.

— Il va falloir que je fasse désinfecter la cuvette après qu'il s'en sera servi ! Ces gens-là sont atteints de tous les virus possibles et imaginables, à commencer par le Sida.

— Rassurez-vous, dis-je aimablement, nous leur faisons subir des tests très poussés avant de les accepter dans nos services.

Ça paraît la rasséréner quelque peu.

— M. Bonblanc aimait la peinture ! remarqué-je, histoire de laisser à Jérémie le temps d'aller piquer le répertoire téléphonique que je souhaite.

Je désigne des toiles plus ou moins désastreuses, pimpantes dans des cadres valant beaucoup plus de fric qu'elles. La frelotte hausse les épaules.

— Des croûtes, fait-elle. Jean garde dans son coffre les toiles qui ont une valeur. Il ne cherchait pas à épater la galerie avec ses tableaux.

L'expression m'amuse et j'en souris intérieurement.

— Pensez-vous être sa légataire universelle ?

J'ai mis le doigt sur la plaie. Sa figure devient sinistre comme un ciel de Vlaminck.

— Pensez-vous ! Jusqu'au bout il me fera tirer la

langue, m'humiliera. Je n'aurai pas un sou, pas même l'un de ces napperons que j'ai brodés !

Y a dû avoir un coup tordu entre le frère et la sœur, jadis. La conduite de Jean Bonblanc avec sa jumelle ressemble à une vendetta. Il lui a fait payer quelque chose d'indélébile.

On perçoit un bruit de chasse d'eau. Retour de Jérémie, radieux comme un constipé libéré par deux pilules de Pursenide. Très vite, nous prenons congé.

C'est une fois dans ma tire que le Noirdu sort de son blouson un bath répertoire Cartier, en cuir bordeaux, aux pages un peu débriffées pour avoir beaucoup servi.

— Non, garde-le, dis-je. Pendant que je conduis, tu vas chercher dans ce carnet le numéro téléphonique inscrit sur cet interrogateur à distance.

— Celui que tu as trouvé dans les poches du mort ?

— En effet. Une chose me surprend : que le bonhomme ait écrit le numéro de l'appareil auquel il correspond sur ce petit boîtier. Tu vois : il s'est servi d'un morceau de bande gommée blanche entourant une feuille de timbres-poste. Cela veut dire qu'il craignait d'oublier le numéro d'appel. Donc, celui-ci ne lui était pas familier. Ce qui amène à penser qu'il devait rarement l'utiliser.

Mon pote opine. Loyal, il murmure :

— Bien déduit. J'ai encore à apprendre, avec toi !

Il se met à compulser le carnet en confrontant les chiffres inscrits sur l'interrogateur avec ceux des numéros rassemblés dans le répertoire.

En drivant ma Maserati, je pense à feu Jean Bonblanc et à son univers. Je le définis assez bien, ce type. Apparemment, un bon gros mec qui devait

avoir le sens des affaires et travailler beaucoup. Bien
placer son carbure. Le dépenser sans regimber, sauf
quand il s'agissait de sa *sister*. Il aimait se faire jouer
de la clarinette baveuse. Il était probablement un bon
maire et un bon patron. Sévère mais juste. Plein de
bon sens. Seulement, il traînait vraisemblablement
une noire couillerie. Les hommes sont des mouches
bleues qui se posent tantôt sur le miel, tantôt sur la
merde. Un honnête homme? Probable, dans les
grandes lignes. Un jouisseur? Sans aucun doute. A-
t-il commis des arnaques, au cours de sa vie? Pas
impossible.

— Ce numéro ne figure pas dans le répertoire,
assure Tiger Man. Je l'ai vérifié minutieusement de A
à Z, puis de Z à A.

— D'accord.

Je suis parvenu à la Maison Poulardin. Je gare ma
chignole à la n'importe-comment et gagne mon bureau. Jérémie me suit de son grand pas élastique qu'il
est obligé de refréner pour rester à ma hauteur. On
croise des collègues dans l'escadrin, les couloirs...
Saluts mornes ou facéties à chier. Toujours dans les
concentrations de gus: administrations ou usines,
grands magasins, studios de cinoche. Des blagues
éculées qui sentent le calva roté. Des rires forcés. Des
suffisances, rodomontades, geigneries de santé. La
lyre! J'en ai plein le sac tyrolien, de leurs turpideries.
Faudrait pouvoir les faire sodomiser par des ânes,
tous. Que leurs fions malodorants éclatent et qu'ils
gueulent aux petits pois. Ils cesseraient ainsi de pro-
férer des conneries inutiles.

Je me propulse le dargif dans mon fauteuil pivotant
(tout neuf, y a réaménagement des locaux). Le skaï
dont il est garni produit un gros pet ridicule.

— Tu sais pas? fais-je à M. Blanc. Je viens de penser à une chose : je crois que la vie me fait un peu chier !

— Qu'est-ce qui t'arrive ?

— Je l'ignore, mais c'est arrivé.

— Récemment ?

— Oh! c'est endémique. Mais aujourd'hui, ça m'a pris chez la frangine du mort. Un coup de buis monumental. Cette vieillasse à qui on annonce le décès de son frangin et qui laisse aller son fiel au lieu de chialer. Ils cohabitaient en se détestant. Tu trouves que c'est ça, l'existence, grand? Ils barbotaient dans une fosse d'aisance. Peut-être rêvait-il de la buter, sa sœur, le gros Jeannot? Ou de la faire buter? Peut-être que l'illustre D.C.D., le fameux agent général du Comité des Deuils, l'a compris et que c'est ce qui a motivé ses offres de services ?

— Tout ça ne tient pas debout! proteste le négro spirituel. Ce message ressemble à une fumisterie.

— Une fumisterie qui a tellement impressionné le père Bonblanc qu'il en est mort en bouffant la chatte de Miss Gladys !

Tiens, en passant et à propos de chatte, faut que je te dise quelque chose, lecteur chéri, lecteur mon cul : si j'exprime toujours si crûment, si je cause sans retenue des trucs du sexe, avec les vrais mots qui fument, c'est afin de désamorcer les tabous, comprends-tu? On a trop dégénéré, le temps est venu de rétablir l'équilibre. A l'âge du feu, ou de la plume taillée, les gonziers de la planète forniquaient kif les animaux, je suppose. La gigue les prenait, vite ils s'escaladaient, se fourraient sans barguigner. Et s'ils trouvaient ça chouette, ils grognaient de bonheur.

N'ensuite, ils ont pris la honte du fignedé. Les

religions qui les ont perturbés. Alors on s'est mis à cacher zizis, zézettes. C'est devenu *peccato*, le zob, le frifri, l'oigne. Interdit de séjour. Purulent, obscène. Pas touche! Pas suce! La brosse en catimini, vite fait sur le gaz. Dans la légalité. Chemise fendue, calbute long pour le moins de contacts dermiques possible. Juste dire de perpétuer l'espèce (de cons). On vit toujours dans cette hypocrisie. Ça durera encore des siècles, peut-être même des millénaires. Cachée, la bébête. On n'en cause pas. Ou bien juste avec un vocabulaire médical.

Alors tu penses, un Santantonio de ses deux se pointe, la bite enfarinée, le stylo dégoulinant de foutre, parlant du radada haut et fort, laissant traîner des pafs et des cramouilles au long de ses paragraphes impertinents, t'as illico la meute des amoindris qui se met à hurler à la lune. Le conspue! Lui dénie tout! Le sous-littéralise à vie!

Qu'heureusement, il s'en torchonne les orifices, Sana! Sa félicité est ailleurs que chez les pisse-chagrin. Lui, les glorioles, les acquis matériels, il en a rien à cirer. Son rêve ce serait de crever dans une gare pour ne pas risquer de perdre son identité avec des maisons astreignantes. Mourir les poches vides. Tu te laisses aller! Tu te laisses haler! Tu te l'es salée! L'homme place mais la femme déplace. Les seuls gus qui font de leur existence une œuvre, c'est les clodos. Et puis voilà, je dis, délire... Ça ne sert à rien, ni à personne, pas même à moi. On vit de rien, dans du rien!

Nous avons un franc et beau silence en or massif, Jérémie et moi. La tristesse aussi est un long fleuve tranquille.

— Je me sens un peu au-dessous de mon poids, cet après-midi, m'excusé-je.

— Ça va passer, assure M. Blanc.

— Pourquoi?

— Parce que c'est anormal et que ce qui est anormal ne dure pas.

— Bien dit, l'abbé. On règle l'histoire du répondeur?

Il l'avait oubliée, mais ça lui revient, alors il tire une chaise en face de moi et regarde le numéro écrit sur le morceau de frange blanche gommée.

— Il commence par un 3, fait-il, c'est la banlieue ouest, non?

— Demande à nos services à quel abonné correspond ce numéro; aux renseignements ils ne veulent pas le donner car il est sur la liste rouge.

Pendant qu'il se met en contact avec la section des bigophones, j'examine le petit interrogateur. Trois chiffres sont imprimés sur une autre bande de papier indiquant en anglais les différentes manœuvres qu'ils commandent. Ces trois chiffres permettent également de composer le numéro déclenchant le répondeur. Je lis « 7, 8, 0 ».

Combien de combinaisons différentes peut-on constituer avec ça? Vouloir trouver la bonne par tâtonnement est impossible. Nous pourrions y passer plusieurs jours.

M. Blanc biche une pointe Bic et attire mon bloc-notes à lui.

Je le regarde griffonner, à l'envers. Il émet des grognements affirmatifs pour indiquer qu'il entend bien, suit et transcrit.

— Merci, conclut-il en raccrochant.

Il retourne le bloc face à ma pomme. Je lis:

— Jean-Baptiste La Goyet, Les Quéquettes-du-Roi, Yvelines.

J'opine et, comme mû par le coup de feu du starter, m'élance en plein dans l'enquête. A toute vibure, mon index polisson (moins que mon médius, mais il accompagne fréquemment celui-ci dans des virées glauques), compose le numéro de M. Jean-Baptiste La Goyet. Une sonnerie, deux, puis l'espèce de léger craquement d'un répondeur qui se met en branle. Une voix de femme, appliquée, récite la formule classique : « Nous sommes absents, mais vous avez la possibilité de nous laisser un message en mentionnant votre nom ainsi que la date et la raison de votre appel. Attendez le signal sonore avant de parler. *Biiip !* C'est à vous ! »

Je raccroche. Des formules de répondeur, y a des gens qui s'ingénient à les faire marrantes. La merde, c'est que lorsque tu les as entendues plusieurs fois, tu finis par ne plus les trouver drôles du tout. Je me rappelle en avoir composé une pour chez nous, dans le style Sana : gouaille et calembredaine. Au bout de pas longtemps, un pote qui me turlurait souvent m'a conseillé de « changer de disque ». Si bien que je suis revenu au classicisme. Un jour, tu verras, mes *books* aussi vireront Pléiade et tu ne trouveras plus de différence entre San-Antonio et Chateaubriand.

— Tu ne trouves pas bizarroïde, Blanche-Neige, que M. Jean Bonblanc ait possédé l'interrogateur de ce Jean-Baptiste La Goyet ?

— Évidemment.

— Tu veux bien demander à sa frangine quelle sorte de lien existait entre le défunt et le sieur La Goyet ? Va l'appeler sur un autre poste, j'ai besoin de ma ligne.

Le docile mâchuré s'évacue. Alors, je recompose le numéro et j'applique l'interrogateur sur la partie émettrice du combiné. Dès que le signal de parler est donné, j'enfonce successivement les petites touches rondes du 8, puis du 7 et enfin du 0 pour la discutable raison que Jean Bonblanc, d'après ses papiers, est née le 8 juillet 1930.

Mais ça ne donne strictement rien. Je recommence en formant 0, 7, 8, 0, des fois que le numéro de code comporterait quatre chiffres et, qu'ainsi, le 7 juillet serait exprimé par 07 et qu'il aurait placé le mois avant le jour. Re-zob! Je m'emberlificote encore en faisant précéder par l'année et puis par je ne sais plus quoi. Mais non, franchement, je perds mon temps.

M. Blanc vient apporter sa grande ombre dans mon burlingue.

— La vieille n'a jamais entendu parler d'un Jean-Baptiste La Goyet, annonce-t-il. Tu ne penses pas qu'on devrait faire un tour aux Quéquettes-du-Roi?

Coquette localité. Tranquillité garantie. De belles maisons trapues, anciennes fermes aménagées par des citadins en mal de résidence secondaire; de l'espace, des platanes jouant aux quatre coins... On entend caqueter des poules invisibles. Des chats languissants prêtent leurs flancs au soleil. Un chien moucheté leur fout la paix car tout ce qu'il veut, c'est renifler des pissats délimités de qualité supérieure.

J'avise un garçonnet sur un vélo et l'interpelle:

— Sais-tu où demeure M. La Goyet, petit gars?

Il prend la mine effarée d'un gamin infoutu de répondre à la question d'une grande personne.

— Je ne connais pas.

— Tu n'es pas d'ici?

— Si.

— Et tu n'as jamais entendu parler de M. Jean-Baptiste La Goyet?

— Non.

Je lui prends congé d'une moue pas joyeuse.

— La poste! conseille Jérémie.

— Quoi?

Il me désigne une fourgonnette jaune frappée du sigle des Postes françaises. La chignole est stoppée devant une opulente demeure. Je descends pour guetter l'employé. Il revient, sifflotant, nue-tête, la mine épanouie. C'est un jeune, déluré et sympa.

— Qui ça, dites-vous? me fait-il réitérer.

— Jean-Baptiste La Goyet.

— Moi, pas connaître!

— Il existe cependant une ligne téléphonique affectée à ce nom-là! objecté-je.

— Jamais entendu causer.

— S'il a le téléphone, il doit bien recevoir la facture!

— Pas s'il paie par prélèvement bancaire automatique.

— Mais, putain, m'emporté-je, tout individu reçoit du courrier: ses impôts, des notes d'électricité, les vœux d'une cousine, que sais-je!

Le postier n'apprécie pas mon opiniâtreté.

— Moi, en tout cas, je vous le répète, m'sieur, ce nom ne figure pas parmi ceux des gens que je dessers.

Et il regrimpe dans sa tire plus rutilante qu'un champ de colza.

— Demandez toujours au bistrot, me lance-t-il avant sa décarrade.

Le troquet est vide à cette heure indécise de la fin d'après-midi. Nous prenons place à une vieille table de bois ciré. Qu'à la longue, une étrange dame qui ressemble à un homme se pointe. Tignasse rouquinos, pantalon d'homme, chemise de grosse toile. Vioque, couperosée, le regard pendant, de la moustache et des touffes de poils au menton. Idiote ou beurrée, au choix. L'aspect vachement hermaphrodite sur le retour, je trouve. Quand tu t'adresses à elle, tu l'appelles « Madame et cher monsieur ».

Elle nous considère comme une poule qui viendrait de pondre un œuf d'autruche, avec l'air de se demander comment un aussi gros machin a pu lui sortir du trouduc.

— Bien le bonjour, langouré-je. Nous aimerions deux jus de fruit.

Elle ânonne quelques mots que je la prie de répéter. Je crois comprendre : « orange ou ananas » et opte pour l'orange.

La créature se traîne jusqu'à un frigo constellé d'autocollants célébrant la gloire d'Orangina (qu'on ne secouera jamais assez, moi je te le dis!).

Quand elle se ramène avec deux petites boutanches aux capsules rouillées, je lui pose la question à vingt francs :

— Connaissez-vous un certain Jean-Baptiste La Goyet ?

Elle prend l'air lointain de quelqu'un qui porte un coquillage vide à son oreille pour guetter le piaillement des mouettes et les sirènes des barlus. Ses pensées me paraissent engendrer un bruit d'engrenage mal huilé.

— Le vieux Baptiste, l'ancien cantonnier ? elle finit par désarticuler.

— La Goyet, précisé-je.

— L'est mort.

— Ce qu'on est peu de chose ! lamenté-je. Quand est-ce arrivé ?

Elle exécute un pet raté, mais elle a des excuses car elle l'a tenté avec sa bouche.

— Y a longtemps.

— Combien, environ?

— J'sais pas: sept, huit ans...

— Et sa maison, comment va-t-elle?

Nouveau pet buccal, un tantinet mieux réussi que le précédent.

— Y a personne dedans.

— Vous voulez dire qu'elle reste inhabitée?

— Moui. Faut dire qu'elle vaut pas grand-chose.

— Où se trouve-t-elle?

— V'voyez la route de Poissy?

— Comme je vous vois.

— A cinq cents mètres du village, y a un transformateur électrique.

— C'est possible.

— Juste en face, y a la maison de Baptiste.

Elle sort un paquet de Gauloises de son pantalon, s'en visse une dans la clape et va l'allumer dans sa cuistance attenante.

Une maison, ça? Plutôt une masure. Et pas en bon état.

D'abord, elle est minuscule: deux pièces à tout casser. Les volets tiennent fermés avec du fil de fer, et la porte à l'aide d'un cadenas. Les mauvaises herbes en ont entrepris l'assaut et sont sur le point de remporter la victoire. Le lierre parasite est si fort qu'il forme un tronc sinueux comme un cordage. Et puis il y a des orties, des « bouillons blancs » comme disait grand-mère.

On se regarde interdits, le négro et moi.

— Il doit y avoir maldonne, murmure Jérémie.

Comment imaginer que cette bicoque en ruine comporte le téléphone ?

Je suis déjà en train de m'expliquer à la loyale avec le cadenas, bien qu'il soit « de sécurité ». Il constitue la seule chose presque neuve de la gentilhommière de feu La Goyet.

Je lui déballe quelques arguments bien sentis et il cède à mes instances comme le ferait une petite manucure à qui je raconte ma vie sexuelle en la lui faisant toucher.

A l'intérieur, c'est le clair-obscur. Ça schlingue le renfermé, le moisi, la paille pourrie. Il y a bien deux pièces en effet, ainsi que je le subodorais : une cuisine et une chambre. Foin d'ameublement. Il ne subsiste qu'un évier de pierre, une chaise disloquée et un tableau religieux représentant Notre Seigneur Jésus-Christ montrant son cœur à rayons aux pauvres pécheurs que nous sommes ; mais si tu crois que ça les impressionne, fume ! Le tableau se trouve dans la chambre. Hormis les trois éléments que je viens d'énumérer : ballepeau !

— Tu vois bien qu'il n'y a pas de téléphone ! obstine M. Blanc.

Effectivement, tout ici est d'une nudité angoissante. Le plâtre des murs est remplacé par des toiles d'araignée, le plancher de la chambre est vermoulu. De la paille tombe par une brèche du plafond, la masure comportant un bout de galetas.

J'écoute la stridence lointaine qui résonne dans mes tréfonds. Signal d'alerte. Kif les sous-marins lorsqu'un ballast déconne. Les mains aux vagues, je tourne en rond dans les quinze mètres carrés de chambre. Et puis, bon, je vais décrocher le Cœur Sacré de Jésus. Et derrière se trouve une niche comportant un appareil téléphonique posé sur un répondeur dont le voyant rouge est allumé.

Le Noirpiot écarte les deux charentaises super-posées lui tenant lieu de lèvres, et me montre sa superbe langue violette entre une double rangée de crochets qu'il devrait passer au jus de réglisse, pas déclencher la convoitise d'un chasseur d'éléphants en mal d'ivoire.

— Et ça, c'est de la merde, monsieur l'inspecteur? lui demandé-je.

En homme moderne, j'appuie sur la touche de rembobinage du répondeur, ensuite sur celle mar-quée *play* (parce que si tu ne possèdes pas quelques notions d'anglais, de nos jours, t'as meilleur compte de te retirer dans un hospice des Hautes-Alpes, tenu par des religieuses).

Une voix de femme dit:

— « Ici Edmée. Le type de Bruxelles a annulé son voyage. Il doit rappeler. »

Un clac! Le message enregistré, invitant les éven-tuels correspondants à parler retentit de nouveau. Un bref signal sonore. Puis une voix d'homme:

— « Ici D.C.D., monsieur Bonblanc. Nous sommes le 17 juin; il est huit heures du matin. Vous êtes probablement passé à votre banque et avez trouvé mes offres de services dans le coffre. Je sup-pose qu'elles vous laissent perplexe, c'est pourquoi j'entends vous fournir un échantillon de mes capaci-tés. L'une des personnes qui vous encombrent va disparaître. Ainsi comprendrez-vous ce dont je suis capable. Nous négocierons, tout de suite après, l'éli-mination de la deuxième, que j'estime être la plus importante. Au plaisir! »

— C'était hier, le 17! s'exclame Jérémie.

— En effet, dis-je; c'était hier.

CHAPITRE III

QU'ALLAIT-IL FAIRE DANS CETTE GALÈRE ?

Pour moi, le mystère, c'est comme la soupe : pour que je l'aime, faut qu'il soit épais. Te dire, dès lors, si je suis à mon affaire !

Une historiette de ce calibre, j'en avais pas encore dégusté.

Tu juges ? Je te récapitule. Un « brave » sexagénaire trouve dans le coffre de sa banque une lettre absolument folle par laquelle un gonzier lui propose d'allumer les gens qui le gênent. Le sexophoniste en meurt de saisissement peu après, en dégustant la chattounette de Miss Gladys. Il a sur lui un interrogateur permettant d'écouter à distance les messages laissés sur un répondeur téléphonique dissimulé dans une masure croulante, dont le propriétaire est mort depuis sept ou huit ans. Il trouve deux appels dans l'appareil, l'un d'une certaine Edmée annonçant que « le type de Bruxelles » a annulé son voyage. L'autre est du fameux D.C.D. qui, pour « amorcer » son hypothétique client, l'informe qu'il va lui liquider l'une des personnes gênantes de sa vie. Moi, je sais pas ce que tu en penses, mais si tu ne trouves pas que ce bigntz constitue de l'extrait d'énigme, arôme arabica, c'est que t'es tout juste bon à lire ce qu'il y a d'écrit sur tes vingt centimètres de papier hygiénique quand tu les as utilisés.

On perçoit un glissement menu, et voilà qu'un gaspard gros comme un chat castré traverse la bicoque pour enquiller une fente du plancher. Ça nous réagit, cette vilaine bestiole.

— C'est chié! finit par déclarer M. Blanc, lequel, nonobstant son vocabulaire abondant, use exagérément de ce terme pour traduire ses émotions fortes.

Il ajoute:

— C'est vachement chié!

— Effectivement, renchéris-je, la vie de feu Jean Bonblanc ne devait pas ressembler à celle de saint François de Sales. Cet appareil téléphonique clandestin en est la preuve; de même que ces « gens nuisibles » auxquels fait allusion D.C.D. dans ses messages écrits et téléphonés. Il va falloir déterminer par quel tour de force le vieux cantonnier Jean-Baptiste La Goyet continue d'être titulaire d'une ligne téléphonique plusieurs années après qu'il ait quitté ce monde.

Je remets le tableau pieux en place. L'humidité en a gondolé le papier, mais le cœur radieux de Notre Seigneur continue d'irradier. Cette tache rouge éclaire la masure.

Jérémie regarde sa montre.

— On ne peut rien entreprendre ce soir, annonce mon pote; il est plus de dix-huit heures et tout est fermé.

Pourtant il fait grand jour et le mahomed nous remet sa tournée. Juin, c'est le mois émouvant où les jours deviennent longs après les giboulées de mars, les crachotis d'avril et les premiers sourires de mai. Je regarde la route d'un blanc bleuté, l'horizon que les

champs soulignent de vert et d'or. Tu dirais une mer
végétale : les blés qui poussent, le colza, les haies dont
certaines sont encore en fleurs...

— C'est juste, reprends-je, on ne peut plus faire
grand-chose. Si nous allions rendre visite à Béru, en
Normandie, puisque nous sommes sur la route ?

— Il te manque, ton gus plein de merde, note
Jérémie en souriant triste.

— Il ne me manque pas, il m'inquiète. Ça me
tracasse qu'il ait quitté sa mégère, son moutard, ses
bistrots, le boulot, et nous par-dessus le marché, pour
filer le parfait amour dans son bled natal.

— C'est le *big love*, lui et la petite Canadienne[1],
ricane l'homme des Afriques.

— Il a eu d'autres coups de cœur, mais jamais
encore il n'avait largué son univers pour retourner
aux sources dans la ferme de ses vieux. C'est une
grande première. Tu es d'ac' pour qu'on lui rende
visite ?

— Puisque tu en meurs d'envie !

Une plombe et dix broquilles plus tard, on passe le
panneau indiquant Saint-Locdu-le-Vieux. S'offre
alors à nous un gros bourg normand, massif et pai-
sible, dans l'or du soir qui pointe. Maisons à colombages, vastes granges débordant de matériel agricole,
vaches dodues, nonchalamment couchées sous des
pommiers, barrières de bois paraissant avoir été
peintes par Boudin ou Corot ou tout autre gazier
lécheur en mouillance de belle nature.

Ça sent bon la terre grasse, le fumier fertilisant, le

---

1. Lire absolument et de toute urgence *Ma cavale au Canada*,
qui constitue l'un des fleurons de la couronne san-antoniaise.
                                        La Dirlotte Littéreuse

cidre frais. La localité s'étale sur une colline opulente. Pour l'atteindre, nous avons traversé Saint-
Locdu-le-Petit, une sorte de bourgeon tardif, de dévalade issue de l'autre, donc plus récente. On est
passés devant une fruitière moderne, des lotissements
désobligeants, bâclés et cons ; qu'en banlieue, passe
encore, la banlieue c'est la zone sacrifiée des concentrations humaines, le fourre-tout où voisinent, pêle-
mêle, les rêves à bon marché et les nécessités sociales.
Mais ces clapiers dans la belle campagne de France
me font grincer des fesses. J'ai honte de les voir
proliférer de plus en plus, chancres de briques et de
brac ! Déshonorance des nobles régions. Bras d'honneur à la nature complice ! Quand tu penses, qu'autrefois, le moindre artisan faisait de son outil de
travail une œuvre d'art ! Rabots sculptés, houes cise-
lées, barattes élevées à la dignité de meuble ouvragé !
Et à présent la merde ! Formica, comblanchien (de
garde), béton, aggloméré... Le bois n'est plus du
bois, ni l'acier du fer traité. Aucune différence entre
les habitations, les autos, les ustensiles divers. Tout
plastique imputrescible, qui brave les millénaires.
L'homme n'a vraiment su créer qu'une chose qui soit
éternelle : ses ordures !

Et donc nous déboulons à la vitesse de 50 km
prescrite par panneaux dans cette célèbre localité qui
vit naître Bérurier Alexandre-Benoît (dit Béru, dit le
Gros, dit le Gravos, dit l'Hénorme, dit l'Enflure, dit
Sa Majesté, dit le Mammouth, dit le Mastar, dit
Gradube, dit l'Infâme, dit Queue-d'âne, etc.).
    Étant déjà venu en ces lieux réputés, je trouve sans
peine la petite route blanche, à droite après la fon-
taine. Je passe devant l'épicerie Lámouille, puis de-

vant l'antre du maréchal-ferrant (lequel s'est reconverti dans la vente des tracteurs sans modifier sa
forge).

Deux ou trois maisonnettes semi-rurales, et on
attaque la vraie parpagne aux tas de fumier fumants,
sur lesquels chantent des coqs plus gaulois que nature. Des chiens obèses aboient sans conviction en
tirant sur leur chaîne coulissante.

Je longe encore des pâturages, quelques champs de
céréales, un boqueteau de chênes. Et puis la ferme
des Bérurier est là, simple et belle de sa noblesse
paysanne. Un vaste quadrilatère où, depuis que les
bâtiments ne sont plus affectés aux travaux de la
terre, l'herbe reprend ses droits imprescriptibles. La
maison d'habitation se trouve au fond, dodelinante,
avec un toit qui vermoule et des volets pareils aux
pages déchirées d'un livre. Des hangars déserts à
gauche, des écuries vides à droite. Une forte mélancolie se dégage de ces lieux en perdition.

Anachronique, ô combien, un calicot taillé dans un
vieux drap s'étale à l'entrée du domaine, portant ces
deux mots peints en vert:

« Institu BÉRURIER »

J'ai la seconde surprise d'apercevoir, rangées dans
la vaste cour, quelques voitures et motocycles. De la
musique s'échappe de la demeure: du jazz, riche en
solos de saxo qui vous griffent l'âme.

Nous nous approchons, encuriosés à juste titre
(comme on dit en Bourse).

L'entrée donne sur une vaste cuisine à l'ancienne,
avec immense âtre, longue table de bois luisante de
crasse et d'usure, fourneau de fonte, évier de faïence,
accumulation de bidons, de seaux et de tout un
incroyable fourbi indiscernable. Des bahuts plus ou

moins démantelés, des crédences, des tabourets, des bancs, des batteries de casseroles en cuivre achèvent de créer l'ambiance ferme du dix-neuvième siècle. C'est sombre comme un tableau de Rembrandt et ça fait songer aussi à du Victor Hugo lorsque, d'aventure, l'illustre barbu faisait dans la cambrousse.

La musique provient de la pièce attenante dont la porte est restée entrebâillée. Nous nous en approchons, et alors, nous est jeté à l'entendement le spectacle ci-joint. Magine-toi une vaste chambre qui devait être pourvue d'un lit haut qu'on a démonté pour n'en garder que le sommier et le matelas. Ceux-ci se trouvent au milieu du local. Tout autour, l'on a disposé des bancs et des chaises. Le sommier est donc devenu une sorte de ring qu'éclairent de fortes ampoules. Une dizaine de personnes, jeunes pour la plupart, occupent les sièges. Sur le pucier, tu trouves Alexandre-Benoît et Louisiana, sa ravissante conquête canadienne, exquise personne d'une vingtaine damnée, avec des cheveux châtains, des taches de son, un beau regard pur et des formes sur lesquelles le sculpteur le plus vétilleux trouverait rien à redire mais beaucoup à faire! Un électrophone diffuse la musique annoncée à l'extérieur.

Juste qu'on commence à guigner, Bérurier prend la parole.

— Mes chers élèves, attaque le Dodu, pisque v' v'là tous réunis, j'vas commencer. Bien qu'étant né natif de Saint-Locdu, j'ai vivu la majorité d' mon temps à Paris et j'peux vous dire qu'en plus j'ai voyagegé à travers de toute la planète. A l'heure qu' j' vous cause, je croive pouvoir vous assurerer qu' je connais l'amour de fond en comble jusqu'à Z, ayant t'eu l'occasion d' tirer une quantité incroyab' d' gonzesses sous toutes les altitudes : des Noires, des Jaunes, des belles, des vioques et j'en passe. R'v'nant m'installer parmi vous, j'm'ai dit qu' je pouvais m' rend' utile aux jeunes d' mon pays en leur esposant les rudimentaires d' la brosse, pas qu'y passent pour des pommes à cidre quand t'est-ce y s'espatrillent à Pantruche, Rouen ou tout aut' capitale, sans causer d' l'étranger et des colonies d'out' mer. En amour, plus qu' dans les aut' disciplines, c'qu' un porte, c'est la manière. Av'c l'aimab' participante d'Mam'zelle Louisiana, qu'ici j' présente et qu'est une surdouée dont d'laquelle j'ai complété l'éducance par des cours assez lérés, j'vas entr' pende vot' formation, tant et si bien qu'un jour, quand vous f'rez r'luir à mort des gerces ou des julots, y vous demandreront si vous seriez pas de Saint-Locdu-le-Vieux, tellement qu' ça va d'viendre un centre d' baise réputé. Alors ouvrez vos étiquettes et vos calbombes, j'débute.

L'Incroyable s'humecte les francforts et lisse ses rares cheveux du plat de la menotte.

— Mes chers z'élèves, reprend-il, j' vous prends la situation la plus simp'. V's'êtes v'nu au cinoche, seul, pour dire d' passer l' temps, vu qu' s'êtes à vous faire chier comme un rat mort dans un' ville dont vous connaissez pas.

« A l'entrée, en même temps qu' vous r'mettez vot' bifton à l'ouvrereuse, vous y cloquez un pourliche en lu chuchotant comme quoi v' v'lez êt' placé à côté d'une p'tite frangine (si v' seriez un mâle), ou d'un beau ténébral (d'au cas v'seriez un' fumelle). Les ouvrereuses, général'ment, sont au parfum. Alors voilà, je chique au gazier qu'on propose le fauteuil près d'une pétasse, en l'eau cul rance Mam'selle Louisiana ci-jointe. Je m'assoye. C'est l' noir ; à l'écran, des gus font leurs conneries coutumaces. Pour attaquer, j' me penche su la mômasse et j'y d'mande : "Le flim est commencé d' puis longtemps, jolie d'moiselle ?" Un détail : même que v' v's'adresseriez à une tarderie bourrée d'heures de vol, vu qu'on n'a pas tous les jours du caviar, app'lez-la mad'm'selle. Alors, la grognasse est obligée d' répond. A vous, mam'zelle Louisiana. »

Louisiana murmure :

— Il n'y a eu que le générique, monsieur.

— J'vous remercille, mad' m'selle, c'est très aimab' à vous d' vot' part.

« Vous feintez d' bigler l'flim un moment. N'ensute vous dites à vot' voisine un truc du genre : "C't'un crack, c'Belmondo", ou bien "Y vous fait pas chier, vous, l' cinéma japonais ?", c't'à vous d'juger. Si ell' répond, y a plus à hésiter : passez aussi sec à l'attaque. L'genouxe, naturliche ! V'partez à la r'cherche du sien. Quand t'est-ce vous l'avez trouvé, vous plaquez l' vot cont'. Tout l'monde suit ? R'gardez mon genouxe et çu d' Mam'z'elle Louisiana, on direrait des genouxes siamois. C't' première étape franchie, vous travaillez de l'accoudedoir. Même qu'elle aurait son bras à elle posé d'sus, hésitez pas à l'repousser pour y mett' l' vôt', comme j'fais sur c' liv' qui constitue un accoudedoir. Après quoi, v'laissez pend' vot' main au-dessus de ses jambes, just' pour déflorer sa robe du bout des doigts. Évid'ment, la chiasse c'est quand é portent des pantalons, ces enfoirées, mais ça modifie pas la technique. Là, faut qu'on prend' son temps pour la caresse. J'en sais qui bâclent. La gerce, on l'a à la langoureuse. On y fait naît' l' désir, comprenez-vous-t-il ? Matez mes salsifs, chers z'élèves. Le long d' la cuisse, sans presser l' mouv'ment. Les quat' doigts, lent'ment... Frotti, frotta... Comme si ça s'rait un jeu. J'vous parille qu'é rebuffera pas.

« On va voir si v's'avez compris. Toi, là, à gauche, à la ressemblance, t'es l' fils à Martin, j'suppose ? Martin Honoré d' la Grand-Gouille ? Oui ! Tu voyes s'j'sus physionomiss. Et la grande bringue, à côté d' toi, c'est qui est-ce ? Quoi ! Une Marchandise ? Seigneur, on les a toutes tringlées, les Marchandise dans not' famille. Pépé s'emplâtrait la Grande Marcelle, p'pa se payait Sandrine et moi j' fourrais la p'tite Agnès qui louchait un brin, c' qu'ajoutait. C'est qui pour toi, Agnès, ma poule ? Ta mère ? Oh ! ça alors ! La voyouse qu'a eu là ! J'espère qu' t'y ressemb' pour l'enfilade ! Comme é craindait de s' faire mett' en sainte, j' lu fourrais l'œil d' bronze. Lu fallait du courage parce que même jeunot j' m' trimbalais déjà une chopine féroce ! Alors, t'es la fille Marchandise ! Tu sais qu' j'en ai l'alarme à l'œil, môme ? Pour la beauté du geste, faudra qu' je te calce ! D' nos jours qu'a la pilule, j' te pratiqu'rai façon normale, ma gosse, j'espère que Mam'zelle Louisiana y verra pas malice. Qu'é comprendra qu' c'est just' pour l'émouvance du souv'nir. Et ta chère moman va bien ? É fume toujours du prose, la belle âme ? J'aime mieux pas t' d'mander à quoi é ressemb' pour m'éviter les désilluses. Ces dames d'ici, quand é zont franchi la quarantaine, é d'viennent larges comme des bahuts.

« Où en étais-je-t-il ? Oh ! oui, l' cinoche, le fils Martin qui drague la fille Marchandise ! Une Marchandise, merde ! C'est ben pour dire que la vie c'est la vie ! Allez, p'tit homme, mont'-nous ce qu' t'as r'tenu. La main pendante ! C'est ça. Tu lui déflores la robe du bout des pinces. Vas-y mou, mon drôlet, c'est

pas un cul d' vache! Volutueusement, j'ai dit. Faut
qu'é mouille douc'ment! Dou-ou-oucement! Parfait.
Mate comme é trémousse des nich'mards, c'te chérie!
Ça l'excite. R'garde-moi sans t'arrêter, fiston. J'pratique d' même av'c Mam'zelle Louisiana. Mais je la
brège, sinon, ça d'vient un documentaire. Tu
r'montes un chouïa d' manière et lu caresser le minou
n'a travers sa robe. Finito la cuisse, maint'nant tout
pour la motte, mec. Tu lui mignardes la frisure.
Voilà, t'as tout pigé. C'est gagné. Continue d' titiller
son mignon frifri. Tu sauras qu'elle épanouit de la
chatte quand é desserera ses cannes. C't'instinctif.
Dès qu' leur vient la pâmade, é z'écartent le compas!
La nature!

« Matez Mam'zelle Louisiana qu'est une ultra-sen-
sib' et c'est c'qui fait son charme. Voiliez comme é
décrit un grand ang'. Alors que fais-je-t-il en pareil
cas? Ceci, mes chers z'élèves. D'ma main libre, j' lu
remonte sa robe, biscotte faut pas laisser quimper sa
chatte, on risquerait d' perd' l' bénéfice d' la p'tite
séance. Ces salopes, faut s'attend' à tout! Quand
l'idée les prend brusqu'ment de chiquer les chastes
gonzesses, on l'a dans le fion! Des têtes d'émules,
sans vouloir m'vanter. Ça y est, la jupe ou la robe sont
relevées. Hop! j'saute par-dessous pour continuer la
manœuv'. T'sens, Martin, comme sa p'tit culotte est
déjà trempée? Une serpillière! Comment? Ell' a pas
d' slip? Ben naturell'ment: une fille Marchandise!
Où avait-je-t-il la tête! Chez les Marchandise, l' slip
est inconnu au batalion. Là, ell' t'épargne l'utilme
ostacle; tu peux bagu'nauder des doigts dans sa
cramouille à ta guise, c'est entrée lib'.

« Mais prenons l' cas d' Mam'zelle Louisiana qu'est
moins salope, étant canadienne. Faut qu' j' vais

composer av'c sa culotte, mes chers z'élèves. Bon, pour commencer, je faufile d' l'indesque pour y interpréter la danse du sclap autour du clito. Penchez-vous, rien perd' de l'O.P.A. du professeur Bérurier. Jugez comme é participe élégantement, Mam'zelle Louisiana. Qu'elle avance bien l' puvis loin du siège, afin que j'aye pas trop à m' casser l' chou. Dès lors, ça d'vient une plaisantrerie de l'ôter son mignon slip. Voiliez? Hop! Un p'tit glissage à droite, un aut' à gauche, j' tire du milieu et on n'en cause plus!

« Mais dans tout ça, m'objecterez-vous-t-il, que devient vot' panais? C'qui d'vient? Y d'vient qu' l'instant est v'nu de lu faire faire sa p'tite prom'nade d'santé à l'air lib'. Allons, m'sieur Dupaf, paressez pas, sortez d' vot' tanière! Suffit qu' v' s'amenassiez la main de la gosse su vot' cage à burnes pour qu'illico elle vous estrapole le chauve à col roulé. C'est l'cas pour Mam'zelle Louisiana qu'a c'pendant affaire à fortes parties.

« La fille Marchandise! Tu veux bien m' dégager l' braque au fils Martin? D'mon temps, fallait batailler av'c les bouton des braguettes. D'puis la ferm'ture Éclair, on joue su' l' velours. Putain d'elle! Mais qu'est-ce tu me déballes de ce futiau, Marchandise? Ah! c'est pas un Martin pour rien, lui! Y z'ont toujours eu des queues de cerise dans c'te famille. Crâneurs, avec ça! Un zob plus mignard qu'un p'tit doigt d'officier et y trouvent l' moilien d' rouler les mécaniques! Ben mon pauv' gars, tu joues Ouatère-l'eau-morne-plaine, tézig, avec ce gnocchi. Mais qu'est-ce tu vas en fiche d'une mouillette pareille! Une qui te fait une pipe, ell' a l'sentiment d' fumer une Camel! J'sais pas comment t'est-ce vous assurez vot' descendance, vous aut'. Vous avez des amis, probab'. Ou alors v's'êtes abonnés au *Chasseur Français* pour qu' l' facteur passasse chaque mois à la maison! Pourtant si vous f'ziez tricoter vos chiares par d'aut', ils auraient des asperges conv'nab', fatalement.

« C'est comment t'est-ce, ton prénom, fille Marchandise? Josette? Jockey! Ben ma Josette, pour la démontrance, faut qu'tu va t' chosir un aut' part'naire. Tiens, le gros qui fouette la rouquinerie, à ta droite! La manière qu'il protubère du Kangourou, j' d'vine qu'il a les amygdales enflées. Sors-moi-lui sa rapière, Josette! Oh! la la! cette destérité! T'es pas une Marchandise pour rerien!

« Là, j'voudrais ouvrir une parenthèse, mes chers élèves, su' la manière, pour une jeune fille d'déballer l' guiseau d'un jules. Pas l' prendre à la chochotte, comme si s'agirerait d'un p'tit four chez la comtesse. Bien plonger la paluche dans l' panier d' môssieur comme si vous saisireriez une grosse pomme d' terre de comique agricole. V' n'avez vu la façon qu' Josette a été à la ramasse? Décidée! Ell' a biché l'objet par en dessous, rien meurtrir, pas érafler l'module à la ferm'ture, surtout. C'est tiné, chez les filles Marchandise, un tel geste pareil! Ferme et délicat. Elle emprisonne tout l' paf dans sa main et protège la têt' d' nœud av'c son poignet. Tu veux-t-il bien r'commencer, Josette, sans rien changer, qu' les autres pigent?

« Les d'moiselles, approchez-vous, ça vous concerne. Éguesécute lent'ment, ma mignonne. Voilà! La paluche ratisse profond. Chope la belle truite frétillante, amorce un pivotement du poignet, et ramène misteur Popaul à la surface n'après un brèfle pàlier d' décompressage. Beau chibre! Compliment, l'Rouquin! Dis voir, toi, t' s'rais pas un fils à Romain

Cugnais, de Bonnegagne? Si? M'étonne pas, ils
avaient des idées pou' d'venir roux dans la lignée. Y
tournaient autour du pot. S' payaient des blondins à
r'flets cuivrés. Fallait qu'un jour ça déboule, le gazier
testuellement queue-d' vache, comme te voilà. Ton
dabe l'avait épousé la Fernande Maupas, du Guil-
loud? Elle aussi é chicanait sur la rousseur. Sa chatte
plus qu' ses ch'veux, j'm'rappelle. Son tablier d'
sapeur, l'avait vraiment des couleurs d'automne.
J'voudrais pas t' vexer, mais é baisait comme une
génisse, ta daronne. Just' pour faire plaisir aux pas-
sants. Mais c'est pas l' tout, on s'éloigne du ciné. »

A cet instant, je pousse un peu trop fort la lourde,
dont les gonds, ingraissés depuis des lustres lâchent
une plainte acide. L'attention générale se porte aussitôt sur nous. En nous reconnaissant, Béru pousse une
clameur de loup-garou qui vient de dérouiller une
volée de chevrotines. Il se dresse, la biroute au vent,
dodelinante comme une tête de tortue de mer à
laquelle on lit un texte de M. Robbe-Grillet.

— Mes potes! Mes potes! il s'écrie. C'que c'est
chouette d' vous être apportés jusqu'à ici! Mais c' que
c'est gentille! Vous m'en faites chialer les yeux! Bon,
mes chers élèves, on va t'êt' obligés d'interrompre ce
cours pou' l' r'porter à d'main même heure. Vous
s'rez bien aimab' d' changer d' slip biscotte on va
passer à la l'çon suvante qu' j'untutile: "Après l'
cinoche, l'hôtel". Mam'zelle Louisiana prêtera un' d'
ses culottes à Josette Marchandise pisqu'elle en n'a
pas. Dans l'ensemb', j' vous trouve attentifs, pleins d'
bonne volonté, c' qu'est l' nerf d' bœuf d' la guerre!
N'au sujet de la zézette à Martin, faut pas dramatiser,
mon gars. J'sus sûr et con vaincu qu'avec quéqu'

séances de branlothérapie et des vitamines X.Y.Z. on
t' la f'ra grossir notabl'ment, cette mignardise. Allez,
tchao, la belle équipe ! Disez-vous bien qu' la devise
d' l'Institu Bérurier c'est : "Tant qu'a du cul, y a d' la
vie." »

— Tu sembles heureux, Gros, remarqué-je.

— J' y suis, confirme le Casanova de Saint-Locdu-
le-Vieux.

Il enserre l'épaule de Louisiana.

— J'peux t' dire qu'avec cette délicieuse enfant,
mes nuits sont aussi raides qu' mes jours ! C'est la
monstre goinfrette, Sana. On passe not' temps à
limer.

— Compliment, je vois que la lune de miel se
prolonge.

— É s' prolongera à vie, soye z'en certain. La seul'
chose qui m' tarabate un brin, c'est qu' Louisiana s'est
mis dans l' cigare d' me faire maigrir.

Il recule de deux pas, tourne sur soi-même comme
la première planète venue.

— Vous r'marquez pas ma perte d' poids, les
mecs ?

On s'efforce. On hoche la tête. On fait des mi-
miques. Par charité on dit que « oui, peut-être, c'est
pas impossible après tout ».

— J'ai pourtant déjà largué quat' cents grammes !
annonce fièrement l'Enflure. En huit jours, faut l'
faire. C't'une idée qui lu a pris, Louisiana. É trouve
qu' y m' faut dégonfler du baquet, paraît-il qu' j' l'
écrase d' trop dans l'étreinte.

Il rit.

— Bon, comme à la cabane c'est le ramadan, on va
aller claper à l'*Auberge des Chasseurs* à Saint-Locdu-
le-Petit. Spécialité d' lapin à la moutarde. Fais-moi

pas ces yeux méchants, Louisiana, j' te promets d' pas
prend' d' rillettes en entrée et d' pas écluser plus
d'une boutanche d'bourgueil. Fais-toi belle, ma
gosse, pour inciter mes potes. J'aime voir briller le
désir dans les prunelles des hommes lorsque tu parais,
comme c'est écrit dans un feuilleton de *Rustica* qu'on
doit pouvoir encore trouver dans une caisse du gre-
nier où qu' j' les conservais.

La gentille Canadienne obtempère aux ordres de
son seigneur et maître.

— Ainsi, murmure Jérémie, te voilà lancé dans
l'éducation sexuelle, Gros?

— Appelle-moi plus « Gros », j' te prille, Mori-
caud : j'ai maigri! Moui, j' viens de fonder c' t'institu
pour m'occuper et m' rend' utile au pays. Plus tard, je
développerai l'affaire. J'embauch'rai du personnel
con pétant. Tous ces bâtiments qui sert plus, j'y ferai
des chambres, des salles d'entraîn'ment, biscotte je
veux créer un centre pour la vigorisation du paf. Les
gens viendreront de toute part, et même d'alieurs,
pour s' refaire un braque, s' met' en condition d'
baise.

« On vit une époque qu' la pointe est négligée. Le
monde sont pressés, mes amis. Y s'élognent d' la
mour. J'veux les ram'ner dans l' droit ch'min de
l'embroque, ces enfoirés! L'rêve de toute ma vie!
Quand j' vivais av'c Berthe, c'était pas possib'. É m'
freinait l'entreprenance. Voulait qu' j' restasse fonc-
tionnaire. La pagouze en fin d' mois, é voiliait pas
plus loin, c'te grosse vachasse! Tandis qu' ma chère
Louisiana, elle, elle a pas plus froid aux châsses
qu'aux miches! É vient d'un pays qu'on voye grand,
les mecs. É m' pousse d'entreprende. »

— Va te falloir un énorme financement pour créer
ton centre, Alexandre-Benoît, j'objecte.

Il hausse les épaules.

— T'sais combien t'est-ce y a d'hectars autour d'
c't' ferme, Antoine ? Deux cent quarante ! D'puis qu'
mes vieux est morts, j'les donne à cultiver à mon
cousin Auguste Bérurier. Mais y me cloque des fè-
vettes, ce grigou. Lui, la famille c'est sacré ; faut la
plumer à mort ! Du coup, j' reprends mon domaine, je
m'assocille av'c un prometteur immobilier et on lotit,
mes drôles. On lotit à mort ! L'artiche rentre à flots.
J'aménage mon centre de zobothérapie. Ça affluxe
par pleins charters. Tous les amoindris d' la membrane, les pendouilleurs du p'tit Pollux veuillent
qu'on leur r'mette la bistoune en état. Qu' je les
rerende performateurs. J'vous prédille qu' la répute
au professeur Bérurier dépasserera les frontières !

L'optimiste nous saisit chacun par un bras, au plus
fort de son enthousiasme, et nous fait visiter son
domaine. En passant devant l'ancienne porcherie,
nous percevons des grognements.

— Tu as des bestiaux, Béru ? m'étonné-je.

Il paraît gêné.

— Juste un cochon, pour dire qu' ça fasse moins
tristounet, ces bâtiments déserts.

— Montre voir !

J'ouvre la partie supérieure d'une porte à double
ventaux superposés. Un fort goret, qui pourrait s'appeler Bérurier, vient me saluer. Drôle d'animal ! Il
n'a pas d'oreilles, pas de queue et porte de profondes
plaies aux antérieurs.

— Il a été attaqué par un fauve, ou quoi ! s'exclame
M. Blanc. Il existe encore des loups dans ce pays ?

— Non, non, rassure le Mastar. C'est pas grave, il
cicatrise très vite et très bien.

— Mais encore ?

Sa Majesté détourne la tête.

— C'est moi, avoue-t-il. A cause du régime dont Louisiana m' fait subir. Y a des moments, j' craque. Alors je viens m' taper un p'tit morceau d' Gaston, comme casse-faim. L' cochon, si vous aurez r'marqué, c'est aussi bon cru que cuit, et c' s'rait même davantage meilleur, à mon sens...

Nous lui jetons un regard étrange, venu d'ailleurs.

C'est au cours du succulent repas, à l'*Auberge des Chasseurs*, que tout naturellement nous relatons à notre « ex-collègue » les surprenants événements que j'ai eu le vif plaisir de porter à ta connaissance.

Il a beau s'être détaché de la Rousse, le Mastodonte, une énigme de cette magnitude ne le laisse pas indifférent. Il pose des questions, revient sur les points épineux et finit par demander à voir le message placé dans le coffre-fort ainsi que l'agenda du regretté Jean Bonblanc.

— Conçois-tu, Gros (il ne relève pas cette impropriété de sobriquet), la façon dont un certain D.C.D. est parvenu à introduire sa lettre dans le coffre?

— Non, avoue Alexandrovitch-Benito, je voye franch'ment pas.

— Et pourtant, elle y était !

Alors il nous gratifie d'un rot fortement aillé.

— Qu'elle y fusse t'été, c'est ton Bonblanc qui l'a prétendu !

— Évidemment, mais pourquoi aurait-il prétendu une chose aussi invraisemblable ? Une chose dont il est pratiquement mort de saisissement ?

Alors, le célèbre philosophe Alexandre-Benoît Bérurier de sentencer :

— Il est plus fastoche de comprend' pourquoi vot'

père Bonblanc aurait prétendu cette chose-là que d'
mett' une lettre dans le coffiot d'quéqu'un quand on
n'en a pas la clé! Un mec, pour agir d'la sorte, l'aurait
fallu, soite qu'y craque le coffe à la nitro-vaseline,
soite avoir la complicité d' la banque!

Il plonge son couteau dans son camembert épanoui
et ajoute en nous circulant de son œil maquigno-
nesque:

— Ou si j' me goure?

Un silence propice à la réflexion suit.

On le sent bel et bien qu'il n'a pas tort, le Gros
(pardon: l'ex-Gros). Néanmoins, j'ai à cœur d'obsti-
ner:

— Jean Bonblanc passe à sa banque (j'ai vérifié) et
descend à son coffre. Tout de suite après, il va se faire
triturer la tige dans un mignon clandé et, comme la
taulière le trouve soucieux, il lui narre son aventure.
En pleine prestation, il décède d'un arrêt cardiaque.

— V's' êt' sûrs?

— J'attends l'autopsie, mais tout nous induit à le
penser. Si cette lettre lui était parvenue par une voie
normale, pourquoi aurait-il prétendu l'avoir découverte dans son coffre?

— L'avait p't'êt' ses raisons, émet l'Enflure (en
cours de dégonflage). Vot' guignolo, les mecs, m'nait
pas une vie de bois-scout; c' téléphone clandessin,
dans une masure toujours au nom d'un vieux mort, l'
prouve! A quoi qui lu servait-il, sinon à enregistrerer
des messages pas catholiques? Des trucs que Bonblanc n' pouvait pas s' permett' de recevoir dans ses
burlingues ou chez lui. Si vous aureriez pas trouvé
l'interrogateur dans ses vagues, jamais personne aurait su l'éguesistance de c'te ligne bigophonique
s'crète.

— Et pourtant le « marchand de meurtres » en avait connaissance et en possédait le numéro ! clamé-je.

— C'qui portererait à faire croire qu'il touche vot' Jean Boncru d' très près. Ah ! v's'êt' pas encore sortis de l'auberge, mes loustics !

Tout en grommelant, Sa Majesté rurale et amaigrie feuillette l'agenda.

— Si v' voudriez mon aviss, l' blaze du tueur s'trouve là-d'dans.

— Merci, l'oracle, fais-je en avançant la main pour récupérer le carnet gainé de croco.

Mais au lieu de me l'abandonner, Béru s'y cramponne comme Werther à une lettre de Charlotte dans laquelle elle l'informe qu'elle n'a pas revu ses règles depuis la Saint-Trouduc.

— *Momente, por faveur !* grogne-t-il en étranger.

Et le Frugal s'abîme dans l'étude des feuillets journalisés.

— V's'avez-t-il r'marqué l'écriture à Jean Boncuit ? nous interpelle-t-il, au bout d'un peu.

— Qu'a-t-elle de particulier, ô grand maître de la déduction et du bourgueil rouge réunis ?

— Y n'écrit qu'en majuscules d'imprimererie.

— Ce qui est plus lisible, souligné-je.

— Et gros ! ajoute le Maigre.

— Coquetterie, je suppose. Sa vue partait probablement en sucette, mais il s'obstinait à ne pas porter de bésicles.

Notre éminent ci-devant confrère me propose l'agenda à une page donnée. Je lis, machinalement :

— « Entrepreneur pour réparer pilier du portail. » Oui ? interrogé-je avec le minimum de vocabulaire.

— Regarde le mot « pilier », Antoine.

— Je. Alors?

Il m'abandonne l'agenda pour se saisir de la mystérieuse lettre.

— Mate la fin du poulet, mec; là où le gonzier
termine par « Veuillez croire, je vous prie... »
Compare le « prie » de la bafouille av'c le « pilier »
de l'agingrat. J'sus d'accord d' me faire bouffer les
couilles par des fourmis rouges si c' s'rait pas la même
pogne qu'a écrit ces deux mots!

Le tonnerre tomberait à nos pieds par une journée
d'été ensoleillée que nous ne serions pas davantage
interloqués, M. Blanc et moi.

— Là, tu envoies le bouchon chez le voisin! murmure Jérémie. Tu te laisses emporter, Béru! Tu es en
manque de police, ça te cause des retours au carburo!

Le Mastar ne se donne pas la peine de le regarder.
Il se penche sur Louisiana, la belle silencieuse, glisse
une main paillarde sous sa robe et murmure:

— Y a une chos' dont j' voudrais qu' tu susses, ma
p'tite puce: c'est qu'un nègre d'viendra plus fa-
cil'ment blanc qu'intelligent.

Moi, hypnotisé, je m'énucle sur les deux mots
proposés par le Sagace. Tu sais *qu'il a raison*, mon
pote! La même écriture à peu de chose près.

— Tu peux toujours d'mander une analyse aphro-
logique, lance Alexandre-Benoît; qu'est-ce tu
risques, Francisque?

— Mais, doux Jésus! je m'écrie (il vaut mieux
s'écrire qu'écrire aux autres, comme ça t'as pas besoin d'attendre la réponse). Doux Jésus (reprends-
je), à quoi rimerait ce micmac de merde, merde[1]!

1. J'ai promis de plus écrire le mot « merde » dans mes œuvres,
pas les abaisser, mais là j'ai pas pu me contenir! (Note pour la
Direction du F.N.)

Alors, Jean Bonblanc s'écrit cette bafouille. Il prétend l'avoir trouvée dans son coffre ; il a posé des
questions au préposé de la banque quant à la sécurité
de la chambre forte, et l'employé se rappelle qu'il
semblait « nerveux », et c'était bidon ! Simulacre ? Il
raconte cette mésaventure à la performante (je devine) Miss Gladys, et meurt en lui briffant la cha-
gatte ! Dans quel but aurait-il fait part d'une émotion
feinte à cette personne qui s'en foutait ? Parce qu'il
savait qu'il allait mourir entre ses cuisses et qu'il
voulait qu'elle répétât la chose ? Voyons, le Mince, ça
ne tient pas debout ! C'est con, incroyable et vain ! Et
puis, dis, le message dans le répondeur mystérieux,
c'est encore Bonblanc qui aurait déguisé sa voix ?
Non, mon pote. Viens avec moi, je vais te le faire
entendre ! Allons, moule ton calandos, sinon tu vas
reprendre tes quatre cents grammes ! Je veux que tu
écoutes ça avec tes oreilles d'éléphant. C'est bien joli
de chiquer les Sherlock pour épater la galerie. Remue
ton énorme cul et suis-moi, fleur d'embrouilles !

La rogne, tu comprends ?

Il est pas possible, ce gros nœud pas humain, de
nous casser notre énigme avec sa suffisance de marchand de vaches.

Il me suit en conservant son léger sourire de borgne
sûr de soi et dominateur qui déambule parmi des
aveugles en leur tirant des bras d'honneur. On va
jusqu'au couloir des chiottes qui, à l'*Auberge des
Chasseurs*, tient lieu également de cabine téléphonique. Y flottent des odeurs de merde et de citronnelle, la seconde n'ayant pu vaincre la première.
Je compose le numéro de la bicoque perdue. Puis
actionne l'interrogateur. Tends ensuite le combiné au
Magistral.

— Tiens, rince-toi le tympan !

Béru le Magnifique se prête docilement à l'opération. Juste avant que le répondeur se mette à dérouler, il me demande :

— Tu la connaissais, tézigue, la voix à Jean Bondyork ? J'pense pas, puisqu'il était viande froide la pr'mière fois qu' tu l'as vu ! Alors sur quoive tu te bases-t-il pour comparerer ?

Il a toujours le dernier mot, ce sale con ! Mais, bordel, elle lui vient d'où et de qui cette jugeote infaillible ? Ils sont tous commak, à Saint-Locdu-le-Vieux ?

Néanmoins, il prête une oreille professionnelle au répondeur. Moi, j'en profite pour aller lancequiner. Dans les chiches fermées, y a un gonzier qui s'extrapole la boyasse avec force et fracas. Tu te croirais revenu au temps de la guerre des Malouines quand les Rosbifs teigneux allaient étriper les Argentins pour défendre leurs moutons d'outre-mer. Il y va d'un beau courage, le dépaqueteur.

Je profite de la glace du lavabo pour me recoiffer et me voter un petit sourire encourageant. « Allons, Sana, mon biquet, tu ne vas pas te laisser impressionner par les événements, non plus que par les conclusions qu'en tire le professeur Béru de l'Institu Bérurier ! »

Mon voisin sonore sort des chiches en rajustant sa ceinture. Le Mammouth lui adresse une œillade complice.

— C'est pas que ça rapporte gros, mais ça soulage, hé ? lui lance-t-il.

Le bonhomme, du genre notaire de sortie, rosit de gêne et presse le pas sans répondre.

Furax, la voix vengeresse du Terrible le rattrape :

— Ça joue les « Canons de La Varenne » en bédolant et ça roule sitôt le bénouze remonté ! Ah ! la race humaine, tu parles d'une engeance !

— Tu as écouté les appels ? coupé-je.

— *Yes*, sœur. Mais pourquoi qu'tu m' avais pas causé du troisième ?

— Quel troisième ?

Je décroche et réitère l'opération : je suis interrogateur dans l'âme ! Premier appel : la gonzesse à propos du type de Bruxelles. Second appel : l'avis de Mister Mystère. Au passage, je réalise pourquoi, sans avoir — et pour cause — jamais entendu la voix de Jean Bonblanc, j'ai su que celle que j'écoute là n'est pas la sienne : il s'agit d'une voix de maigre !

Fin du second message. Le clap d'enchaînement retentit. La même personne déclare :

— *« Nous sommes le 18 juin, il est vingt heures quinze. Ici D.C.D., monsieur Bonblanc. Je vous informe que le travail dont je vous ai parlé hier est fait. Je me permettrai de vous appeler demain, à votre domicile de Glanrose, disons à midi précis. Je ne pense pas que la chose vous pose problème puisque vous avez réunion du conseil municipal le matin. Bonsoir ! »*

CHAPITRE IV

L'ESSENTIEL, C'EST PAS DE COMPRENDRE,
C'EST D'ALLER DE L'AVANT

On se ramène à la table où Louisiana et Jérémie nous attendent pour attaquer l'île-flottante-crème-vanille.

La jolie Canadienne se fait un brin provocante, afin de stimuler les fonctions génitales du beau grand nègre aux dents de lion et au regard de braise, mais M. Blanc a ses culs, comme d'autres ont leurs têtes. Il bouillave avec circonspection, ne trompant sa chère Ramadé que très occasionnellement et seulement lorsqu'il a le sensoriel court-circuité. Aussi, la gentille compagne du sire de Béru en est-elle pour ses frais.

Nous relatons à Jérémie le troisième message du répondeur, ce qui ne laisse pas de l'étonner.

— Donc, si nous le prenons au pied de la lettre, réfléchit-il, D.C.D. aurait assassiné une personne gênante pour Jean Bonblanc ?

— Donc, oui, admets-je. C'est comme qui dirait « l'échantillon de propagande gratuit ». Cette preuve de ses capacités trucidaires étant fournie, il compte prendre langue demain avec le vieux pour envisager d'autres liquidations, mais payantes celles-là. Un vrai businessman !

— Quelque chose me trouble, avoue le Négus. Ce

D.C.D. est un familier ou pour le moins un proche de
Bonblanc puisqu'il sait qu'il y a réunion du conseil
municipal dans sa commune demain matin. *Or, il
ignore que le bonhomme est mort.*

— Seule la frangine est au parfum, mon grand.
Elle n'a peut-être pas encore propagé la nouvelle,
attendant pour ce faire les résultats de l'autopsie.

— On devrait en avoir le cœur net, assure Jérémie.
Tu permets que je lui passe un coup de grelot ?

— Et comment !

Je lui cloque le numéro de turlu des Bonblanc frère
et sœur.

Le Gros, soudain, a les yeux emplis de larmes qui
perlent sans tomber. D'où lui naît cette brusque
émotion ? Nostalgie du foyer sacrifié à une foucade ?

J'avance ma dextre vers sa sinistre, la plaque sur
cette chose pareille à une tétine de vache qui est la
main inerte du Gros.

— Ça coince ? lui demandé-je.

Il hausse les épaules, essaie de vider son godet de
bourgueil, mais la gargante est bloquée comme un
sablier par temps humide. Il respire grand. Cette fois,
des pleurs épais tombent comme les premières
gouttes d'une pluie d'été sur la nappe de papier
empesé de l'*Auberge des Chiasseurs*.

— C'est le boulot, dit-il. De vous voir av'c ce
turbin su' les endosses, tu comprends ? C' négr' de
mes fesses, j' sais bien qu'il est pas trop con, mais d'là
à m' remplacer, mec ! D'là à équivaudre à ton vieux
Béru ! Oh ! putain ! Dis-moi pas l' contraire, j'te
croirerais pas ! V's'êtes là av'c un problo carabiné !
T'entres dans un d'ces bigntz qu' si t'auras pas un
homme estra con pétant av'c, tu risques d' passer à
côté d' la gagne ! On tutoie l' big circus, Antoine ! On

volplane dans l' mystère en aile delta, mon pote ! Kif
t'esplorerais la cordelière des Gendres à ch'val su' un
U.L.M. C'est du pur nanan, l'historiette qui t'échoit.
T'en f'ras un bouque qui s' lira encor' dans cent piges !
Dans les écoles d' police, ils la citreront en exemp'.

« C'qui m' ronge, tu voyes, c'est d'aller coucouche-
panier comme un con avec ma pétasse. Bon, j'la
tirerai avant d' pioncer. Une queutée sèche de quand
est-ce on a le cœur gros. Et vous, pendant que j' la
mont'rai en danseuse, vous vous lancerez au charbon.
Tu croives qu' j' l' sais pas qu' ça va t'ête la nuit
blanche assurée, Sana ? T'es pas l'homme à rentrer t'
glisser dans les torchons pendant qu'y s'déroule des
périphéries d' c't'ampleur ! Tu vas vouloir vérifier
dare-dare si c'est exaguete qu'on a ciré quèqu'un
proche du père Jean Bondeparme. Técolle, l'heure
induse, tu t'en branles ! Les p'tites visites d' noye,
c'est ton espécialité, grand malin ! »

Oh ! ce ciel lourd dans les prunelles béruréennes.
Oh ! cette nostalgie aux fêlures pathétiques dans la
voix de l'homme de gros moignon.

— Personne ne t'a demandé de te mettre en dispo-
nibilité, objecté-je.

— Si : elle !

Il désigne Louisiana, laquelle proteste que :

— Sale menteur, c'est toi qui as décidé que nous
devions venir vivre dans ton bled à la con, afin de
savourer pleinement notre amour ! Mais si tu en as
assez, dis-le !

Sa Majesté rengracie. Non, non, il est heureux !
Tout baigne ! Il disait pour causer, histoire de parler.

Le Noirpiot revient du bigophone.

— La frangine ne répond pas, dit-il. Elle doit
dormir profondément, ou peut-être est-elle allée
chercher du réconfort chez de la parenté.

Je cigle la douloureuse, bien que ce fût Béru qui
nous eût invités, et nous laissons Tristan et Iseut à
leurs fornications forcenées.

« Les p'tites visites d' noye, c'est ton espécialité,
grand malin ! »

La remarque du Mammouth m'arpente le cigare de
gauche à droite, puis de droite à gauche et ensuite
dans le sens des aiguilles d'un monstre.

Je déboule du tunnel de Saint-Cloud et glisse vers
le bois de Boulogne. Jérémie roupille à mon côté, sa
chevelure crêpée appuyée contre la vitre. Quand il a
les paupières baissées, ça fait comme deux stores en
conque sur la Cinquième Avenue de Beethoven.

La tocante incrustée dans mon tableau de bord en
loupe d'orme marque une plombe du matin par
excès. J'appelle le Tarzan du dix-huitième d'un bref
coup de sifflet voyou. Son gros tarbouif frémit et il
exhale un soupir de taureau harassé par quinze sail-
lies consécutives.

— Mvoui ? il finit par clapoter.

Sa bouche, tu dirais les bras croisés d'un lutteur
sénégalais. Il l'humecte d'une languée preste.

— Si la frangine de Jean Bonblanc ne répond pas
au téléphone, c'est peut-être parce que D.C.D. l'a
refroidie, tu ne crois pas, Jéjé ?

— Non.

— Because ?

— S'il a approché cette vioque pour la refroidir,
elle lui aura appris la mort de son frangin ; auquel cas,
D.C.D. n'aurait pas laissé un message sur le répondeur à l'intention de Bonblanc.

— Supposons qu'il ait bousillé la vieille sans lui
avoir parlé ?

— Ça ne tient pas non plus.

— Pourquoi ?

— Il se doute que si sa sœur était clamsée, Bonblanc n'irait pas à sa séance du conseil municipal de
Glanrose le lendemain matin, et il lui donnerait alors
rendez-vous à Paris !

— Tu as probablement raison, je vais néanmoins
passer à leur domicile.

— *As you want !*

— Tu crois, toi, que c'est le vieux Bonblanc en
personne qui a rédigé ce message ?

— Non. Mais si par hasard c'était lui, je devien-
drais fou, répond Jérémie.

— Je vais confier ces documents au labo, demain,
pour expertise.

— Tu as raison, ainsi nous en aurons le cœur net.
Mais sincèrement, je ne pige absolument pas à quoi
correspondrait une démarche aussi saugrenue.

— Peut-être tenait-il à poser l'idée qu'un tueur à
gages gravitait dans son existence. Ou un fou... Une
manière de prendre les devants.

— Hmm, tortueux. Je ne l'ai connu que mort, ce
type, mais il n'avait pas l'air d'un Machiavel.

— Parce que c'est pas machiavélique d'avoir à sa
disposition une mystérieuse ligne téléphonique au
nom d'un cantonnier mort, dans une masure pourrie
au bord d'une route de campagne ?

— Si.

— Alors, Noir malin ?

— Je ne sais plus, j'ai sommeil.

— Veux-tu que je passe te poser chez toi avant
d'aller chez les Bonblanc ?

— Et mon cul ?

Je te passe le cric-crac de la grosse lourde du boulevard. La gravissure silencieuse des étages sur un épais tapis maintenu par des barres de cuivre massif. Le coup de sonnette à la porte ; qu'heureusement il n'y a qu'un locataire par palier. Silence. Re-cric-crac. On entre dans l'apparte où nous sommes venus tantôt.

D'emblée, une chose nous trouble : il y a de la lumière au salon. A travers les petits carreaux biseautés de la double porte vitrée, munie de rideaux poupette, ça brille à gros flocons. Je ne puis m'empêcher de toquer à l'un des panneaux, pour si des fois la vioque, un peu duraille des baffles, n'aurait pas perçu notre survenance culottée. Mais on ne se manifeste pas. Alors j'actionne le bec-de-cane en laiton gaufré.

Faudrait absolument que le réalisateur nous biche en contre-champ, depuis l'intérieur de la pièce, M. Blanc et moi. J'aimerais visionner les rushes. Nos deux bouilles jointes doivent être payantes. Comme frimes d'ahuris on ne peut pas trouver mieux, même dans un asile de décoiffés de la pensarde. Les lotos de Jérémie proéminent comme des périscopes. Moi, c'est surtout le menton pendouilleur qui fait coquet !

On regarde. On conçoit. On rejette. On re-regarde. On pense plus à rien. On re-re-regarde, et alors on gamberge à une chiée de choses infernales. Ça nous ravage la tronche comme si un stuka allemand de la dernière flashait les exodés en piqué.

Un moment, je me dis que je dois rêver du musée Grévin. Car ils sont quatre : trois gerces et un mec. Deux sur le canapé, deux dans des fauteuils. Morts ! Ou alors mannequins bien imités. Dans le premier fauteuil se tient la sœur Bonblanc, toute chétive soudain, tassée, le dos rond, la tête pendante. Dans celui qui lui fait face, il y a un monsieur d'une légère cinquantaine, gandin, beau mec, lunettes d'écaille. Il est très droit biscotte il tenait ses deux bras sur les accoudoirs quand la mort l'a saisi. Deux autres dames se trouvent chacune dans un angle du canapé. L'une est renversée en arrière et fixe le plafond : la plus jeune. Tailleur banal, peu de bijoux et à petits prix. Rouquine un chouïa flamboyante. A deux doigts de la vulgarité. L'autre personne est bien bousculée, élégante, Chanel, Hermès, la lyre... Elle a la joue gauche appuyée à la cordelière qui maintient l'accoudoir mobile au dossier. C'est une dame blonde, quelque peu embonpointe.

On regarde encore, plus fort. On s'en lasse pas. On s'enlace pas. Depuis l'encadrement, sans oser s'avancer. On les mate à tour de rôle. M. Blanc gratte ses fortes couilles à travers sa poche, ce qui est toujours, chez lui, le signe d'une grande préoccupation. La manière que je comporte, moi, je n'en ai pas la moindre idée.

Et, à cet instant hors du commun, je me dis : « C'EST L'AFFAIRE DU SIÈCLE ! »

— Mais c'est l'affaire du siècle que vous m'amenez-là ! s'écrie Achille.

Tu le verrais rutiler dans son smoking bleu nuit, l'Auguste. Il vient de descendre de sa nouvelle Rolls (presque aussi vieille que l'ancienne, qu'un gazier beurré à plantée avec son camion prolétarien). Celle-là, c'est une Phantom plus fantomatique que Rolls-Royce. Noire, avec une bande blanche qui la corbillarde à outrance. Il revient d'une réception à l'ambassade de Chine, Pépère. Escorté d'une donzelle chicos, robe de lamé décolletée jusqu'au joufflu par-derrière et jusqu'au nombril par-devant. Créature platinée, presque la Marilyn de la *big* époque qui laissait retrousser sa jupe sur les bouches d'aération. Un maquillage du style œuvre d'art. Une fois réalisé ce chef-d'œuvre, la miss, t'oses plus l'embrasser qu'avec une paille !

C'est le valet de chambre qui m'a dit que Monsieur était « en » soirée. Alors nous l'avons attendu plus d'une heure devant son pompeux hôtel particulier. Il a fini par débouler avec son tombereau grand luxe et sa compagne déguisée en boutique de haute joaillerie. M'apercevant, il s'est dérollsé en vitesse.

« — Grave, Antoine ? »

« — Quatre personnes assassinées dans un salon, monsieur le directeur ! »

« — Vous me la baillez belle ! Drame de la folie ordinaire ? » a-t-il bukowskié.

Étant un surdoué du condensé, en quatre phrases fortes je lui résume l'affaire Bonblanc : le message, la ligne téléphonique du cantonnier mort, puis l'annonce de D.C.D. à propos d'une première exécution à titre de démonstration. Alors il a dressé vers le ciel bouffi de la nuit ses manchettes amidonnées auxquelles brillent des jumelles or et diamant, et a lancé d'une belle voix de vieux con emphatique :

« — Mais c'est l'affaire du siècle que vous m'amenez-là ! »

Qu'ensuite, il nous a priés d'entrer dans sa taule huppée que je connaissais déjà pour y être venu en de graves et rarissimes occasions. James, son chauffeur-valet de chambre anglais nous a servi des gin-tonic corsés. La jolie dame a croisé ses longues jambes, très belles, en remontant sa robe, ce qui nous a délivré une vue imprenable sur un exquis slip blanc. On a essayé de regarder ailleurs, Jérémie et moi, par pur savoir-vivre, mais c'était bien trop fascinant pour qu'on puisse tenir longtemps. Et aussi, je me demande, vois-tu, si c'est se montrer poli vis-à-vis d'une gonzesse que de ne pas mater sa chatte lorsqu'elle te la dévoile aussi généreusement.

Narration plus détaillée de l'affaire par ton serviteur. Le Dabe écoutait religieusement, les mains jointes. Sa mousmé ouvrait de plus en plus ses admirables jambes. Au début, je l'avais prise pour une demi-mondaine, mais à l'outrance du propos, je voyais que nous avions affaire à une personne de la bonne société. Y a que les authentiques bourgeoises pour exhiber leur frifri avec une pareille impudeur. Note que je n'ai rien contre les bourgeoises, bien au contraire : ce sont les meilleures baiseuses que j'ai rencontrées ! Surtout ne t'empresse pas de me politiquer, me situant de droite quand je dis que les flics sont gentils, ou de gauche lorsque j'affirme que les bourgeoises sont salopes. Inclassable, l'Antonio. Trop ouvert d'esprit pour se laisser encarter. Si j'admire M. Mitterrand, c'est pas parce qu'il est socialiste, mais parce qu'il est beaucoup plus intelligent que les autres, au point de n'avoir même pas besoin de parler d'eux pour les niquer. Les hommes d'exception sont trop rarissimes pour qu'on leur passe outre. Ils constituent des personnages et, dans le spectacle de la vie courante, tu ne peux fermer les yeux sur la fascination qu'ils exercent.

Bon, je te reviens au salon d'Achille (j'ai pas dit « talon ») où je cause et où il m'écoute, où sa belle de nuit expose ses denrées rares (mais périssables, hélas, c'est pourquoi il faut les consommer au plus vite), où M. Blanc, enfin, ne détache plus son regard du triangle mis à sa portée.

— Donc, reprend Pépère après mon exposé, parmi ces quatre morts se trouvent la sœur de Bonblanc, son associé, sa secrétaire et sa seconde épouse dont il était divorcé ?

— C'est en effet ce que nous a indiqué l'examen des papiers que nous avons découverts sur les cadavres ou dans les sacs à main avoisinants. Lors de notre visite à la sœur, dans l'après-midi, quand j'ai évoqué les gens auxquels un tueur soucieux des intérêts de Jean Bonblanc pouvait s'intéresser, la vieille femme a mentionné ces quatre personnes. N'est-ce pas singulier ?

— Comment les a-t-on trucidées ? Quatre à la fois, ce n'est pas évident !

— A l'acide cyanhydrique, monsieur le directeur ; ils ont tous les lèvres violettes.

Il dubitate.

— Je veux bien que ce poison soit violent et rapide, dit le Dabe, mais comment l'administrer à quatre personnes simultanément ? Par voie buccale ? Supposons qu'on l'ait placé dans un breuvage, ils n'auraient pas porté leur tasse ou leur verre à leurs lèvres tous les quatre en même temps.

— Effectivement. D'ailleurs, il n'y avait aucune boisson auprès des morts. Visiblement, ces quatre personnages ont été prévenus du décès de Bonblanc et se sont rassemblés chez lui pour prendre des dispositions et non pour faire « tasses de thé » ! L'assassin en a profité pour les exterminer tous.

— Mais, saperlipopette, s'écrie le Vénérable (y a plus que lui, de nos jours, pour user d'une exclamation qui, déjà sous le Second Empire, commençait à sentir le moisi), saperlipopette, le meurtrier n'a pas administré son acide cyanhydrique comme un prêtre ses hosties. Vous imaginez ces quatre personnes, dociles, soumises, ouvrant le bec pour recevoir le poison, puis s'écroulant l'une après l'autre sans faire d'histoire ? Ridicule !

— Et pourtant elle tourne ! soupiré-je.

— Je vous demande pardon ?

— Paroles de Galilée, après qu'il ait dû rétracter devant la Sainte Inquisition sa théorie sur la gravitation de la Terre.

Agacé, Achille hausse les épaules. Sa dame de bonne compagnie se lève tout à coup et le rideau tombe sur cette partie d'elle-même qui tant hypnotisait M. Blanc. Elle sort un court instant, sans nous avoir pris congé, ce qui nous laisse espérer un prompt retour. Il s'opère plus rapidement que je ne l'escomptais.

La jolie dame reste alors dans l'encadrement de la porte et déclare :

— Le tiroir de ma commode est bloqué, puis-je demander l'aide d'un homme fort ?

Tu verrais bondir Jérémie ! Tout juste s'il ne renverse pas la table basse aux boissons.

— A votre service, madame !

Sa sortie laisse Pépère indifférent, trop mobilisé qu'il est, le vieux glandu.

— On ne les aurait pas endormis à l'aide de quelque gaz soporifique avant de leur administrer l'acide ?

— Il n'y avait pas d'odeur suspecte lorsque nous nous sommes introduits dans l'appartement. Or, un gaz met longtemps avant de se dissiper entièrement.

— Vous avez bien une version à proposer, une hypothèse, une idée, quelque chose, bonté divine ! Un homme comme vous, doté d'une imagination débordante !

Dis, il va m'engueuler si ça continue, Chilou! Irascible à toute heure!

Je crois percevoir des plaintes, non loin de là. Des soupirs profonds! Tu veux parier que la dame au décolleté lubrique se fait tirer à la sauvage par Tarzan? Je l'avais bien située saute-au-paf, la potesse du Vioque. Toutes les gerces qu'il trimbale ont le réchaud incandescent, j'ai remarqué. Petite vertu dont il n'use plus guère, celui qu'on avait surnommé « Divan-le-Terrible ». Il a viré brouteur, avec l'âge. Certes, les dadames raffolent, mais à la condition que cela constitue les hors-d'œuvre. Si c'est pas suivi d'un solide plat de résistance, elles se mettent à fantasmer et balancent leur dévolu sur le premier chibré qui passe à portée.

Comme il me faut apaiser le courroux du Kroum, je lui virgule le premier vanne qui me traverse le cigare:

— Ils étaient deux, je suppose, pour perpétrer, patron. L'un braquait l'assistance, le second a filé sa giclée fatale à chacun des assistants. C'est exécutable en moins de huit secondes, une prouesse de ce genre. Le temps que ces malheureuses personnes réalisent ce qui se passait, il était trop tard!

Il est tout joyce de ma propose, mon boss.

— Bon Dieu, mais c'est bien sûr! fait-il en donnant du poing gauche dans sa paume droite.

A cet instant, une voix stridente trémulse dans toute la magistrale maison garnie de Watteau, de Fragonard et de meubles Louis XV.

Elle clame:

— Tu vas me faire mourir avec ta grosse queue de nègre, salaud!

Le Vieux bondit à la porte et crie:

— Marie-Laure! Lorsque vous branchez un film porno sur Canal Plus, vous seriez gentille de baisser le son!

CHAPITRE V

L'HEURE DES BRAVES

L'affaire du siècle !

Elle est partie j'sais plus comment, en moins de jouge. Le lendemain, toute la presse, France, Navarre, étranger était sur le tas ! Ça assiégeait tout azimut : l'apparte des Bonblanc, œuf corse, et puis les draupers, les voisins. J'enrognais comme un pou. Il m'avait bité profond, le Dabe. Nous étions pourtant bien convenus, pendant que Jérémie sautait sa Marie-Laure, qu'on écrasait l'histoire jusqu'au lendemain midi trente, car je voulais jouer la carte D.C.D. à Glanrose. M'embusquer chez Jean Bonblanc après avoir fait placer sa ligne sur écoute, pour si des fois le meurtrier allait réellement appeler. Le Dabe confirmait : « Oui, oui, pourquoi pas ? » Seulement, après notre départ, il a révisé ce point de vue. Tu parles, une affaire de cette ampleur, il pouvait pas dormir. Il aime trop s'étaler, faire la roue, le vieux paon. Se gargariser, rouler à mort. L'occase était trop somptueuse, il ne devait pas la laisser refroidir.

C'est pourquoi il s'est mis à rameuter Paris, toute la poulaille, les médias. Aux premiers journaux télévisés, on le voit en smok, sur le front de ses troupes devant l'immeuble « fatal », péremptoire, sûr de lui et dominateur. Il a confié l'enquête à des collègues à moi, des hideux que je ne peux pas voir en photo! Selon ses dires, une information lui était tombée, en pleine nuit, provenant de son service de renseignements privé. Du cher San-Antonio, foin! Occulté, l'illustre! Rayé des cadres de sa mémoire. J'ai décroché mon biniou pour lui demander ce que cela signifiait et pourquoi il m'avait positivement démis de cette enquête en la confiant à d'autres. En quoi avais-je démérité? M'écartait-il parce qu'il avait honte de n'avoir pas souscrit à sa promesse?

Le standardiste m'a répondu que « M. le directeur ne pouvait pas me prendre, étant trop occupé ». C'est dans des circonstances identiques que tu envoies ta démission. J'ai repensé très fort à Béru, dans la ferme de ses aïeux, donnant des cours d'éducation sexuelle aux ploucs du patelin. Il avait bien raison de filocher le parfait amour dans sa campagne normande! Fallait surtout pas qu'il se laisse glisser dans les perfides nostalgies, mon pote. Et s'il avait besoin d'un prof, dans son *institu*, j'étais son homme.

On s'était filé le ranque, Jérémie et moi, pour la décarrade dans les Yvelines. Il devait passer me prendre *at home*. A l'heure dite, il était là, la gueule en berne car il avait écouté les infos.

— Le vieux con nous a feintés, hein? m'a-t-il lancé depuis la grille de notre jardinet.

— Comme des bleus. Je n'aurais jamais dû courir le prévenir. Il n'a pu résister au plaisir de faire son numéro de grand patron balançant une bombe dans l'actualité. Après notre départ, il a compris que s'il déclenchait sur l'instant le grand patacaisse, il allait avoir les honneurs de l'information, ce dont il raffole. Il tuerait sa famille pour pouvoir paraître à la télé, au journal de 20 heures. En attendant, et par voie de conséquence, nous sommes débarqués. Il refuse même de me répondre au téléphone !

— La vieille saloperie ! jette M. Blanc entre ses formidables dents déchiqueteuses de gazelles.

— Tu as eu raison de lui baiser sa gonzesse.

Là, il perd pied.

— Ce n'est pas moi ! fait-il misérablement.

— Si ce n'est toi, c'est donc ta bite, et tu as dû la réussir dans les grandes largeurs car elle gueulait comme une putoise.

— Elle m'a violé sans explication, plaide le négro spirituel. C'était de la frime, son tiroir bloqué. A peine suis-je entré dans sa chambre qu'elle m'a saisi le manche.

— Tu ne demandais que ça, grand. Tu la brossais déjà des yeux, au salon ! Cela dit, je ne te reproche rien.

Il sourit et murmure :

— Je ne voudrais pas te vexer, Antoine, mais les Blanches sont vraiment salopes ! Chez nous, l'amour implique tout un cérémonial.

— Ne t'inquiète pas : on vous corrompra pour ça comme pour le reste. A preuve, quand vos gonzesses s'installent en Occident, elles deviennent vite aussi putes que les nôtres. Les traditionalistes sont les derniers martyrs de ce temps.

On s'est assis sous notre tonnelle que je me suis décidé à repeindre, l'automne dernier. Elle est meublée de deux canapés de jardin, en demi-cercle, passablement rouillés, mais je n'avais pas de peinture blanche sous la main. On s'y tient assis comme deux vieux retraités au soleil, les mains croisées entre nos genoux écartés, le dos voûté, le regard en perte de confiance. A force que la vie te crache à la gueule, tu finis par ne plus t'essuyer.

— Alors, qu'est-ce qu'on va faire ? finit par soupirer Jérémie.

— Lire la suite dans les journaux.

Il regimbe :

— Mais, putain, c'est *notre* affaire, non ? Le cadavre de Bonblanc, sa fameuse lettre, le répondeur clandestin, les quatre personnes assassinées, c'est nous qui les avons découverts.

— C'est comme si Achille nous en avait dépouillés, il nous l'a arrachée des mains. Nous n'avons plus que les yeux pour pleurer, mon pauvre Noirpiot !

— Et si nous nous en occupions tout de même ?

— Tu ne connais pas les petits confrères ! Ceux qui sont mandatés pour mener l'enquête se torchent le cul avec ma photo tous les matins ; ils seraient trop heureux de pouvoir m'envoyer chez Plumeau !

Mais l'homme des savanes ne s'avoue pas facilement vaincu.

— Tu dis que le Vieux a refusé de te parler au téléphone ?

— Textuel.

— Par conséquent, il n'a pas eu l'occasion d'annuler ses instructions de la nuit.

— Qu'entends-tu par là ?

— Quand nous l'avons quitté, il était convenu que nous devions nous rendre à Glanrose pour y attendre l'appel annoncé par D.C.D. Puisque nous n'avons pas reçu de contrordre, allons-y, mon vieux ! Ce faisant, nous restons dans la légalité.

Ma main de grande tendresse va se poser doucement sur sa robuste épaule.

— Ta chevelure exubérante garde tes méninges à

la bonne température, Jérémie, approuvé-je. Tu as raison : allons à Glanrose. Il est bien évident que D.C.D. n'appellera pas à la suite de tout ce branle-bas de combat, mais du moins aurons-nous l'occasion d'explorer la maison de feu M. le maire.

Une aimable localité d'Ile-de-France dont la ruralité se perd lentement pour laisser place à des retraités aisés et à des résidents secondaires. Ne subsistent que quelques fermes alentour. Le village se compose de pimpantes maisons aménagées avec goût (ce goût marqué des citadins pour la pierre apparente, la fenêtre à petits carreaux, les volets verts et les faux colombages). Une église apparemment désaffectée, si l'on en juge aux mauvaises herbes qui l'assaillent, se dresse sur un promontoire qui, lui, ne s'avance que dans une mer de blé. Une minuscule mairie, pimpante avec sa façade ocre et ses lettres dorées. Un garagiste, un épicier-laitier-boulanger-bistrot. Et voilà, c'est tout. Les murs regorgent de lierre ou de glycine, les chemins se tortillent, ça sent le printemps. Tel est Glanrose.

Je me défenestre pour demander à une fille à vélo où se trouve la demeure du maire. Elle me l'indique d'autant plus aisément que nous nous trouvons pile devant.

Rien de l'opulente maison de maître que nous étions en droit d'attendre. Là comme ailleurs, là comme partout, c'est la villa « Mon rêve », avec huit cents mètres de terrain fleuri, quatre arbres fruitiers, un garage près de l'entrée, un barbe-cul à l'écart et une pièce d'eau ayant la capacité de deux baignoires. Charmant, légèrement con-con, en tout cas modeste.

Je dépose ma tire à quelques encablures et nous

revenons pédérastement, comme le disait sur son rapport un brigadier de gendarmerie, avant-guerre. Mon cher sésame remplit son illicite office. Je crois que, de toutes mes activités et prestations multiples, c'est l'usage de ce passe-partout qui impressionne le plus Jérémie. Élevé dans le respect de la propriété d'autrui, le cher garçon a toujours un haut-le-corps lorsqu'il me voit violer des portes qui ne sont pas les miennes.

A l'instant où nous pénétrons dans la villa de feu Jean Bonblanc, il grommelle:

— Je ne m'y ferai jamais! C'est illicite.

— Mais que de temps gagné! objecté-je. Te rends-tu compte qu'il me faudrait solliciter un mandat de perquisition auprès d'un magistrat ratiocineur, et ensuite le concours d'un serrurier! Tandis que là, un simple geste du poignet et les lieux sont à notre disposition. Nous ne cassons aucune potiche, ne vidons pas les bouteilles, n'éjaculons pas sur les couvre-lits de satin et ne nous mouchons pas dans les rideaux, alors, où est le mal?

Tout en essayant de calmer ses affres avec ces arguments primaires, je parcours les lieux rapidement, histoire d'en prendre la mesure. Archiclassique: petit hall, living, cuisine, bureau, en bas. Trois chambres et deux salles de bains en haut. L'étage est mansardé comme il se doit. La maison est parfaitement tenue. Pas un grain de poussière, pas une tache, les tapis ne font pas un pli. Les meubles et les cuivres brillent. Aux murs, des tableautins peints par des naïfs yougoslaves (les véritables naïfs étant ceux qui les achètent). Une bonne odeur de citronnelle ajoute à la notion de propreté.

Me mets en quête du bigophone. Je trouve un poste

mural dans la cuistance, un deuxième dans le bureau et un troisième dans l'une des chambres.

Je décroche le combiné du burlingue et compose le numéro des « écoutes ». Le brigadier Bedaine me répond. Je me fais connaître, lui fournis mon numéro et lui communique celui de l'appareil sur lequel je l'appelle.

— Enregistrement et localisation de toutes les communications arrivant ici, Bedaine. Mettez le paquet, mon vieux, il s'agit de l'affaire du siècle.

La chose étant établie, je raccroche et constate l'heure. Moins vingt de midi.

Le Noirpiot a un sourire qui éblouirait un aigle royal habitué à faire de l'œil au soleil.

— Tu ne peux pas t'empêcher de croire à ce coup de biniou annoncé par le tueur, gouaille-t-il.

Je hausse les épaules.

— Dans notre job, Blanche-Neige, si on ne croyait pas aux miracles, on travaillerait dans les assurances.

— Comment veux-tu que D.C.D. donne suite, à présent que la France entière connaît la mort de Bonblanc et des personnes qui le touchaient de près ?

— Écoute, Jérémie, tu es conscient de l'anormalité de cette affaire. Elle fonctionne à contre-logique, à contresens, à contretemps. Il y a de la folie dans cet enchevêtrement d'événements. Il est stupide d'attendre un comportement logique du principal protagoniste puisque rien ne l'est dans le déroulement des faits. L'homme promet à Bonblanc de supprimer une personne gênante pour lui, manière de lui démontrer son savoir-faire. Or, il en carbonise quatre ! Toutes celles qui étaient susceptibles de faire de l'ombre au curieux bonhomme, faisant ainsi place nette. Ne me dis pas qu'en allant bousiller les quatre individus en question, il ignorait alors le décès de Bonblanc ou que, dans l'affirmative, il ne l'a pas appris avant d'opérer cette hécatombe.

M. Blanc fait miauler de la paume ses joues inrasées.

— C'est peut-être parce qu'il a appris à cet instant la mort du vieux qu'il a été amené à liquider tout le monde. De toute manière, il n'appellera pas. C'est im-pos-sible !

Tandis qu'on devisait, j'ai exploré les tiroirs et le classeur du bureau, mais sans conviction. Un homme disposant d'un répondeur clandestin, dont l'abonnement est souscrit par un mort, ne conserve pas de documents compromettants dans sa résidence secondaire ! Quelles stupéfiantes magouilles se cachent dans tout ce mystère ?

M. Blanc bâille.

— Tu as mal dormi ? m'enquis-je.

— J'ai bien dormi, mais peu. Quatre heures, c'est pas suffisant pour un mec dans la force de l'âge.

— D'autant que tu t'es cru obligé de faire l'amour à Ramadé en rentrant ?

Il « blêmit ».

— Comment le sais-tu ?

— Je te connais. Tu es un garçon d'une grande probité. Ayant tiré la pouffiasse du Vieux, tu as eu le souci de réparer le préjudice moral qui s'ensuivait pour ta femme, alors tu l'as grimpée en arrivant chez vous. Ton sens de l'équité ! C'est de là que provient ton charme. L'être épris de justice survole les autres.

Il détourne les yeux.

— Je me pervertis dans ce pays de merde, déplore le grand.

— Personne ne te contraint à y vivre, hé, primate !

Si tu as préféré venir balayer les rues de Paris plutôt que de continuer à récolter le manioc dans ton bled de mes fesses, c'est que tu aspirais à autre chose.

— Oui : à gagner assez d'argent pour élever les miens et donner de l'instruction à mes enfants. Alors, je nettoyais les trottoirs infâmes des merdes de chiens qui les constellent.

Je ne l'écoute plus, fasciné que je suis par la grande aiguille de ma tocante, laquelle est à une poussière de millimètre du petit signe triangulaire surmontant le chiffre 12.

D'instinct, Jérémie contrôle sa Swatche helvétique.

— Il est l'heure ! rigole le tout *black*.

— Presque, dis-je, et je vais t'annoncer une chose, Jérémie Blanc : ça va sonner. Je le sens, je le sais. Tout mon être est en état d'alerte. Quelque part, D.C.D. a commencé de composer ce numéro ! Je te parie ma Maserati, je te parie mes burnes, je te parie ma vie ! C'est cela être un authentique policier, Jérémie Blanc ! Ce côté presque médium. Ces certitudes absolues qui s'emparent de vous, parfois. La folie continue, Oncle Tom ! Le Grand Blanc Santantonio est plus fortiche que ton sorcier de beau-père. Je veux que ça carillonne ! Et alors ça va...

N'empêche que la sonnerie me fait bondir. M. Blanc se stratifie statuette d'ébène[1].

J'avance une main glacée vers le combiné.

Quelle voix pouvait avoir feu Jean Bonblanc ? Une voix lente de vioque, bien sûr. Une voix épaisse de bâfreur (il était gros). Une voix légèrement haletante d'asthmatique !

----

1. San-Antonio n'hésite jamais devant l'originalité d'une comparaison.

Mallet et Isaac

— Oui, j'écoute?

Je me dédouble pour essayer de juger ma voix d'emprunt. Convient-elle ? Il m'arrive fréquemment de vivre ce genre de situation où je dois, d'instinct, me faire passer pour quelqu'un que je ne connais pas. Il me faut pour cela « réinventer » sa personnalité, la deviner, la percer à jour et, à la seconde, la restituer.

— Oui, j'écoute ? attaqué-je prudemment.

— Bonjour, monsieur Bonblanc, je vois que vous attendiez mon appel car vous n'avez pas fait long pour décrocher.

La voix est, non pas déguisée, mais passée dans un filtre qui la modifie, comme celle de ces « témoins » télévisuels qui entendent conserver l'anonymat et qu'on montre de dos ou en image codée.

— Que pensez-vous de notre travail? continue le correspondant.

— Vous n'y êtes pas allé par quatre chemins! réponds-je d'un ton flageolant.

Léger rire du mystérieux interlocuteur.

— Une démonstration se doit d'être sérieuse, dit-il de sa voix robotique.

Un silence, je souffle fort dans l'appareil, comme il siérait à un gros vieux type en proie à une forte émotion.

— Ne pensez-vous pas qu'il est grand temps de parler de choses sérieuses, ami Bonblanc?

— Je ne sais pas... Peut-être, bafouillé-je.

Un chef-d'œuvre, ton Santonio, l'aminche. Tu l'écouterais, tu serais fier d'être son lecteur. Dans ma réponse, les mots, le ton, les points suspensifs traduisent la presque panique d'un homme happé par des rouages qu'il n'a plus la possibilité de contrôler.

La voix métallique repart, morte dirait-on, dépassionnée au point d'en devenir insoutenable. Et sais-tu ce qu'elle bonnit, cette voix étrange venue d'ailleurs, fleur de mes fesses?

Ceci:

— La neutralisation du vieux qui vous gênait, c'est cadeau. Vous m'entendez bien? Ca-deau! Par contre, celle de votre ex-femme va vous coûter vingt-cinq millions. Je répète: vingt-cinq millions. Inutile d'ergoter, de tergiverser, le prix a été minutieusement étudié en fonction de vos possibilités... occultes. Vous avez trois jours pleins pour réunir la somme. Lorsque ce sera fait, placez-la dans votre coffre de la villa où vous vous trouvez et attendez nos instructions. Puis-je d'ores et déjà enregistrer votre accord, ami Bonblanc?

Je me tâte sur la réponse à fournir. Faut dire que je suis plongé dans le sirop d'incomprenette, le plus noir et le plus épais. Te rends-il-tu-compte, comme dirait mon cher Béru, que mon correspondant est en train de me proposer de *mettre à mort une femme qui a été assassinée la veille au soir*! Et qu'il se vante d'avoir neutralisé un « vieux ». Or, l'associé de feu Jean Bonblanc ne l'était pas! Il ne s'agit donc pas de lui.

L'affaire du siècle, je te répète!

Je m'en tire par une échappatoire à bascule:

— Trois jours c'est trop court pour trouver les fonds.

— En ce cas, disons quatre et c'est marché conclu. Ça va?

Ma pauvre voix lamentable balbutie:

— Ça va...

Et l'autre raccroche.

Je suis à ce point élimé de la pensarde que je ne songe pas à l'imiter. C'est le dévoué Jérémie Blanc

qui, charitablement, me cueille le combiné des mains
(je le tenais de mes deux mains droites) pour le
reposer sur l'interrupteur de grossesse. Pour un peu,
il m'emmènerait faire pipi.

Il est pétri d'admiration, le très sombre. Effaré par
ma perspicacité inhumaine, ma prescience forcenée.

— C'était D.C.D. ? demande-t-il.

J'opine (donc je suis).

— Alors ?

— Ce n'est pas lui l'auteur des quatre meurtres !

Je lui résume notre converse.

— Il aurait tué un vieux, qui était, paraît-il, gênant
pour Bonblanc, et réclame vingt-cinq millions pour
lui zinguer son ex-femme, laquelle est en train de
gésir actuellement dans un récipient de la morgue !

On croit rêver, non. Et rêver bourré au L.S.D.
dose géante !

— Comment peut-il ignorer les événements qui
viennent d'avoir lieu et dont tous les médias font leur
manchette ?

Petite giclette sonore. Je décroche, comprenant
qu'il s'agit du brigadier Bedaine qui s'amène au
rapport.

— Je suis très ennuyé, monsieur le commissaire,
fait-il, penaud ; il ne nous a pas été possible de
localiser l'appel.

— Merde ! La communication n'a pas duré suffisamment longtemps ?

— Si, mais elle émanait de l'étranger.

Putain d'Adèle ! Je n'avais pas songé à cette éven-
tualité.

— De l'étranger ?

— D'Afrique du Nord, probablement du Maroc.

J'ai une pensée respectueuse pour Sa Majesté Has-

san II que je trouve éminemment sympathique vu
que roi, par les temps qui courent, faut le faire ! T'as
meilleur compte d'acheter une boutique de prêt-à-
porter que de reprendre un royaume vacant, si tu
envisages de toucher un jour la retraite et la carte
vermeil.

— Donc, impossible d'obtenir plus de précisions,
Bedaine ?

— Hélas non, monsieur le commissaire.

— Tant pis, on fera avec ce qu'on a. Tu vas me
repasser deux fois le message et, ensuite, tu m'en
feras un bobineau que tu déposeras sur mon bureau.

— Volontiers.

— Vas-y, remets-nous l'enregistrement !

Et je tends l'appareil à M. Blanc.

Tandis que mon pote écoute, je me concentre pour
essayer de trouver coûte que coûte une vague co-
hérence à ce sac d'embrouilles. Y a une fourche à
l'affaire, comme à une branche d'arbre. Elle se divise
en deux parties. Tueur bicéphale, en somme.

Le pseudo D.C.D. élabore son coup pour amener
Bonblanc à lui lâcher le pactole. Histoire de décider
le gros sexagénaire, il lui fait l'offrande d'un meurtre,
chose peu banale, tu en conviendras si tu ne veux pas
prendre ma main sur la gueule ! Parallèlement, un (ou
d'autres) individu(s) perpètre(nt) un massacre. Les
deux assassins (ou groupes d'assassins) se
connaissent-ils ? Ont-ils partie liée ou agissent-ils chacun pour son compte, en ignorant l'autre ?

Du côté de D.C.D., il n'est pas au courant de la
mort de Jean Bonblanc et de l'équarrissage de ses
proches, pour la bonne raison qu'il se trouve en
Afrique du Nord et que ces récentes nouvelles ne lui
sont pas encore parvenues. Voilà pourquoi il a bel et

bien appelé à l'heure dite, comme mon sûr instinct le pressentait. Lui, fatalement, possède au moins un complice puisque, au cours des dernières heures, un vieux a été mis à mort dans la région par ses soins. A moins qu'il ne soit venu le buter et soit reparti pour le Maroc aussitôt après. Mais c'est peu probable.

Jérémie repose le combiné et se met à mordre dans une peau morte de son pouce, qu'il sectionne et crache à trois mètres.

— Il va falloir découvrir quel vieux il a carbonisé. C'est plutôt étrange d'apprendre qu'un homme qui « gênait » Bonblanc est mort, et d'ignorer de qui il s'agit. D'ordinaire, on déclenche une enquête à partir d'un cadavre, cette fois on va en ouvrir une pour savoir si ledit cadavre existe bien et, si oui, de qui il s'agit !

Juste qu'il finit sa réflexion, des mecs se pointent. Ils sont trois. Je reconnais cette peau de merde de commissaire Plâtroche escorté de deux inspecteurs. Plâtroche est un flic imbibé jusqu'au slip. Son vice, c'est le rosé d'Anjou. Autour de son pif, sa frime forme une toile d'araignée violette. Ça ressemble à de la crépine de porc. Il a le regard mouillé et un infime tremblement des paluches. Pour ce qui est de son haleine, tu ne trouveras jamais pire. T'as l'impression qu'il vient de déféquer par la bouche. S'il avait de la religion et qu'il se rende à confesse, le pauvre prêtre serait contraint de plaquer son mouchoir sur son nez pour pouvoir lui filer le train jusqu'au bout de ses insanités.

Une vraie ordure, cézigue. Genre ripou sur les bords. A plusieurs reprises il a eu des ennuis avec la police des polices, qui se sont chaque fois arrangés because la politique. Malgré ses protections, il a dû traîner ses boutanches de rosé dans tous les services : aux Mœurs, aux Stups, à la Financière, à la Criminelle.

— Qu'est-ce que tu fous ici, avec ton albinos ? il se met à mugir, tel un féroce soldat venu jusque dans tes bras pour égorger tes fils, tes compagnes.

— Et toi, la Liche ?

— Moi, j'agis sur l'ordre du principal Delachiace.

— Moi, sur celui du Vieux !

On se regarde. Il regarde alentour, aperçoit le téléfon et se précipite dessus comme un mec qui se noie sur une bouée qui passait par là.

De son doigt qui branle, il compose un numéro (de cirque plus que de téléphone) sans cesser de me couvrir d'un regard qui pue autant que sa clape.

— Monsieur le principal ? Ici Valentin Plâtroche. Nous arrivons chez le sieur Bonblanc, et qu'elle n'est pas notre surprise que d'y trouver le commissaire San-Antonio et l'un de ses hommes. Il prétend avoir été mandaté par M. le directeur soi-même... Comment ? Vous vous renseignez par l'interphone ? J'attends.

Je rigole :

— Ne te mets pas dans cet état, Plâtroche, ta vinasse du matin va te rester sur l'estomac !

Il me tourne le dos. Un silence s'écoule. Les auxiliaires de mon homologue me sourient avec sympathie. Je gage qu'ils préféreraient appartenir à mon équipe plutôt qu'à celle du pochard.

— Oui, je suis là, monsieur le principal... Comment ? Ah ! bon ! D'accord, je vous le passe.

Il pose l'appareil sur la table et, me le désignant du doigt, déclare :

— On veut te parler !

Le principal Delachiace, c'est le genre protestant guindé. Je l'aurais davantage vu dans la magistrature assise que dans la Rousse qui exige un certain moelleux. Il a la voix tranchante, toujours prête à réprimander.

— Bonjour, monsieur le principal...

— Que faites-vous chez le dénommé Bonblanc, commissaire?

— J'enquête, évasivé-je.

— Vous n'êtes pas chargé de cette affaire.

— Je le sais, mais M. le directeur m'a donné des instructions cette nuit, auxquelles je ne fais qu'obéir.

— Je viens de lui poser la question, il affirme que c'est faux.

— En ce cas, de deux choses l'une: il est menteur ou gâteux. Jérémie Blanc en est témoin!

— Je n'apprécie pas ce genre d'attitude, commissaire, vous aurez à m'en rendre compte. En attendant, quittez les lieux immédiatement. Si vous y avez découvert quelque élément intéressant, veuillez le communiquer à Plâtroche.

Il coupe sec.

Un qui mouille dans son abominable slip, c'est mon collègue. Tu le verrais savourer, tu foutrais le feu à son sourire avec un chalumeau oxhydrique.

— Alors? goguenarde-t-il.

Je m'approche de lui, nonobstant son haleine putride, le prend à l'épaule et murmure à son oreille mielleuse (et emmiellée):

— Ça fait des années que je voulais te le dire, Valentin. Je remettais toujours, peut-être par timidité, peut-être par charité, mais aujourd'hui je vais me risquer: t'es beau comme un rat malade, mon gros. Ta gueule ressemble à ton foie. Tu fouettes du couloir

pire qu'un scatophage. T'as une âme comme un trou
du cul jamais torché. J'espère que l'alcool t'empêche
de bander parce que ce serait trop terrible que tu
puisses éjaculer à l'intérieur d'une dame. Quatre-
vingts pour cent des malfrats que tu as arrêtés étaient
plus honnêtes que toi! Quand tu parles, on dirait que
tu rotes, et quand tu rotes, que tu chies. Le jour où tu
prendras ta retraite, la police aura l'air d'avoir été
repeinte. Voilà. Je n'ajoute pas que je t'emmerde car,
avec ton sens inné de la déduction, tu l'avais déjà
compris.

Je reprends mon bras.

— Tu me cherches! grince-t-il, presque blanc sous
sa crépine de porc.

— Surtout pas: au contraire, je te fuis! Tchao!

Nous fuyons, en effet. Car c'est bien d'un fuite qu'il
s'agit. Ce métier, je le recommanderais pas à mon
pire ami! Les camouflets qu'il faut essuyer, misère!
Ces vexations injustifiées, ces bannissements sans
fondement! L'horreur. Voilà que je lève « l'affaire du
siècle » et qu'on m'en expulse, comme ça, presque
bêtement; même pas pour me faire chier, simplement
parce que Pépère a eu le besoin de changer de cap
quand j'ai été parti. Me passant outre, il m'a écarté du
chemin. Vieille relique! Le père ma ganache de
potasse! Je devrais le haïr, je ne parviens même pas à
le mépriser. Il est comme ça, ce branleur branlant!
Égocentrique à en faire éclater ses couilles flasques!
Peut-être, aussi, a-t-il voulu se venger d'avoir été
encorné à la va vite par un Noir, raciste et jaloux
comme je le sais, le Débris.

Je pilote, la mâchoire crispée, poussant haut les
vitesses inférieures pour avoir davantage de mordant.
On traverse des champs de blé verts piquetés de

coquelicots, de bleuets et de marguerites (à l'occasion du bicentenaire de la prise de la Bastoche).

— Il va falloir délimiter notre territoire, finit par déclarer M. Blanc. Laisser quimper l'enquête officielle puisqu'on n'a pas le droit d'en renifler l'odeur, et nous consacrer à D.C.D. Découvrir quel vieillard il a supprimé pour « appâter » Bonblanc.

— D'accord, mais pour cela il nous faudrait interroger les familiers du bonhomme. Or, ces gens sont coiffés désormais par les services du principal Delachiace, et si nous allons leur tirer les vers du pif, nous tomberons fatalement sur d'autres commissaires Plâtroche. Dans l'ensemble, à quelques rares exceptions près, tous mes confrères me haïssent. La fantaisie de mes méthodes, mon comportement souvent extravagant, voire illicite, et les faveurs dont je jouis quand le Vieux ne me déclare pas en disgrâce me marginalisent trop pour que je sois accepté de ces messieurs. On me fait des risettes quand mon ciel est dégagé, et l'on me crache à la gueule lorsqu'il se couvre. Je dois accepter ou démissionner.

Jérémie donne un crochet du droit à vide : geste de footballeur exultant lorsqu'il vient de placer un but.

— Veux-tu que je te dise, patron ? Eh bien, si on y réfléchit, cette situation est plutôt cocasse. Nous voilà tricards dans *notre* affaire. Donc, *libres,* mec. C'est chié, non ? On va agir sans rendre de comptes à personne. Si on se plante, onc ne le saura. Si on réussit, on le leur fourrera dans le cul jusqu'à la glotte. Conclusion : nous sommes gagnants !

C'est beau l'optimisme poussé à ce point !

Je lui flanque une claque sur le genou.

— Bien dit, l'artiste. T'as droit à la noix de coco d'honneur, comme au *Canard Enchaîné*. Maintenant, déterminons qui serait susceptible de nous parler des relations de Bonblanc, en dehors de sa famille, de ses amis et des gens qui travaillaient pour lui.

— J'ai bien une idée, amorce M. Blanc. Mais je ne suis pas convaincu qu'elle vaille quelque chose.

CHAPITRE VI

EN AVOIR OÙ TU SAIS

On arrive chez Miss Gladys juste comme le cheikh Salam Haleck achève de tirer sa crampe. On peut suivre l'événement sur l'écran du salon bleu car un système de caméra vidéo assure la retransmission du match. Le cheikh lime en levrette, les mains posées sur le postérieur de Miss Gladys, d'une allure un peu féline, mais puissante. Son collier de barbe noire s'emperle de sueur. Il a un beau regard d'apôtre reconverti dans la vente des tapis, un ventre qui grassouille, un rictus de jouissance contrôlée et des bagouzes bourrées de carats. Il mâche du chewing-gum en tirant sa partenaire. Miss Gladys, qui connaît son métier sur le bout du clito, feint avec justesse une participation de bon aloi à cette étreinte. Quelques soupirs de qualité, des interjections bien venues, de menus cris de plaisir donnent au cheikh l'heureuse conviction d'être reçu cinq sur cinq.

— Il nous rend visite à chacun de ses voyages à Paris, achève Martine. Je sens qu'il va bientôt prendre son pied ; il ne faut pas rater le spectacle !

Effectivement, le dignitaire arabe sort sa *gum* de sa bouche et la plaque sur les fesses de Miss Gladys. Qu'après cela, il assure davantage sa prise en enfon-

çant ses ongles dans la chair tendre de sa compagne
d'un moment. Et alors, il pique des deux comme un
cavalier berbère au plus fort d'une fantasia. Il brosse
à cent percussions minute en poussant des clameurs
sauvages.

Il crie : « Vrrrraou ! Arrrrzamm ! You ou ou ! » en
démenant du cul de plus en plus vite. Puis son bras se
lève comme s'il brandissait un fusil. Il pète à grands
coups sonores.

C'est impressionnant, presque féerique. La pauvre
Miss Gladys s'arc-boute contre la tête du lit pour
subir la furia de son cavalier déchaîné. Il la remonte
au point de l'incruster dans le capiton, kif-kif les
dessins animés. Il recule d'un mouvement bref, dé-
gaine sa rapière longue et fine et procède à un lancer
franc entre les omoplates de Miss Gladys. Jet d'une
incontestable beauté qui mériterait le concours de
plusieurs projecteurs et aussi d'être filmé au ralenti
pour qu'on ne perde rien de cette superbe trajectoire
en vol de cygnes ; vraiment, tu jurerais que ce sont des
oiseaux blancs qui lui partent du Pollux (ce fils ju-
meau de Zeus et de Leda).

Le gros con barbichu laisse retomber son bras, puis
sa queue. Il dit des choses en arabe littéraire pendant
que Miss Gladys fonce sous la douche.

Le cheikh va à son tour se rutiler le panais. Il se
refringue posément, reprend une tablette d'Holly-
wood chouing-gomme, tire son portefeuille en or à
coins de cuir, en sort une liasse de billets jaune
diarrhée qu'il jette sur la couche meurtrie, et gagne la
porte.

— Il faut que j'aille le raccompagner, fait vivement
Martine en s'éclipsant.

Jérémie, qu'elle paraît fasciner de plus en plus, la

suit d'un regard de vache charolaise regardant défer-
ler le T.G.V. à travers ses herbages.

— Cette petite est délicieuse, soupire-t-il. Quel
dommage qu'elle fasse ce métier !

— Tu aimerais mieux qu'elle réserve ses merveilles
à quelque jeune cadre à la con qui lui préférerait très
vite sa secrétaire et ses copains ? Il ne faut pas
mépriser les putes, Jérémie, mais les révérer. Tu crois
qu'elles négocient leurs charmes, mais en réalité,
elles distribuent du bonheur et de l'oubli. Les femmes
qui se vendent, les sportifs qui se dopent font à leurs
contemporains d'inestimables présents ! Il est mons-
trueux de les traiter en parias.

Et Miss Gladys se pointe, fraîche et neuve dans une
espèce de tunique grecque blanche gansée d'or, qui la
majestise. Elle nous congratule en fille qui n'est pas
prête à oublier le signalé service que nous lui avons
rendu.

— Les gentils archers de la République ! gazouille-
t-elle en nous bécotant les lèvres. Vous avez vu les
dimensions qu'a prises l'affaire Bonblanc ? C'est
quoi, ces assassinats de groupe ? Une vengeance, un
drame de la folie ?

— L'avenir nous l'apprendra sans doute, ma
tendre amie. Nous aimerions bavarder avec vous à
bâtons rompus à propos de votre client mort. Est-il
pensable que vous puissiez nous accorder un peu de
temps ?

— Bien sûr ! Vous savez ce que nous allons faire ?
La dînette. J'ai plus d'une heure de battement avant
la visite du sénateur Branlot, et il est midi et demi.
Martine va ouvrir une boîte de foie gras des Landes et
il y a un poulet froid en gelée au frigo. Du poulet pour
mes poulets chéris ! Raffiné, non ?

Dix minutes plus tard, nous voilà à festoyer dans l'aimable cuisine de Gladys. Épicurienne, la môme! Elle détenait une boutanche de sauternes en prévision du foie gras et possède un bon petit bordeaux rouge pour accompagner son poultok jusqu'à ses dernières demeures. Bombance!

— Qu'est-ce qu'on peut vous apprendre à propos du pauvre Jeannot? fait-elle en étalant son foie gras sur un toast croustillant.

Je lui souris. Tu sais qu'elle est choucarde? Sympa, intelligente et aimant l'amour malgré (ou à cause) de sa profession.

— Écoutez, chérie, ce genre de vieux crabes, quand ils viennent faire relâche chez vous, n'ont pas besoin que de caresses. Ils ont également besoin de se raconter, non?

Elle soupire:

— A qui le dites-vous, mon cœur! C'est même le plus exténuant de nos prestations, les écouter! On a droit à leurs souvenirs de régiment, à la gueuserie de leurs épouses, à leurs maux, à leurs traites impayées, à leurs questions politiques, à leurs voyages! Ça surtout: leurs voyages! Voyez-vous, jamais je ne mettrai les pieds à Bali ou à la Guadeloupe, tellement ils m'en ont foutu une indigestion, ces veaux!

— Donc, le gros Jeannot, comme vous l'appelez, n'échappait pas à la règle et vous cassait les pieds avec ses souvenirs ou ses problèmes?

— Il était maillot jaune de l'équipe de mes casse-burettes.

— Vous faisait-il des doléances à propos de certaines personnes de son entourage?

— Il ne faisait même que ça, sitôt sa petite crampette tirée.

— De qui vous parlait-il?

— Oh! avant tout de sa frangine qu'il haïssait. A l'entendre, elle avait tous les défauts de la terre. Il s'était probablement produit quelque chose de violent dans leur vie passée.

— Ensuite?

— Son ex-femme. Là aussi, c'était la méchante haine. A travers ce qu'il me racontait d'elle, elle lui en faisait baver et lui piquait un maximum de blé. Mon idée c'est qu'elle le tenait d'une façon ou d'une autre et qu'il ne pouvait pas moins faire que de cracher au bassinet.

— D'autres encore?

Je suis interrompu par Martine qui demande d'une voix timide de jeune fille de la bonne société:

— Gladys, je peux caresser l'inspecteur Blanc pendant que nous sommes à table? Je devine qu'il en a très envie et je n'ai jamais touché un sexe de couleur.

— Évidemment que tu peux, ma mignonne, d'autant que ce grand bougre te dévore de ses gros yeux.

— Merci, fait civilement l'exquise.

Elle balance la paluche sur le braque de mon ami qui balbutie des évasiveries tartuffiennes comme quoi « croyez-vous que ce soit bien l'endroit propice? et que si vous me faites ça, je ne réponds pas de la suite des événements, étant particulièrement sensible de ce côté-là »! Mais la délicate Martine qui se joue des braguettes écosse le jean de mon copain. La suite s'opérant sous la nappe à petits carreaux blancs et bleus, je reviens à mes préoccupations:

— En dehors de la sœur et de l'ex-épouse, mentionnait-il d'autres personnes?

Gladys réfléchit:

— Il a dû me parler de certaines tracasseries avec

son associé, mais elles n'ont été qu'effleurées, beau
commissaire.

Tiens, sa jambe qui s'enroule autour de la mienne!
La chaleur communicative des banquets, tu crois?

Y a une ambiance vachetement capiteuse dans cet
apparte. Les ondes amoureuses? Les émissions de
foutre maintes fois répétées?

— Sa secrétaire? coassé-je.

— Eh bien...

— A-t-elle été sur la sellette?

— Jamais.

Martine intervient une seconde fois:

— Gladys, cela vous ennuierait si je pompais l'inspecteur Blanc sous la table? Il vient de me dire qu'on
ne l'a jamais sucé dans ces conditions...

— Mais naturellement, poulette. Est-il besoin de
me le demander? C'est la récré pour tout le monde.
Dès que j'aurai terminé mon aile de poulet, j'irai te
rejoindre et je m'occuperai du séduisant commissaire! Est-il sexy, notre chevalier Bayard!

Décidément, on joue « Le Repos du Guerrier »
chez ces gentilles. Foie gras, sauternes frappé au coin
du bon sens, fellation contrôlée en dessous de table;
mazette (dirait le Vieux), on ne se refuse rien!

— Vous a-t-il entretenue d'un vieux, le cas
échéant, Gladys?

— Un vieux?

— Oui, un vieux. Essayez de vous souvenir. A-t-il
fait une quelconque allusion à un homme âgé, probablement plus que lui qui, après tout, n'était que
sexagénaire ?

— Je n'en conserve pas le moindre souvenir.

— Ha houa houi! dit Martine sous la table.

Je soulève la nappe et me penche. La frivole jeune

fille est assise en tailleur (de pipes) entre les jambes
musculeuses de M. Blanc et lui apothéose la membrane avec conviction.

— Tu veux bien répéter, ma puce? lui fais-je.

Elle abandonne le périscope à crinière du Noirpiot,
s'en caresse voluptueusement la joue et dit:

— A moi, oui, il en a parlé.

Du coup, je glisse de ma chaise pour aller la
rejoindre.

— Explique, mon bijou.

Le paf de Jérémie trépigne d'impatience et bat la
mesure de la Cinquième Symphonie. Martine le
chope par les naseaux et lui flatte l'encolure pour le
faire tenir tranquille.

— Un après-midi où Jeannot m'avait choisie,
comme il ne parvenait pas à bander, il a dit: « Ça ne
vient pas de mon âge, mais des antibiotiques que j'ai
pris pour mon angine. Il y a dans mon usine un vieux
salaud plus âgé que moi et qui trique encore comme
un âne. »

Ayant fait sa déposition, elle se rengouffre le
chibraque à Messire Colored et se remet à lui tétiner
le joufflu avec un bel appétit. Moi, près d'elle, me
voici brusquement en arrêt devant le décolleté sud de
Gladys. En savante prêtresse de l'amour, elle a remonté les pans de sa tunique et ouvert les jambes,
non sans s'être avancée à l'extrémité de sa chaise.

L'invite est si flagrante, mon désir si péremptoire,
que je poursuis le repas au rez-de-chaussée. A une
grande technicienne comme Miss Gladys, c'est pas du
toutouche-pipi-tout-venant qu'il convient de lui prodiguer, mais de la séance pro dans une figure libre qui
m'a valu la première place sur le podium aux cham-
pionnats du monde de minette de Bouffémont (Val-

d'Oise). Je lui propose ma grande réalisation que j'ai intitulée « les trois unités ».

Comme une horde de zozos en délire va m'écrire pour me solliciter d'en quoi cela consiste, je préfère donner tout de suite la recette ici, pas qu'on vienne me faire chier avec le service après-vente. Tu dégages doucement la crinière avec tes doigts de devant. Légère lichouille urbi et orbi, manière d'humidifier le paysage. Ensuite, départ du médius pour l'exploration spéléologique. Il sera suivi successivement de l'annulaire puis, lorsque l'installation de ce dernier est acquise, de l'index. Là se situe une séance calme mais sûre de ces trois gentils émissaires. Avec soutien de la menteuse, toujours, afin d'éviter la surchauffe. Lorsque le relais lubrificateur est naturellement assuré par la bénéficiaire, il est l'heure pour l'auriculaire d'entrer en scène, à savoir de se placer affectueusement dans l'œil de bronze de la personne célébrée. La pleine réussite de la manœuvre exige de l'exécutant une main large dont l'ouverture maximale permet de placer le pouce à une bonne quinzaine de centimètres du petit doigt. Ledit pouce parachève l'action en exécutant un massage suave du clito. Je me résume : le pouce s'active sur l'ergot de Satan, les trois doigts du mitan font piston dans la moniche, et l'auriculaire farceur électrise la bagouze arrière. Celui qui possède une grande souplesse des doigts peut être assuré du succès.

Miss Gladys, pourtant rompue aux manœuvres les plus secrètes de l'amour, laisse éclater sa joie. De son côté, Mister Jérémie part à dame en émettant une sorte d'inarticulance à la Tarzan, au moment où Jane lui caresse les roupettes avec une plume de colibri.

Drôle de fin de repas, mon frère ! J'imagine le

négro et la péripatétipute, face à face là-haut, en train
d'annoncer leur fade bienheureux à toute la planète.

Lorsque nous refaisons surface, Martine et moi,
l'hôtesse nous sourit béatement.

— Et vous, mes pauvres enfants, demande-t-elle,
vous ne pouvez pas rester en carafe! Vous devriez
soigner cela mutuellement. Voulez-vous passer dans
la chambre des glaces?

On écluse un godet de sauternes encore frais pour
se refaire un palais et je décline la propose. Il est bon,
parfois, de donner sans recevoir. La charité du cul est
l'une des plus nobles qui soit!

Dans l'aprème, je tube au médecin légiste.
Jean Bonblanc est bien décédé d'un infarctus.

Brève visite aux services de Mathias, le rouquin,
avec lequel je suis en froid depuis sa promotion
comme chef du laboratoire de police technique (ce
qui afflige mon ami Alain Cirou, le fameux astro-
nome). Je confie à l'un de ses laborantins, Alexis
Baredefer, la lettre prétendument déposée dans le
coffiot du père Bonblanc, ainsi que son agenda, aux
fins d'analyse. S'agit-il de la même écriture? Baredefer promet de faire rapidos.

L'usine d'emboutissage de Puteaux ne mérite guère
le nom d'usine. Il s'agit plutôt d'un vaste atelier dans
lequel s'activent une demi-douzaine de turbineurs,
sous l'autorité bienveillante d'un vieux mec à moustache grise qui ressemble à Staline, quand il arrivait à
celui-ci de se marrer.

M'étant assuré qu'il n'y a pas d'autres draupers
dans le secteur, je m'approche du bonhomme, brème

en pogne, pour lui solliciter un brin de conférence qu'il m'accorde aussi sec dans un bureau agréable, peint en blanc cassé, avec moquette verte, fausses plantes en vrais pots, photos du vieux Puteaux dans des cadres d'acier et secrétaire grassouillette. La dame est brune frisottée. Elle a dessiné une espèce de cœur de couleur cyclamen sur sa bouche, porte barbe et moustache et, sous ses gros collants, des bas à varices. Elle clapote du clavier devant un ordinateur avec un air pénétré. Le local est divisé en deux parties : la plus petite est destinée à cette personne variqueuse, l'autre au patron. Le bureau y est moderne : cuir et verre, les sièges « design ». Les deux parties sont séparées par une espèce de haie composée de jardinières où poussent de superbes végétaux en matière plastique.

— Vos collègues sont déjà passés, m'annonce Staline.

— Je sais, menté-je. Je viens pour un complément d'information.

Le vieux se fout soudain à chialer.

— Quelle histoire ! bafouille-t-il dans l'épicentre morveux de son chagrin. Ce pauvre Jean ! Et les autres assassinés par un maniaque, à ce que disent les journaux.

Il appelle son patron par son prénom, d'où j'augure une très ancienne amitié.

— Vous connaissiez M. Bonblanc depuis longtemps ?

— Toujours ! Depuis toujours. On était à l'école ensemble, bien que je sois plus âgé parce que j'étais retardataire. Moi, j'ai arrêté au certificat d'études primaires ; lui, il a continué jusqu'au brevet ; c'était une tête ! On s'est retrouvés dans la même usine, chez

Blanchin-Manigon. Lui contremaître, moi ouvrier spécialisé. Au bout de quelque temps, on s'est mis à son compte, les deux. Ici même, si je vous disais. Dans cette usine qu'était minuscule à l'époque. Jeannot allait de l'avant pour démarcher. Une tête ! L'affaire a grandi. Lorsque je m'ai marié, avec ma pauvre Lucienne qui devait me rendre veuf, comme j'avais besoin d'argent pour nous établir, il m'a racheté mes parts mais en me nommant chef de fabrication ; ce dont je suis demeuré. Et le voilà mort, mon pauvre Jeannot, une tête comme lui ! Qu'est-ce que va devenir l'affaire, ça, je me demande. Il a pas d'enfant pour reprendre le flambeau. Notez que j'ai dépassé l'âge de la retraite, mais j'étais pas pressé et j'aurais bien continué quelques années de plus ; quand on a la santé...

Je le laisse se vider. Il en a tellement besoin. Ce bonhomme est un bonheur pour moi ; la belle aubaine. Un témoin de toute la vie de Bonblanc. Pile ma pointure.

Depuis un moment, la vachasse frisottée a cessé de bricoler les touches de son appareil, pour nous écouter.

— Cher monsieur... heu... ? fais-je.

— Aubier Justin.

— Cher monsieur Aubier, si nous allions prendre un pot dans le voisinage, ce serait plus agréable pour bavarder ?

Il consent. Me pilote jusque chez la mère Solange qui tient une sorte de café-cantine dans le coinceteau. M. Blanc nous regarde passer avec envie, mais j'ai décidé qu'il valait mieux que je fusse seulabre pour tirer les vers des nez.

Je pérore, jacasse, débloque pendant plus d'une plombe avec le moustachu. Il a beaucoup éclusé (un soi-disant côtes-du-Rhône qui perforerait une plaque de blindage tant il est acide). J'ai appris un max sur le compte de Jean Bonblanc et je reviens, comme à la ruche une abeille qui a butiné dans le jardin de l'abbé Mouret.

La radio de ma tire diffuse une chanson de Trénet. Il a opéré son grand retour triomphal, le *king*. C'est chouette « qu'ils » se soient aperçus, tous, de ce qu'ils lui devaient au doux poète. J'aime bien que l'on détecte l'immortalité des gens de leur vivant !

Donc ça diffuse *L'âme des poètes* et mon Jérémie laisse filer deux énormes larmes sur ses joues.

— Vague à l'âme, Noirpiot ?

Il murmure à travers les gants de boxe qui lui servent de lèvres :

— Je pense à elle.

— Qui ça, elle ?

— Martine ! Elle m'a taillé une pipe chiée, mec ! La pipe la plus chiée de toute mon existence. Ça me fait mal qu'elle pompe n'importe qui pour du fric. Je voudrais l'avoir à moi tout seul. C'est con, hein ?

— Non, dis-je, humain. Tout homme souhaite être le propriétaire exclusif de la femme qui le comble. Nous faisons à peu près tous un complexe de séquestration, Noirpiot. La psychologie du harem. Ils savaient bien ce qu'ils faisaient, les Arbis huppés en s'assurant un cheptel gardé par des eunuques.

Les deux larmes se sont évaporées à la chaleur de ses joues.

— Tu as éclairci l'histoire du vieux ? demande M. Blanc.

— Ça se précise. Le manar à tronche stalinienne

que je viens de soûler est bavard comme un disque
rayé. La mort de Jean Bonblanc qui fut davantage son
ami que son patron l'a traumatisé et il a des remon-
tées de souvenirs au carburo.

Je reprends ma place au volant et démarre.

— C'est curieux la façon dont les gens voient les
autres gens, reprends-je en me détrottoirant. Parfois,
des mecs gentils, ils les jugent méchants, et des
méchants, gentils, en fonction de leur propre tempérament. Ainsi ce brave père Aubier considérait
comme un saint son pote Jean Bonblanc, lequel, de
toute certitude, était un coquin qui l'aura arnaqué
leurs vies durant. L'autre lui a piqué ses parts d'association contre des clopinettes cintrées, il l'a fait marner comme un soutier et maintenu en esclavage
pendant plus de trente ans, mais comme il lui prodi-
guait de bonnes paroles et buvait un pot avec lui de
temps à autre, Aubier le vénérait.

— Qu'est-ce qui te fait croire que Bonblanc était
un coquin ?

— Tu le détectes à travers les louanges de son chef
de fabrication. Il m'a répété cent fois que « c'était une
tête » et, pour preuve me racontait des exploits du
bonhomme qui, visiblement, frisaient l'arnaque. Je
suis convaincu que cet atelier d'emboutissage rappor-
tait des chiches et servait de paravent à Bonblanc, de
même que sa multifiduciaire de la Bourse qui n'avait
comme personnel que « l'associé » de Bonblanc et la
secrétaire, tous deux assassinés hier ! Or, ce gros type
était riche, je le sens ; beaucoup plus riche que ne le
donnent à supposer son appartement parisien et sa
maisonnette de Glanrose. Il nous faut découvrir l'origine de sa fortune et ce qu'il en faisait.

Jérémie demande :

— Et pour le soi-disant vieillard assassiné par D.C.D. ?

— Il n'en voit qu'un dans la vie de « Jeannot ». Et encore ne le fréquentait-il plus depuis lurette : c'est son ex-beau-père, le dabe de la première Mme Bonblanc, morte prématurément dans un incendie. Aubier ignore s'il vit encore. C'est (ou c'était) selon ses dires, un sale mec qui a éponge Bonblanc de façon éhontée. Du temps que sa fille vivait, il était toujours pendu chez le couple, à lui piquer du fric, bien qu'il ne fût pas à la dèche, loin de là. Il était représentant en livres rares, spécialisé dans les œuvres galantes aux illustrations érotiques : *Gamiani, Les Mémoires d'une fille galante,* etc.

— Tu as ses coordonnées ?

— Aubier ne se rappelle même plus le nom du bonhomme, mais sachant qu'il était le père de la première Mme Bonblanc, ce ne sera pas une affaire que de le retrouver. D'ailleurs téléphone tout de suite à la Grande Taule, service des recherches, et demande l'O.P. François Richard, c'est un ami à moi.

L'Ange Noir cramponne mon turlu de bord.

— A propos de téléphone, fait-il, je me suis permis de rappeler le laborantin pour les résultats graphologiques.

— Il les avait ?

— Ce n'était pas complètement terminé, mais le gars est à peu près certain qu'il s'agit bien de la même écriture.

J'exulte :

— Donc, le Gros avait vu juste !

— En effet. Seulement il y a un élément extrêmement troublant : les textes de l'agenda ne sont pas tous de la même main. Le technicien prétend

qu'ils ont été rédigés par deux personnes et que l'une
d'elles devrait être une femme. La lettre trouvée dans
le coffre, à quatre-vingt-dix chances sur cent, a été
écrite par une femme.

— De mieux en mieux ! fais-je. C'est pas l'affaire
du siècle, c'est l'affaire du millénaire !

— Il y a encore un personnage mystérieux dont
nous ne savons rien, réfléchis-je à voix haute ; c'est
cette Edmée qui a laissé un message sur le répondeur
de la masure, pour informer que « le type de
Bruxelles » avait annulé son voyage.

M. Blanc fait « on on » derrière son *France-Soir*
dégoulinant d'encre (que je suis obligé de courir
prendre un bain chaque fois que je le lis, parole !).

— C'est intéressant ? m'énervé-je, car j'ai horreur
que mon passager me laisse quimper lorsque je pilote.

— Très.

— Tu bouquines « l'affaire du siècle » ?

— Oui.

— Du nouveau ?

— Non.

— Alors ?

— Sais-tu comment se nommait la secrétaire qu'on
a butée avec les trois autres ?

— Je ne me le rappelle plus.

— Crépelut.

— Et ça te fait bander ?

— Son nom de jeune fille, lui, me fait même
mouiller. Elle s'appelait La Goyet.

Je sourcille.

— Voilà qui me dit quelque chose...

— Évidemment que ça te dit quelque chose : c'est
le nom du cantonnier mort chez qui se trouve le
répondeur !

— O.K. ! Un point d'élucidé, Brutus. C'est elle qui douillait l'abonnement parce que ce bigophone se trouve chez elle, dans la masure héritée de son *father* ! Donc, elle magouillait avec Bonblanc. Ce petit peuple assassiné devait se livrer à d'étranges opérations.

Je champignonne à fond la caisse sur l'autoroute du Nord. En moins que pas longtemps, j'enquille la bretelle de sortie pour Beauvais, patrie de Jeanne Hachette, qui défendit la ville contre Charles le Téméraire avant de fonder une maison de distribution de livres[1].

D'après l'examen de mon guide, la rue Burne-qui-Pend se situe tout près de la cathédrale inachevée (xiii-xive s.). C'est une voie tellement étroite qu'elle pourrait être urinaire. Si elle mesure cinquante mètres cubes de long, c'est le bout du monde. Elle est bordée de maisons d'un ou deux étages, en briques jadis rouges, patinées par le temps. Quelques modestes commerces : échoppe de cordonnier, épicerie arabe, herboristerie, officine de ravaudeur de pucelages, studios pour extrayeuses de sperme... C'est au 12 (2 fois 6 ou 3 fois 4) qu'habite Alexis Torcheton, l'ex-beau-père de Jean Bonblanc.

L'immeuble est de guingois, percé d'une allée médiane qui exhale des fragrances de lys car, à l'arrière, se trouve un minuscule jardinet où foisonne cette plante à bulbe de la famille des liliacées. Trois boîtes aux lettres montent la garde dans l'entrée. L'une est affectée à M. Alexis Torcheton, officier des palmes académiques (il a punaisé sa carte de visite sur la

---

1. Ne jamais négliger la culture des jeunes, même au sein d'un ouvrage de divertissement.

boîte après y avoir précisé au crayon feutre qu'il habitait le 1er laitage). .

Escalier de bois dont les trois premières marches seulement sont garnies d'un linoléum eczémateux.

Une étroite porte palière me fait songer à Gide (ce con qui a refusé le premier manuscrit de Proust!).

Petite sonnette ronde. La cage d'escadrin est couleur crotte de chien. Je presse le timbre. Ça fait « dringgg! » à l'intérieur, très connement, comme dans une pièce de patronage. Mais personne ne répond. Je réitère.

— Qu'est-ce que tu attends pour prendre ton pied! bougonne Jérémie.

Et comme il a raison. Alors c'est le recours au délicat instrument que tu sais, lequel nous permet d'entrer dans un logis petit, tout petit-bourgeois. Des rayonnages avec des livres reliés. Un rideau masquant l'entrée d'un petit salon et dont j'écarte les pans, ce qui provoque un envol de fines poussières.

M. Alexis Torcheton est pendu à la grosse boucle de la suspension, laquelle n'a même pas été décrochée pour lui laisser place.

Il est extrêmement mort, avec la tronche inclinée sur le côté, un filet de regard tourné vers l'avenir, les pieds en flèche (l'une de ses pantoufles gît sur le plancher). C'était un petit homme émacié, avec des pommettes de squelette, un front bombé où végètent des cheveux grisâtres, une bouche sans lèvres. Il paraît chétif et désabusé, au bout de sa corde. Il y a chez ce défunt un côté petit-vieux-bien-propre. Sa chemise blanche est amidonnée, le pli de son pantalon tiré au cordeau, son gilet de laine brun ne comporte aucune avarie.

Près de la pantoufle, sur le tapis, un livre tristement

célèbre et dont je n'aimerais pas être l'auteur : *Suicide, mode d'emploi*. Idée géniale du meurtrier car ce bouquin est plus. éloquent qu'un ultime message.

J'attire une chaise auprès du pendu et grimpe dessus.

— Tu veux que je t'aide à le décrocher ? demande Jéjé.

— Je ne vais pas le décrocher, l'examiner seulement.

Pendant que j'étudie attentivement le mort, M. Blanc se met à explorer un grand bureau à volet roulant qui occupe une bonne partie de la pièce. Il s'agenouille devant le meuble dont il fouille minutieusement les tiroirs. Tout en s'activant, il bougonne :

— Une pipe comme ça, j'ignorais que ce fût réalisable.

Complètement ensuqué par la gentille Martine, ce grand bougre. Il est de ces hommes qui ont profondément ancrée la reconnaissance du sexe, et qui ne peuvent oublier les dispensatrices de félicités.

Lorsque j'ai procédé à mon examen, je mets pied à terre et m'assieds à la table, à quelques centimètres des pinceaux du vieux Torcheton. Les bras croisés, je contemple mon collaborateur, lequel se partage entre la nostalgie d'une somptueuse éjaculation et ses soucis professionnels.

Il trie des papiers qu'il retire du meuble et lit en diagonale, séparant le bon grain de l'ivraie. Tout en agissant, il fredonne le lamento des regrets. Pourquoi a-t-il reçu ce feu d'artifice sensoriel d'une petite pute qui, présentement, est probablement occupée à faire goûter à d'autres les délices qu'elle lui a découvertes ?

Il est tenaillé par la noire jalousie, le mari de Ramadé. Son âme endolorie joue sempiternellement la
musiquette des amours tristes. Parfois il interrompt sa
besogne pour torcher son regard embué d'un revers
de manche.

Son choix terminé, il reprend l'un des documents
qu'il a mis de côté et le relit avec attention, puis il se
redresse et découvre alors ma contemplation.

— Tu es mon frère, Jérémie, lui dis-je. Je sais
pourquoi je t'aime : tu as le Philharmonique de Berlin
dans le cœur.

Il amorce un sourire et secoue la tête.

— La vie est ambiguë, poursuis-je. Martine te fera
toujours de belles pipes et Ramadé de beaux enfants.
Deux façons d'utiliser ta semence d'enfoiré de nègre.
Mais tu te lasseras de l'une et pas de l'autre, parce
que les types comme toi finissent toujours par préfé-
rer le devoir au plaisir ; c'est leur misère et leur gloire,
Jérémie.

Voilà qu'il chiale de plus grand rechef. Sans un
mot, il dépose sa babille devant moi. Étrange situation, non ? Nous sommes là, dans un appartement de
Beauvais, en compagnie d'un vieillard pendu dont on
fouille les tiroirs... Le Noir ruisselle d'amour, moi je
mâchouille des rancœurs et des présages. La lettre
dit :

Mon cher Père,

Votre suspicion est monstrueuse. Oubliez-vous que
la police a procédé à une enquête minutieuse et croyez-
vous que les assurances versent des primes aux gens à
l'encontre desquels elles nourrissent le moindre doute ?
Et surtout, surtout, surtout ne vous souvenez-vous
donc pas que je me trouvais à Bruxelles au moment du
drame ?

Cela dit, je ne demande qu'à vous aider, compte tenu du grand amour qui me liait à Aimée. En conséquence, veuillez trouver ci-joint un chèque de frs cinquante mille.

Je vous prie d'agréer, mon cher Père, mes sentiments attristés.

Jean

— Eh bien, fais-je avec satisfaction en déposant la bafouille devant moi, voilà qui est éloquent. La première épouse de Bonblanc, c'est-à-dire la fille du monsieur suspendu là, est morte brûlée dans un incendie et le beau-père a fait part à son gendre de ses doutes quant à sa responsabilité dans le sinistre. Jeannot lui répond avec indignation et en se justifiant, n'empêche qu'en fin de compte il crache au bassinet.

Mon camarade d'effraction jette sur la table une douzaine d'autres poulets du même tonneau. Tous sont de Bonblanc. Il proteste contre des insinuations du vieillard mais paie. Dans l'une des plus récentes, il conteste certaines « preuves » que lui aurait soumises Torcheton et, comme toujours, conclut ses protestations par l'envoi d'un chèque. Les sommes vont crescendo, comme si la position de l'accusateur s'affermissait.

— Je comprends que ce personnage ait été lourd à charrier pour Bonblanc, fait M. Blanc. Ce n'était ni plus ni moins qu'un maître chanteur.

— En effet. On navigue dans un univers vachement glauque. Le seul brave type de l'affaire étant le père Aubier, l'ancien associé de Jeannot.

Jérémie reprend :

— Le mystérieux D.C.D. était donc au courant de la situation. Il semble tout savoir de l'existence de Bonblanc bien qu'il se trouve en Afrique du Nord.

— Il sait tout, sauf que Jeannot est mort, que sa sœur, son associé, son ex-femme et sa secrétaire sont morts également.

Je me sens tout bizarroïde de la gamberge, ma pomme. Il y a dans ce flot d'épisodes, d'événements, de détails, un côté « fabriqué » qui me fait grincer des dents comme quand tu tranches une pomme verte avec un couteau. Je me dis des choses qui sont au-delà des choses. Poudre aux yeux, bidonnage !

Si ce n'est pas Bonblanc qui a écrit le message signé D.C.D., on peut admettre qu'il l'a trouvé effectivement dans son coffre. Il en a éprouvé une si forte émotion qu'il en est mort une heure plus tard.

— Le coffre ! déclaré-je avec force.

— Hein ?

— Si nous perçons l'énigme du coffre, nous découvrirons la vérité.

— Car tu crois vraiment que le vieux avait trouvé la lettre dans son coffre ?

— Aussi insensé que cela puisse paraître, oui ! On a voulu frapper un grand coup avec Bonblanc. C'était un vieux gredin malin et sans scrupules ; pour le réduire à merci, il convenait de lui en mettre plein la vue. Or, rien ne pouvait davantage l'impressionner qu'un tel gag. Son C.F. forcé, qui, soudain, sert de boîte aux lettres. Et chose suprêmement astucieuse : on ne lui vole rien. Ça, ça fait peur ! Un quidam auquel arrive une telle mésaventure se sent comme traqué, vaincu. Seulement il se produit une faille dans ce machiavélisme : le gros vieux meurt de saisissement ! Et sa mort va entraîner celles de gens qui le touchent de très près. Pourquoi ? On a l'impression qu'il y a eu soudain, à l'annonce de son décès, un vent de panique. Le sauve-qui-peu, ou plutôt le « tue-qui-peut » a été décrété chez ses ennemis.

— Conclusion, il y avait deux « jeux d'ennemis »,
ricane M. Blanc : le meurtrier des quatre et D.C.D.

— Toujours est-il que lesdits ennemis ne sont pas
des plaisantins : quatre viandes froides d'un côté, un
(je désigne pépère suspendu) de l'autre. Le score est
inégal, mais la partie n'est pas encore terminée !

M. Blanc regarde le père Torcheton, tout freluque
au bout de sa corde.

— Ton examen du mort t'a appris quelque chose,
Antoine ?

— Qu'il a été assassiné. On l'a d'abord étranglé
avec la corde qui a servi à le pendre. Les traces de
cette strangulation sont indiscutables car cela lui fait
deux sillons sanglants au cou alors qu'il devrait n'en
porter qu'un seul dans le cas d'un suicide.

— Il a dû se défendre, non ?

— Vieux et chétif comme il était, quelle résistance
aurait-il bien pu opposer à un agresseur même
moyennement baraqué ?

Jérémie qui a potassé à mort ses manuels de police
technique, examine les mains raidies du défunt, espé-
rant dénicher quelque élément d'identification, tels
que bouton, cheveux, particules d'étoffe, mais elles
sont vides, rigoureusement.

J'empoche les lettres trouvées par M. Blanc, et
nous nous apprêtons à quitter ce pauvre Alexis Torcheton quand je perçois le bruit caractéristique d'une
clé folâtrant dans la serrure. J'ignore ce que tu en
penses, mais moi, je trouve cette survenance passablement intempestive.

C'est pourquoi je terminerai ce chapitre ici, te
donner le temps d'encaisser cette émotion.

CHAPITRE VII

QUI SÈME LA TEMPÊTE
RÉCOLTE LE NAUFRAGE

Je déponne avant que l'arrivant n'ait achevé de retirer sa clé. Il s'agit d'une arrivante. Une gonzesse haute en couleur, grande, peinte, portant une veste d'un rouge inassorti à celui de ses souliers, lequel ne l'est pas non plus à son rouge à lèvres. Elle vadrouille entre la quarantaine et la cinquantaine, poussant devant elle deux énormes mamelles qui l'empêcheront toujours de se noyer en cas de naufrage. Des loloches de ce gabarit, c'est plutôt rarissime ; t'en trouves aux U.S.A. seulement dans certaines stations de lavage de voitures, où des dames nues, aux niche-mards extravagants, t'essuient le pare-brise de leurs glandes, agenouillées sur ton capot.

— Tiens ! Minouchet a de la visite ! s'exclame la virago en massant ses amortisseurs à poumons. Qui êtes-vous ?

— Police, réponds-je sobrement en produisant fugitivement ma carte.

Elle en reste coite.

— Police ! Y est arrivé quéque chose à Minouchet ?

— Plus ou moins. Qui êtes-vous ? retourné-je la question.

— Amélie Lesbain, une amie.

— Une bonne amie puisqu'il vous a donné les clés de son appartement.

Je la pousse avec péremptoirité en direction de la chambre du dabuche, contiguë au salon où il pend.

— Venez par ici, qu'on cause.

Elle ne proteste pas et même, une fois dans la pièce, se jette sur le plumard et, aussi sec, s'assoit dessus, les cannes écartées, qu'elle a pas la moindre culotte, mon vieux, et que sa chatte est aussi noire et frisée que la chevelure à M. Blanc ici présent. Montre tes tifs au lecteur, qu'il puisse se rendre compte, Jérémie. Merci.

D'emblée, je la situe pétasse-bonne-fille.

— Sans charre, fait-elle, qu'est-il arrivé à Pépère?

— Des misères, évasivé-je.

— Il est mort?

— Dans ce genre, oui.

— De quoi?

— En juin, le rhume des foins est traître.

Elle re-hausse les épaules.

— Vous me racontez votre amitié avec Alexis Torcheton, Amélie? j'abrupte.

Elle hausse les épaules.

— Oh!... Je l'aide à « approprier » son appartement.

— Vous êtes femme de ménage?

— Non.

— Il vous payait?

— Il se « reconnaissait », oui.

— Donc, vous travaillez au noir, madame Lesbain?

Elle blêmit.

— Un coup de main, on peut pas appeler ça travailler.

— Coup de main ou coup de bite, mignonne?
Coup de main, vous êtes en infraction avec le minis-
tère du Travail ; coup de bite, personne n'a rien à y
voir.

Elle acquiesce.

— Alors, j'opte pour la seconde catégorie.

— Voilà, nous y sommes. Vous vous prostituez?
Là, ça la fait bondir!

— Hé, oh! Comme vous y allez! Je suis divorcée
avec deux enfants à charge dont l'aîné prépare méde-
cine! Je travaille à mi-temps dans un dispensaire. Si
j'ai eu des bontés pour le vieux, c'est plus de la charité
qu'un délit. Il avait beau avoir quatre-vingts balais,
Alexis, il avait ses retintons. La baise véritable,
c'était des illuses, des simulacres. Mais il raffolait
d'une petite branlette de temps à autre. Oh! il lui
sortait seulement de la fumée, à son âge, pensez
donc; n'empêche qu'il avait besoin de ça pour son
équilibre psychique.

— Vous lui rendiez souvent visite?

— Trois fois par semaine.

— Cela justifiait qu'il vous laissât ses clés?

— Il était devenu complètement sourd et n'enten-
dait plus la sonnette.

— Il ne portait pas d'appareil acoustique?

— Il doit y en avoir un par là, mais ça lui flanquait
des migraines.

Elle est sympa, cette brave maman qui arrondit ses
fins de mois en essorant les burnes déshydratées de
quelques vieillards en détresse d'amour. Pas mal
fichue. Ses prodigieuses loloches fascinent l'homme.
Sa crinière sauvage de même. C'est de la solide et
ardente femelle que tu grimpes cosaque et qui t'emporte avec fougue dans les toundras septentrionales.

Avec elle, t'es assuré d'une franche baise, sans chichis ni mignardises. La troussée paillarde pendant laquelle on joue à crampone-miches, les deux, s'auto-arrimant pour plus d'essor, cherchant l'apothéose dans la violence de l'étreinte et non dans des subtilités coquines. Tu sais que je m'en ressens pour elle ? D'emblée, elle a trouvé, en se plaçant sur ce plumard, la posture qui te fouette sang et sens (j'ai pas dit « sans essence »). Moi qui suis plutôt un raffiné, un tantisoit pervers, j'aime assez les belles luronnes fortes en cuisses, au pelage luxuriant et aux nichons surdimensionnés. Avec ces goulues-là, tu retournes à l'état sauvage, redeviens l'animal de jadis.

— Il vivait comment, le père Torcheton ? poursuis-je courageusement.

— Un peu en ermite ; il lisait beaucoup, s'achetait de bons petits plats chez Frégançon, le traiteur, et s'occupait de ses placements. Il potassait sans arrêt des revues financières. Si je vous disais, un jour, pendant que je le branlais, il lisait un canard écrit en anglais. C'est encourageant, hein ?

— Il était généreux ?

— Moyennement. Fallait insister, quoi.

— Il vous parlait de sa famille ?

— Il n'avait plus personne, sinon un ancien gendre qu'il haïssait parce que, disait-il, il avait causé la mort de sa fille voici une trentaine d'années.

— Il vous parlait souvent de lui ?

— Ça le prenait par crises : il l'appelait « l'assassin ». Il disait qu'il le ferait suer jusqu'à la fin de ses jours.

Marrant de penser que ces deux hommes sont presque morts en même temps !

— Vous prétendez que Torcheton était sourd au point de ne pas entendre la sonnette de la porte ?

— Je ne le « prétends » pas, c'était comme ça !
rebiffe Amélie Lesbain. Un pot ! Un jour que je me
trouvais ici, un camion sans freins est entré en colli-
sion avec un autobus dans la grand-rue voisine. Ça a
produit un badaboum énorme. Eh bien Minouchet ne
l'a pas entendu.

— Comment faisaient les visiteurs pour attirer son
attention ? Le facteur, l'employé de l'électricité ou
autres ?

— Ils s'adressaient à Mme Hulette, la voisine du
rez-de-chaussée qui, elle aussi, avait la clé et montait
avec eux.

— Intéressant.

— D'ailleurs il y a un mot sur la porte pour avertir
les visites de descendre chez la mère Hulette.

Je sourcille.

— Un mot sur la porte, vous en êtes certaine ?

— En permanence.

— Il n'y était pas lorsque nous sommes arrivés ici
tout à l'heure.

— Alors, comment avez-vous fait pour entrer ?

— Nous avons la clé, éludé-je.

— Ah ! oui ? fait-elle, déroutée.

Je me tourne vers M. Blanc :

— Descends interviewer cette dame Hulette,
grand. Demande-lui quand elle a accompagné un
visiteur ici pour la dernière fois.

Le Noirpiot opine et sort. Amélie a changé de
position et j'aperçois du rose au milieu de sa fourrure.
Ce spectacle me sèche la gorge. Les femelles ont ceci
d'irremplaçable qu'elles suivent à la jumelle le désir
qu'elles inspirent à un homme. Le silence qui s'établit
entre nous est vachement porteur, je t'assure. Il laisse
place aux regards, et les regards ne cachent rien.

Au bout d'un peu, Amélie se débarrasse de sa veste, puis déboutonne son chemisier. Elle porte pas de soutien-loloches car il n'en existe pas de suffisamment vastes pour sa poitrine, dans le commerce. Deux seins jamais égalés, plantureux, rose pâle et couronnés d'ocre vif explosent littéralement devant moi.

— C'est ça que tu veux, hein? murmure la femme.

Elle ajoute, d'un ton plus résigné que vaniteux :

— Ça les tourmente à tous, ma poitrine.

— Vous êtes d'origine pied-noir? balbutié-je en m'avançant.

— Oui, pourquoi? A cause de ma poitrine?

— Non, à cause du « à ».

Elle ne réalise pas. J'enfouis mon visage entre les énormes mamelles que je baptise in petto l'une « labourage » et l'autre « pâturage » (en souvenir de Sully qui était un prude homme).

Ah! la merveilleuse régalade! Regarder la France au fond des seins, quelle volupté! Je me sens glouton comme un loup à jeun qui cherche aventure. Le repas des fauves!

— Tu crois qu'on a le temps avant le retour de ton copain? elle s'inquiète.

— On va le prendre.

Je récupère mon physique de théâtre et me dessaboule du bas, vitos. La mère, c'est pas la peine de la décarpiller davantage, juste qu'elle remonte un peu sa jupe pour protéger celle-ci des éclaboussures qui peuvent intempester. Foin des prémices habituelles. La minouche tyrolienne, « les trois unités » expliquées plus avant dans le chef-d'œuvre en cours, ce sera pour une autre fois, avec une autre dame. Amélie, on s'explique à la loyale avec elle.

Elle est parée dare-dare, la chagattoune béante et mise en état d'accueil immédiat. On tergiverse pas d'un pouce. C'est fissa l'embroque superbe, la tringlée épique, façon Tarass Boulba dans les steppes. La vigoureuse cramponnée des meules dont je causais à peine précédemment, avec les ongles bien plantés dans la viandasse pour l'arrimage implacable. Et puis la galopade du cul, éperdue, intense, au son des bides entrechoqués qui floquent à tout va. Les plaintes désespérées du sommier qu'a pas vécu une telle séance depuis vingt-cinq piges au moins, et encore jamais aussi intensément, le Torcheton se produisant dans la catégorie débilissimo des plumes (dans le prose), voire des mouches (à merde).

Mémère, elle garde ses jambes en « V », bien hautes ; c'est le bon De Gaulle qui serait content, lui qui raffolait de cette lettre ! Elle comprend d'emblée qu'il s'agit pas d'un petit trot de jeune fille dans l'allée cavalière du château, mais d'une vraie chevauchée éperdue en rase cambrousse. La pampa, le farevoueste… J'y vais à l'énergie. La petite séance sous la table, chez Miss Gladys, m'avait potentialisé la frénésie biteuse, mis les nerfs en état d'alerte générale, attention, danger immédiat. Une étincelle pouvait mettre le feu au foutre. L'éclat de chair rose dans la toison de madame aura servi de détonateur. Un rut impétueux m'a pris, que j'assouvis à perdre haleine.

Au début, elle encaisse sans piper (et pour cause), mais la gigue s'intensifiant, elle s'est mise à faire des « Oh ! là… Oh ! la la ! Oh ! Oh ! » On lime comme sur un trampoline dans un unisson parfait. Regarde, gamin : c'est ça, s'envoyer en l'air ! Ça et pas autre chose ! Dans ma phase ascensionnelle, j'ai coquette qui recule dans la moniche, jusqu'au point de déjantage. Mais plus intense est la retombée. Cette percussion, mon z'ami! Elle en revient pas, Amélie, que Ducros il se décarcasse pareillement! C'est bon comme là-bas, dis!

A présent, elle ponctue mes assauts. A chaque plongeon dans son fort intérieur, elle crie « Oui! Oui! Oui! » Et c'est pas seulement une approbation, ce « oui » hurlé. Il implique aussi une exigence péremptoire. Il exprime simultanément « merci » et « encore ». Ah! la langue française, comme elle ne serait rien sans les intonations qui la parachèvent.

On s'explique, s'escrime, s'affronte, se comble, s'emporte, se prodigue, se martèle, se transcende, se connasse, s'embourbe, s'emplâtre, s'enfurise, s'exténue.

Qu'à un moment, elle procède à son lâcher de ballons en ponctuant d'une émouvante exclamation de surprise ravie. Elle dit « Wrouhahahaaaa ». Pas le moment de t'éterniser, Tonio. T'as rempli ton contrat, à toi la gagne, mon pote! T'as mérité ton saut en parachute, le somptueux valdingue dans l'espace. Le museau enfoui dans les roberts de la chérie, je la termine en danseuse, me détache au sprint, fonce vers la ligne d'arrivée que je franchis en tête (de nœud).

Gentille, la bonne Amélie aplatit son nichon gauche afin que je puisse respirer. Ouf! On reste un moment inertes, vaincus et pourtant triomphants, ravis douloureusement, ennoblis par cette plénitude qu'on ressent et qui porte en soi la mélancolie éperdue de jouissances terminées.

Je comprends ce qu'il éprouve, le grand nègre, vis-à-vis de Martine. Faudrait pouvoir conserver ces moments fous. En faire des inclusions pour ensuite

les contempler, prisonniers de leur bloc de plastique.
On les placerait dans un coin de notre univers. Ils
seraient là, à portée de cœur. On s'émouvrait à les
regarder. On se dirait : « Putain que c'était beau et
bon. » On verserait un pleur. Moi, en tout cas, tant
tellement j'ai l'âme en charpie au milieu de tous ces
gens qui m'accablent de leurs bontés et de leurs
méchanceries.

Alors bon, je démoniche de madame. Puis m'assois
à son côté, sur le plumzing. La prends par l'épaule :
copain-clopant. Tiens, elle fouette un peu fort, j'avais
pas remarqué.

Charcuterie de Westphalie, te dis-je. La fatalité
féminine. La cinquantaine qui regimbe. Elles ont
beau lutter, s'immerger dans des bains de jouvence,
se parfumer à t'en flanquer des allergies, se déodorer
les creux et reliefs, elles ne peuvent rien contre le
perfide, l'insistant remugle, fumet de l'âge. La terrible malédiction des ans !

Ils vont encore me traiter de miso, les gueux.
Erreur ! Je suis pas misogyne, seulement objectif et
sincère. Que rien ne me fait autant de peine que de
voir péricliter nos petites chéries. Je voudrais tellement les conserver dans la parure indicible de leur
grâce adolescente. Les garder Juliette sans même les
laisser devenir Bovary.

Et elle, la bonne jument Amélie, la plantureuse
aux seins plus gros que des sacs tyroliens pleins à
craquer, elle m'émeut. Je la voudrais protéger des
embûches, cette maman baiseuse. L'emporter dans
des limbes dont je rêve, mi-harem, mi-jardin des
Hespérides, où la vie lui serait douce et où la vieil-
lesse lui foutrait la paix. T'as vu comme elle s'est
donnée spontanément ? Un poil de lubricité dans mon

regard et c'est l'offrande, la culotte aux orties! Chérie, va! Du reste, elle n'en portait pas.

— Il est mort comment? demande-t-elle; car la
réalité la rebiche, comme une maladie vérolante.

— Il s'est pendu.

Elle clame:

— Lui!!!

Et il y a tellement d'incrédulité dans cette exclamation que je ne sais franchement pas où la mettre.

— Ça vous paraît illogique?

— Naturellement, qu'elle répond. Les vieux ne se
suicident pas, c'est plus de leur âge. Surtout que
Minouchet aimait tellement la vie malgré ses quatre-
vingts ans et sa surdité!

Là-dessus (comme j'ai à élipser), Jérémie revient.
Il tique en découvrant mon bénouze sur mes chevilles.

— Tu as une façon de prendre les dépositions!
s'exclame le tout schwartz.

Je coule ma dextre sous les somptueux roberts
d'Amélie.

— Une poitrine pareille, Jérémie, tu n'en ren-
contreras pas quatre dans ta vie! Je pense que si
madame était consentante, tu devrais, toi aussi, enregistrer sa déposition. Ce serait la meilleure des théra-
pies pour lutter contre le « spleen Martine ». Vous
n'avez rien contre, tendre Amélie?

Elle rougit.

— Ce serait mon premier Noir, chuchote-t-elle.

— Alors c'est une occasion à ne pas laisser passer.

Elle envisage tout à coup M. Blanc avec des yeux
femelle. Un sourire déjà béat fleurit sa bouche mal
peinte.

— Non, je vous remercie, murmure Jérémie, mais
je n'ai pas le cœur à ça.

— On te demande seulement d'avoir la bite à ça, ricané-je.

— T'es un peu mac dans ton genre, note Jérémie. Il faut ta santé pour tirer une dame dans les conditions actuelles !

Il désigne du pouce la pièce voisine où le vieux Torcheton continue de subir les dures lois de la pesanteur, et ajoute sa phrase-clé, celle qui résume le mieux ses pensées lorsqu'elles sont surabondantes :

— Dans ton genre, t'es chié, Sana ! Des mecs chiés...

— Je sais : tu en as connu des masses, mais jamais des qui fussent aussi chiés que moi. Tu laisses passer quelque chose d'incomparable, ô mon cher compagnon de folles équipées ; il est des chattes d'abandon, des chattes refuge et celle de madame en est une. Tu te retires d'elle comme purifié car tu viens de t'accoupler avec l'espèce tout entière. Elle est source de vie.

Mais le Noiraud ne se laisse pas convaincre par ma littérature de maître-fromager. Un sentimental. Un poète. Il a un luth à la place du cœur et un violoncelle en guise de sexe. Lui, il ne lime pas : il joue.

Renonçant à lui « vendre » les charmes plantureux d'Amélie, je change de disque :

— Tu as interviewé la dame Hulette ?

Là, son regard gros comme deux sulfures se met à étinceler. M'est avis qu'il a affuré des tuyaux, Jérémie. Et pas des poreux !

— C'est fait.

— Bono ?

— Premier choix.

D'une expressive mimique, il fait signe qu'il attend que nous soyons en tête à tête pour me livrer sa provende.

— Où s'est-il suicidé, ce pauvre Minouchet ? demande Amélie Lesbain.

— Dans la pièce voisine.

Ça ne l'épouvante pas d'apprendre qu'elle vient de se faire caramboler à quelques mètres d'un pendu. Elle doit même se dire, belle nature telle que je la devine, que ça porte bonheur.

— Je peux le voir ?

— D'accord, mais depuis le seuil.

Je vais lui entrouvrir la lourde. Elle contemple, sans grande émotion ni frayeur, le petit vieux suspendu.

— Vous êtes sûr qu'on ne l'a pas tué ? murmuret-elle à la fin de sa délectation.

— Qu'est-ce qui vous donne à penser ça ?

— Je vous répète : son amour de la vie. Et puis il avait un sacré magot. Vous l'avez retrouvé ?

— Ne m'avez-vous pas dit qu'il s'occupait de placements ?

— Il avait de l'or, également. Il me répétait assez qu'il fallait en posséder et le garder sous la main en cas de coup dur. Il prévoyait des invasions barbares, Minouchet. Des hordes, comme il disait, qui l'auraient obligé à fuir. Ça lui restait de la dernière guerre, cette crainte.

— Donc, il gardait du jonc à dispose dans son apparte ? rêvassé-je.

Malgré mes argoteries, elle perçoit clairement le sens de ma phrase.

— J'en suis convaincue.

— Et vous avez une idée quant à sa planque, Amélie de mes rêves ?

Elle m'en déballe une qui pourrait être traduite de l'anglais.

— Mon opinion, c'est qu'il avait une cachette dans cette pièce.

— Il vous l'a dit?

— Pas vraiment, mais dans ses moments d'épanchement, il me le laissait entendre. Un jour, il y a longtemps, que je m'acharnais à le masturber et que rien ne se produisait, il m'a caressé les cheveux en me disant: « Tu es une vraie gentille, Amélie. Quand je disparaîtrai, j'aimerais que tu aies mon or, puisque je n'ai pas d'héritier. Seulement il n'est pas question que je te dise où il est. Si je faisais un papier à lire après ma mort, tu le récupérerais officiellement mais l'État te le prendrait presque entièrement; il faudra que je trouve une solution. »

— Et que lui avez-vous répondu?

— Rien. J'ai pleuré d'émotion. Y avait rien à répondre, juste à le branler de mon mieux.

Attendri, je masse à nouveau son opulente poitrine.

— Monsieur Blanc, fais-je, pendant que je me repais de madame, cela vous ennuierait de chercher l'or qui se trouve dissimulé dans cette chambre?

— O.K., murmure Jérémie.

Tu crois qu'il va se mettre à fouir, fouiner, fouiller, tout le *cheese*, toi? Au lieu de, il plante une chaise au milieu de la pièce, s'y installe à califourchon, les bras sur l'accoudoir et opère lentement un 360 degrés, en la faisant pivoter sur un pied.

— Il cherche pas? s'étonne Amélie qui comprend mal qu'un subordonné n'obéisse pas spontanément aux ordres.

— Si, dis-je, seulement, il cherche avec son cerveau, pas avec ses mains.

Elle opine (ce qui est de circonstance) et chuchote:

— Vous aimeriez que je vous suce, pour changer ? J'en raffole pas, mais vous, c'est pas pareil.

— Merci de cette courageuse proposition qui va à l'encontre de votre tempérament, ma chère. La fellation n'est pas votre tasse de thé, si j'ose dire. Vous êtes une forte baiseuse, madame Lesbain, que les mignardises du genre de celle que vous me proposez rebutent plus qu'elles ne réjouissent. C'est pourquoi j'apprécie votre offre et la décline.

Un baiser dans le cou (que d'aucuns appelleraient un « bisou », les veaux ! je hais les mièvres qui nous font tant de mal) scelle mon tendre refus. Néanmoins, chez moi la nature fait souvent rebelote et je suis prêt à célébrer l'anniversaire (dix minutes) de notre premier coït lorsque M. Blanc me fauche en pleine érection.

— Navré de vous importuner, dit-il. Pouvez-vous dégager ce lit ?

— Tu penses au matelas ? ricané-je. Torcheton n'était pas un paysan du Moyen Age, Noirpiot.

Il hausse les épaules.

— Je le sais bien.

— Mais encore ?

— As-tu remarqué combien les pieds ronds de ce plumard sont épais ? Ils font au moins vingt centimètres de diamètre à la base.

— Et tu les croix creux ? Je te parie que tu fais fausse route : vois comme ils respirent la santé du bois plein. C'est du chêne pur fruit, tourné dans la masse il y a un demi-siècle.

Mais Jérémie semble importuné par mes objections.

— Oh ! putain, fait-il, au lieu d'ergoter, aide-moi à déplacer ce catafalque et tu vas voir !

On s'empare des montants latéraux et voilà qu'on joue les poseurs de rails, ooooh hisse! On charrie le pucier à un demi-mètre de sa base initiale. Cet effort accompli, mon camarade tombe à genoux devant le ci-devant point d'appui du pied avant gauche. Il me désigne la moquette grise dans laquelle, au beau milieu de l'empreinte laissée par le lit on peut distinguer une espèce de cicatrice mal discernable.

— Prête-moi ton couteau de poche, demande-t-il.

J'obtempère, le priant de ne pas me l'esquinter car c'est un canif en or que m'a offert mon ami Yves Piaget et j'y tiens comme à la prunelle du Velay ou comme à la coquille de mes œufs (bouffer la mention inutile).

Délicatement, il rouvre la cicatrice de la moquette et décolle les lèvres. Lorsqu'il a dégagé cent centimètres carrés du plancher, il étudie ce dernier.

— Regarde.

Je constate qu'une découpe compose une espèce de minuscule trappe. Avec des gestes d'horloger et sans meurtrir la lame de mon *knife*, il dégage le couvercle. Passe la main par l'ouverture et la ressort en tirant sur une grosse ficelle. Ladite ferme un sac de toile, sorte de boudin étroit, long d'une vingtaine de centimètres et apparemment très lourd.

— La pêche est bonne! exclamé-je. Bravo pour ta perspicacité, grand. Qu'est-ce qui t'a mis sur la voie?

— Un point de colle forte, dans la moquette, au ras de ce pied.

— Sherlock noir! Un jour j'écrirai ton histoire sous ce titre, promets-je.

Jérémie délie l'étranglement du sac et le renverse au-dessus du plumard. Une pluie de pièces de vingt dollars en or s'abat sur le couvre-lit que j'ai, par inadvertance, estampillé d'une goutte de foutre. La manne! Pas céleste, tout ce qu'il y a de terre à terre, au contraire. Le premier réflexe, dans ces cas-là, c'est de compter le magot. On commence, et puis, assez vite, on renonce. Lorsque j'ai mis cent pièces à part, je constate qu'il en reste environ dix fois plus. Mille « Liberty », les mecs! Ça fait du bruit.

La môme Amélie n'en revient pas.

— C'est vraiment de l'or? demande-t-elle.

— Vous parlez!

— Et elles sont bonnes, bien qu'elles ne soient pas françaises?

— Excellentes.

Je les replace dans le sac. Ne me sens pas grigou le moindre. L'or, c'est joli, ça oui, j'en conviens. De bon aloi. Mais de là à en remplir un sac!

— Amélie, dis-je, vous prendrez ces pièces puisque le père Torcheton souhaitait qu'elles vous échussent à sa mort.

Oh! la pauvre poule avec ses énormes nichons, sa douceâtre senteur jambonneuse, son maquillage à trois francs six sous! Cette sidérance complète!

— Mais, mais, mais, elle bredouille; pourquoi faites-vous ça? Y a pas de papier... C'est juste ma parole...

— Elle me suffit, chère femme de grand mérite. Quand on possède une poitrine et un fessier comme les vôtres, on ne ment pas!

Elle se jette dans mes bras en pleurant à verse. Ses doudounes m'emmitouflent complètement. Qu'à ce point je crois porter une pelisse d'opossum, kif les romanciers d'avant la Quatorze.

— Si je m'attendais! sanglote Amélie Lesbain. Un homme comme vous! Et policier encore! C'est beau, la vie!

— Oui, conviens-je, elle est parfois harmonieuse :
à preuve, l'anagramme du mot « chien », c'est le mot
« niche » ! Soyez prudente avec cette fortune.

— Y en a pour beaucoup ?

— Je n'ai pas les cours des monnaies or dans le
tiroir de ma cravate, mais ça devrait largement dépas-
ser les cent millions d'anciens francs !

Elle pousse un cri comme naguère, quand je la
niquais et qu'elle est partie en dérapage incontrôlé.

— Mon Dieu ! Une somme pareille, ça fait peur !

— Maniez-la avec soin. Pour commencer, plan-
quez ce sac et ne vendez les pièces que une à une dans
des banques différentes, à Paris de préférence, afin
de ne pas attirer l'attention. Chaque fois, vous direz
qu'il s'agit d'une pièce « de famille ». Ne vous embal-
lez pas, surtout !

Elle me fait un baisemain, exactement comme
Mme Busch à M. Thatcher sur le pas de porte de
Downing Street, histoire d'amuser les journalistes,
mémère, entre deux *apple-pies* et son feuilleton téloche qu'elle raterait pas pour un Gorbatchev !

— A présent, rajustez-vous. Allez mettre vos pi-
caillons en lieu sûr, puis revenez. C'est alors que vous
serez censée découvrir le corps du vieux. Vous don-
nerez l'alerte, la police d'ici viendra. Restez naturelle. Si par hasard on vous emmerdait trop, faites-
moi prévenir, j'arrangerais vos bidons. O.K., ma
poule ?

Elle opine. Des pleurs s'éparpillent encore alentour.

Chère femme, généreuse de ton corps, que la vie te
soit clémente !

— Tu pries ou c'est l'arthrose qui t'empêche de te

relever ? demandé-je à M. Blanc, lequel est toujours agenouillé devant le trou.

— Je continue de pêcher, bougonne-t-il, mais ça devient difficile. J'aperçois une enveloppe au fond de la cavité et je ne parviens pas à m'en saisir.

Je braque le faisceau de mon stylo-torche dans l'orifice. Effectivement, on distingue une pochette de papier kraft, sur la droite, hors de portée. J'ai aperçu une canne dans le porte-parapluies de l'entrée, il me semble, réfléchis-je. De canne de marche, elle va devenir canne à pêche ! Et c'est ce qui se passe, Anastase ! D'autant plus fastoche que la canne en question a un embout de fer assez pointu.

Toute persévérance t'assure le succès. Vouloir, c'est triompher. A force d'obstination et d'adresse, nous finissons par récupérer la fameuse enveloppe. Elle est plate. Nous l'ouvrons et, de prime abord, la croyons vide. C'est seulement après l'avoir retournée qu'un carré de papzingue de quatre centimètres sur trois en tombe. S'y trouvent inscrits les mots suivants :

Edmée Lowitz — Cléopâtre — Italie

C'est tout.

C'est peu.

C'est rien.

Sauf que ce prénom d'Edmée me fait songer au premier appel du répondeur situé dans la masure du défunt cantonnier et qui commençait par : « Ici Edmée ».

Tout se tient, dans « l'affaire du siècle ». Il faut croire que les quatre mots que recelait l'enveloppe ont une grande importance pour que Torcheton les ait planqués dans sa case trésor avec son or. J'en déduis qu'ils valaient de l'or pour le vieux strangulé de frais.

— Tu as entendu parler d'une ville d'Italie nommé Cléopâtre, toi ? me demande M. Blanc.

— Pas encore, mais ça peut exister. Maintenant, raconte-moi ce que tu as appris de la dame Hulette.

— C'est une pute, m'annonce Jérémie. Décidément, on n'en sort pas ! Elle « travaille » dans un petit studio du rez-de-chaussée. Une grosse platinée avec pas mal d'heures de vol. Elle a cru que je venais pour consommer et m'a appelé d'entrée de jeu « Gros Loulou ».

— C'est gentil, assuré-je.

— Chez elle, les murs sont tapissés de posters prélevés dans *Lui*, et *Playboy*.

— Je préférerais ça à des reproductions de Jean-Gabriel Domergue.

— Quand je lui ai annoncé que j'étais flic, elle a cru que je venais lui chercher des patins et s'est mise à chocotter.

— Tu l'as rassurée, j'espère, à quoi bon lui faire tourner la laitance !

— Naturellement. Elle m'a dit qu'effectivement elle possédait une clé de cet appartement. Paraîtrait que le père Torcheton la grimpait de temps à autre.

— Il lui restait quelque verve sexuelle, on dirait : sa voisine, la dame Amélie, il abdiquait pas de la membrane, l'octo !

— Très peu de gens venaient quérir la clé, en dehors du facteur et des employés municipaux, continue Jérémie. Sinon, avec son « métier », elle n'aurait pas pu assurer la conciergerie, Mme Hulette. Pourtant, hier, quelqu'un est venu, comme tu t'en doutes.

— Nous y voici !

— Une femme !

— Pas possible !

— Une hôtesse de l'air.

— En uniforme ?

— Oui.

— Quelle compagnie ?

— Air France.

— Description ?

— Grande, mince, des lunettes noires, les cheveux roux ardents, copieusement fardée, rouge à lèvres couleur tango, souliers plats, sac en bandoulière.

— Et alors ?

— Elle a déclaré qu'elle était chargée d'un message pour M. Alexis Torcheton et qu'elle désirait le voir. Elle avait cogné à sa porte en vain avant d'apercevoir l'écriteau prévenant le visiteur qu'en cas de non réponse, il convenait de s'adresser au rez-de-chaussée.

— Écriteau qui a disparu, noté-je. Après ?

— Mme Hulette était en train de bricoler un client. Elle s'est excusée, lui a confié un album porno à feuilleter pour qu'il « s'entretienne » et a accompagné l'hôtesse au premier. Quand il s'agissait d'un familier, elle lui confiait la clé sans autre, mais un visiteur inconnu, elle l'escortait, ce qui est normal.

— Ensuite ?

— Elle lui a ouvert la porte et a prévenu le sourdingue, lequel était en train de se préparer un bout de frichti.

— Quelle heure était-il ?

— Entre onze heures et midi, Mme Hulette n'est pas obnubilée par le temps ; c'est le genre bonne grosse qui laisse pisser le mouton.

— Elle a assisté à la rencontre de l'hôtesse et du vieux ?

— A peine. Elle avait recommandé à la visiteuse

de parler très fort. Aussi, en se retirant, l'a-t-elle
entendu crier à Torcheton qu'elle venait de la part de
Jean Bonblanc.

— Voyez-vous...

— Moins d'un quart d'heure après, l'hôtesse a
rapporté la clé. Comme le client était en train de
sortir son train d'atterrissage, elle a crié à l'hôtesse de
la déposer sur le guéridon de l'entrée. C'est tout.

— Personne n'est revenu depuis lors?

— Si, nous!

— Donc, c'est l'hôtesse qui a étranglé pépère et l'a
suspendu au lustre. En partant, elle a arraché le petit
avis concernant la clé pour qu'on ne découvre pas
trop rapidement le décès du dabe. Tu ne trouves pas
un poil ahurissant, toi, qu'une hôtesse vienne en
uniforme buter un bonhomme, et qu'elle se montre
délibérément sur les lieux de son forfait?

— Ce n'est pas ahurissant si la visiteuse en question est une fausse hôtesse, mec!

Marrant: j'y songeais. La feinte va de soi. Le tueur
qui s'annonce en province, dans un petit immeuble, a
intérêt à ne pas se présenter sous son aspect véritable.
Au contraire, il laisse une image très précise, trop
précise, de quelqu'un d'absolument différent de lui.

— Un homme, diagnostiqué-je. Perruque rousse,
maquillage fort. Retournons voir dame Hulette!

— Je crois qu'elle était en train d'essorer un grainetier du quartier.

— Nous attendrons qu'il ait séparé le bon grain de
l'ivraie.

On rebouche le trou de la planque et on remet le
plumard en place.

En somme, le voyage a été payant: un cadavre, des
lettres de Jean Bonblanc, l'adresse (supposée) d'Ed-

mée, un trésor, une folle carambolée de la chère Amélie Lesbain. Je me demande où en sont mes confrères dans l'enquête « officielle » sur les quatre morts du boulevard Richard-Wallace. Tu paries qu'ils sont moins avancés que nous deux, les tricards de l'affaire du siècle ?

Ah ! il a voulu nous baiser, Achille ! Il l'aura dans le fion jusqu'à l'épiglotte, le Tondu. Lorsque j'aurai obtenu la vérité, j'irai la clamer en grande exclusivité sur une chaîne de téloche. Je déballerai tout et le Scalpé passera pour le prototype de l'archicon !

On va lui faire payer un max sa soif dévorante de médiatisation. Qui sème la tempête, récolte le naufrage !

Hugh !

J'ai dit !

CHAPITRE VIII

ET TOUT CE QUI S'EN SUIT...

Il est encore là, le grainetier. Chez Mme Hulette c'est le chouette clandé. Y a que sa chatte qui soit mieux traitée que ses passagers, la gravosse. Après l'orgasme, comme l'animal est triste, elle doppe le cille avec un remontant de sa compose, un machin pas con et viceloque : sirop de pêche-rhum blanc. Ça coule tout seul, comme une bonne vieille blenno d'avant Fleming. Le grainetier qui a éternué sa semence de connard, déguste avec la satisfaction du mâle aux couilles épongées. Notre arrivée ne le désempare pas, le gus. Il a sa conscience pour lui. Veuf, ses impôts payés, sorti immaculé d'un récent contrôle fiscal, il peut tirer des coups tarifés la tête haute, Edmond.

Lorsque nous pénétrons chez sa videuse de burnes, il regarde Lendl à Wimbledon sur un écran de téloche format carte postale.

Mme Hulette a une bonne bouille mollasse. Adipeuse, le teint saindoux, les lèvres fluides, ce qui est royal pour la flûte enchantée. Tu te fais velourer le gland dans des prélasseries suaves.

En me découvrant sur son modeste paillasson, elle sourcille comme si, au lieu du beau gosse que je crois être, elle y apercevait une merde de chien décomposée.

— Non ! Je rêve ! elle exclame. C'est le superbe Sana ! La coqueluche de ces dames !

Ainsi détecté et jaugé avec sûreté, ne me reste plus qu'à plonger dans ma mémoire à la recherche de cette bonne pouffiasse ; mais j'ai beau en explorer les coins et recoins, elle ne me livre rien qui puisse correspondre à cette personne fondante et grisâtre de chair.

— Mandoline ! se présente-t-elle. Tu te rappelles pas de moi, brigand ? Tu m'as pourtant assez fait fumer les miches, y a une douzaine d'années !

Mandoline ! Oui, j'ai dû embroquer ça. Une jolie gosse de vingt-cinq piges, belle à faire se damner Mgr Lefèvre ! Sa gourmandise c'était de se faire tirer à la duc d'Aumale. J'ai jamais retrouvé pareille acrobate de l'amour ! Elle s'accroupissait sur ta fusée Ariane, prenait appui des deux mains en arrière et te viburait la prostate à deux mille tours minute.

Ainsi, Mme Hulette égalerait Mandoline ? Non, non, impossible ! Je sais que la vie est charognarde, mais pas à ce point ! En une décade, la jolie danseuse sur zob serait devenue cette morue affaissée, soufflée, malsaine, avariée d'un peu partout, avec des bourrelets intempestifs, un regard dégoulinant de résignation, des varices mal soignées, le fibrome en expansion, des comédons plein le tarbouif, de la larmoyance dans les carreaux, et des loloches en débandade ?

— J'ai grossi, hein ? résigne-t-elle.

Ça oui : grossi, enlaidi, vieilli, boursoufli, décati, délabri, épavi.

— Un peu, polité-je. Alors, comme ça, te voilà à Beauvais, ma douce ?

Elle me raconte son destin héroïque. « Tu pourrais
en faire un roman », assure-t-elle. Ils disent tous ça de
leur vie à trois balles. En faire un roman. Elle, fille du
Café des Platanes à Mortemaison dans le Val-d'Oise.
Violée à douze ans par son père alcoolo. A seize se
casse pour aller essorer des gonziers à Paname. Placée vitos sous la tutelle énergique d'Albert le Niçois.
S'explique bientôt dans la taule d'abattage de
Mme Fernande, rue des Abbesses. C'est la période
triomphante où elle s'en prend cent par jour. A
15 centimètres de moyenne, ça représente 15 mètres
de bite quotidiennement et là, faut pas être feignasse
du minou ! Au bout de dix piges, en unité queue, tu te
respires la distance Paris-Mantes-la-Jolie !

Elle est tombée très malade, Mandoline, ainsi
surnommée parce qu'elle conservait cet instrument,
en provenance d'un grand-père italoche, comme fé-
tiche, au-dessus de son lit ; « Et je vais te faire rire,
beau commissaire, je l'ai encore ! ». Une maladie
hautement perfide, à complications multiples. Ça a
démarré par une péritonite et ça a continué en chiries
pas croyables. Six mois d'hosto ! Elle a manqué crever.

Dieu veillait (elle a la foi) : un infirmier du nom
d'Isidore Hulette est tombé amoureux d'elle à en
perdre haleine. Faut dire que, quand elle a commencé d'aller mieux, elle lui taillait des petits calumets
amitieux vite fait sur le gaz. Plus de nouvelles d'Albert le Niçois. Les macs ne s'intéressent qu'aux gerces
performantes. Isidore l'a demandée en mariage au
moment de sa convalo, juste qu'elle s'apprêtait à
quitter l'hôpital pour aller respirer l'air pur d'une
maison de repos en Haute-Savoie. Elle a accepté.
Alors ils sont venus à Beauvais d'où Hulette était

originaire. Il a trouvé un job dans une clinique du coin.

Et puis voilà ce pauvre con qui lui fait une embolie sans crier gare, un soir, à l'heure de la soupe. Poum ! Descendez, Dieu vous demande ! Veuve ! Le guignon, c'est le guignon. Quand t'es marqué par le sceau du destin, c'est comme quand tu l'es par le sot du secret ! Tu l'as dans l'œuf !

Ses crêpes rangés dans la naphtaline, Mandoline s'est remise au charbon. Elle a rouvert son fond de commerce. Pas à une grande échelle, sa santé ne lui permet plus. Elle a une petite coterie d'habitués. Des messieurs très comme il faut. Un deux par jour, pas davantage. Travail soigné, ambiance familiale. Elle se prostitue en camarade. A part un assureur qui vient faire brouter sa dame, elle pratique dans le classique bourgeois désormais, pas vrai, monsieur Edmond ? Et le grainetier convient. Un bon turlu, le doigt dans l'oigne pour ceux qui aiment un petit accompagnement fripon, et c'est la bonne tringlette qui ne mange pas de pain. La bouillave quasiment ménagère.

L'existence, elle en a pris son parti, Mandoline. Elle se plaît bien à Beauvais. C'est tranquille. Le samedi, elle va visiter des petits vieux à l'hospice pour faire sa b.a.. Leur porte des douceurs ou un litron, son *Paris-Match* de la semaine d'avant. Elle aurait aimé avoir des enfants, mais on lui a tout décortiqué, à l'époque de ses grandes misères.

Elle nous abreuve de son cocktail. C'est délicat et fort. Subtil, comme goût. On pressent une nature artiste à travers ce mélange.

— Et toi, commissaire de rêve, qu'est-ce qui t'apporte à Beauvais ?

— On peut parler en tête à tête ?

— Viens dans mon boudoir, baron !

Nous laissons M. Blanc en compagnie du grainetier. La veuve Hulette m'ouvre la porte de sa
chambre d'amour qui pue la sueur mal portante et la
literie qui s'attarde.

J'ai beau mater Mandoline, non, franchement, il
lui subsiste plus rien des jours enfuis. Elle a trop été
malaxée par le temps, la maladie. Le corps d'aujourd'hui ne se rappelle plus celui d'hier. J'admire la
sexualité débridée de mes contemporains qui lui apporte encore des pratiques. Je préférerais me cogner
la princesse Margaret, Mme Veil, Nancy Reagan,
Roger Peyrefitte, Alice Sapritch, la comtesse de Paris ! J'ai peine à admettre qu'elle m'a fait ces biouti-
foules choses précédemment citées, la potesse du
grainetier.

— Besoin de toi, ma jolie !

— Si je peux t'être utile...

— Il s'agit du vieux, au-dessus.

— Le père Torcheton ?

— Je crois bien qu'on l'a suicidé, Mandoline.

— Il est mort ?

— A outrance. Mais bouscule rien, je suis venu en
franc-tireur, sur une indication vaseuse ; attends que
la chose soit découverte « normalement », je compte
sur ton amitié.

— Il est ?...

Son index montre le plaftard.

— Oui.

— Qui l'aurait repassé ?

— Une hôtesse de l'air venue te demander d'ouvrir sa lourde.

— La grande à lunettes ?

— Écoute bien la question que je vais te poser, petite fleur, et réfléchis avant d'y répondre : cette hôtesse, ça n'était pas un mec travesti, des fois ?

Elle n'attend pas. C'est spontané comme un pet de cheval.

— C'est donc ça ! qu'elle glapit, Mandoline.

— Qu'entends-tu par là, ô mon ancienne ivresse ?

— Elle me paraissait pas blanc-bleu, cette gonzesse. Je la situais gouine, si tu vois ?

— Elle n'était que homme, ma chérie. J'en mettrais ma bite à couper dans la gueule d'un crocodile affamé.

— Ce serait dommage, entre-parenthèse-t-elle. Si ma mémoire est fidèle, t'en as une chouette, avec la façon de t'en servir ! T'es le genre de mec qui laisse de bons souvenirs.

— Toi aussi, m'efforcé-je. Tu me pratiquais « le pont de la rivière Kwaï » de manière délectable. Tu te rappelles, les mains loin derrière, de part et d'autre de l'homme, et le valseur en folie comme s'il avait la danse de Saint-Gui ? Quel travail !

Elle devient mélanco.

— Oui, c'était le bon temps, Antoine. Mais ces prouesses, après tous mes avaros de santé, je ne peux plus me les permettre. Tu me réclamerais « le duc d'Aumale » à présent, je risquerais de te casser la verge !

Voilà qui nous éloigne du propos actuel. Mais les individus sont incorrigibles. Ils ont tendance à prioriser le passé. La pompe aux souvenirs n'est jamais grippée, avec eux. Il suffit d'un « t'en souviens-tu ? » pour que tout l'écheveau se dévide.

Seulement, je suis flic et énervé par cette affaire hors du commun. Je dois avancer coûte que coûte et coiffer les collègues au poteau.

— Mandoline, toi, femme d'expérience, que pourrais-tu me dire sur cet assassin-travelo? Car on admet qu'il s'agissait d'un mec. Repense-le comme tel et essaie de délirer un peu à son sujet!

Elle se fait médium, dame Hulette. Le marc de caoua! Les taches d'encre ou de foutre! Pythonisse, ça lui pend au nez. Quand elle sera trop ravagée des meules pour s'expliquer dans le pain de fesses, elle se reconvertira dans le tarot, la grosse. La boule de cristal, les lignes de la pogne! Lorsque tu es de nature « marginale », tu trouves toujours un petit turbin pour affurer ton minimum vital.

Elle dérive sur le flot lent de ses pensées, majestueux comme le cours de l'Amazone près de son embouchure.

— Je vais te dire, ma queue-jolie (c'est gentil, ces mots tendres), puisque gus il y a, je te parie les poils de mon cul qu'il s'agissait d'un professionnel authentique. S'il a buté mon vieux père Torcheton, c'est qu'il était tueur patenté. Calme, froid, d'une précision de montre suisse! Maître de soi, détendu. Un amateur qui se déguiserait en gonzesse aurait les jetons qu'on perce son déguisement à jour. Il serait nerveux pour aller fabriquer un vieillard dans son antre. Là, au contraire, ça respirait le naturel. Pourtant, ça m'épatait un peu, une hôtesse de l'air à Beauvais. Ce sont des filles qui ont hâte de récupérer leurs fringues civiles une fois descendues de leur zinc. T'en as déjà vu qui se baguenaudaient en province dans leur uniforme de cheftaine, toi? Le travelo, lui, ne se posait pas de question.

« Un détail: il portait des gants de chevreau! Si bien que pour ce qui est des empreintes, t'es marron! Attends, je me le remets dans le cigare. Je le cadre en gros plan. L'imagine en matou. Un mètre soixante-quinze, Tonio. Très mince. La mâchoire un peu saillante. Pourquoi m'imaginé-je que ses yeux étaient bleus, alors qu'il portait des verres très teintés? Je croyais voir leur pâleur.

« Autre chose : il était blond comme les blés. Je fais abstraction de sa perruque rousse. Sur la pomme d'Adam il restait des poils ayant échappé au rasage. Ça aussi, confusément, ça m'a surprise. Trois quatre poils couleur or. Et encore ça, ma belle bite : ses oreilles. Elles étaient dissimulées par les tifs rouquins, mais en montant l'escadrin à sa suite, j'ai pu en apercevoir une. Très grande ! Tu te rappelles les étiquettes du père De Gaulle ? Ces baffles monumentales qu'il se trimbalait, le grand V ? Plus grandes encore. Bon, le dargif... Un pétrousquin de pédoque, grand. Il doit pendre du chibre, ton meurtrier. La manière de dodeliner des noix, c'est éloquent. »

Pendant qu'elle « visualise » l'hôtesse bidon, je prends des notes. Le portrait vient bien. Je le « sens », je le « vois ».

Mandoline est à son affaire. Je l'arrache à la monotonie de sa prostitution provinciale. Elle biche, s'y croit !

— Il l'a rétamé comment, l'Alexis ?

— Strangulation, et ensuite il l'a pendu haut et court, histoire de cacher la merde du chat.

— J'ai aperçu effectivement une corde sous le rabat de son sac-giberne.

— Tu vois ! Et le vieux, t'as des choses à me bonir sur lui ?

Ce qu'elle m'en crache corrobore les dires de la dame Amélie. L'existence peinarde, gourmande, jouisseuse du sourdingue se confirme. Il lisait, bâfrait, faisait triturer ses bas morcifs exténués par des dames compréhensives. La vie coulait, douce et lente, pour l'octo. De longues et ultimes vacances. Tu es à l'écoute de ton corps, tu affûtes tes pensées. Sagesse et résignation. Du moment que tu as la santé, ça baigne !

Un silence. Je m'éternise dans ce petit immeuble insignifiant.

— Il t'a jamais parlé d'une certaine Edmée Lowitz, Mandoline ?

Elle fait la moue.

— Non, mais...

— Mais quoi ?

— Oh ! rien...

— Tu as tiqué, ma merveilleuse, ne nie pas.

— C'est vrai. Une réaction incontrôlée. Une impression vague...

Elle s'efforce, son front se craquelle, ses yeux se minéralisent. Elle veut trouver le pourquoi du comment de son attitude. Sa bonne volonté est si vive qu'elle fait peine à voir. Si elle insiste trop, elle va se faire craquer un vaisseau dans la calbombe, la veuvasse.

— T'es sûre que le vieux ne t'a pas parlé de cette femme ?

— Certaine.

— Tu n'aurais pas aperçu des choses la concernant en allant chez Torcheton ? Des documents quelconques ? Le nom n'est pas courant, c'est pour cela qu'il t'a flashé la mémoire.

— Attends, tu m'orientes. Tu as raison, pine en or, je l'ai vu écrit.

Elle exulte.

— Coulé ! fait-elle comme à la bataille navale.

Elle veut, je suppose, parler de son absence de mémoire dont elle vient de triompher.

Des picotis agréables me glounoutent le dessous des roustons. J'attends sans impatience, mais avec fébrilité, comme dit l'autre.

— Ça remonte à une quinzaine, explique la Hulette. Torcheton avait la grippe et je lui faisais ses commissions. Il m'a confié une lettre recommandée à poster. Et tu vois, sur l'enveloppe, c'était écrit ce nom que tu dis, répète-le !

— Edmée Lowitz.

— Pile ! Je revois la belle écriture penchée d'Alexis, une écriture de notaire du siècle dernier, avec les pleins et les déliés ; superbe !

— Te rappelles-tu de l'adresse ?

— Ah ça, non. Tu pousses un peu, Antoine. Avec tézigue faut annoncer le tonnage du bateau et l'âge du capitaine ! Je me rappelle le blaze et tu voudrais l'argent du beurre en plus !

Mais ses protestations (pourtant justifiées) ne me font pas baisser les bras.

— Écoute, championne de la tringle, tu m'as dit que cette bafouille il l'envoyait en recommandé, le vioque. Si c'est le cas, t'as rempli la fiche d'expédition au bureau de poste, une fiche où l'on mentionne le nom et l'adresse du destinataire ; c'est d'ailleurs pour cela que tu te rappelles les nom et prénom de cette femme. Pas seulement parce que tu les a lus, mais surtout parce que tu les as écrits ! Alors, tant qu'à faire, essaie de te souvenir de l'adresse également. Ce ne serait pas en Italie ?

Elle fait :

— Non, Tonio. Pas « en » Italie ; « avenue » d'Italie.

— Je t'aime! fais-je avec une totale sincérité. Cléopâtre, ça te dit aussi quelque chose?

— Bien sûr: tour « Antoine et Cléopâtre », avenue d'Italie, Paris. Par contre, pour ce qui est du numéro, tu peux te l'arrondir.

— Je l'ai et quand bien même je ne l'aurais pas, je pourrais m'en passer. C'est Dieu qui t'a placée sur ma route sinueuse!

— Je suis vraiment heureuse de t'être utile, chibre de rêve! J'espère que tu vas l'alpaguer, ce tueur de vieillards, et que tu lui fileras le potage en pleine poire au lieu de le faire traduire en justice.

Je lui souris.

— Je suis policier, pas équarrisseur, môme.

M. Blanc montre le bout sombre de son large pif par l'encadrement.

— Je dérange? s'informe-t-il civilement.

— Du tout, nous en avons terminé, rassuré-je.

Alors il s'avance et, s'adressant à Mandoline:

— Madame Hulette, dit-il avec quelque embarras, je viens de parler longuement de vous avec votre client grainetier qui m'a mis l'eau à la bouche. Je suis présentement dans une période d'accablement au plan sentimental, accablement contre lequel je voudrais réagir. Combien me prendriez-vous pour me pratiquer la pipe à la gelée royale que prône si vigoureusement M. Edmond?

— Tu le crois, toi, qu'il est plus facile de mourir que de vivre? me demande Jérémie, comme nous pénétrons dans la tour.

Il est toujours préoccupé de philosophie, le Négus.

— Naturellement, dis-je, on meurt pour soi tout seul alors qu'on vit pour les autres.

Il murmure :

— Tout à l'heure, chez ta copine Mandoline, j'ai cru mourir. Sa pipe à la gelée royale est divine. Quelle technique !

— Donc, te voilà guéri de Martine ?

Instantanément, son visage s'éclaircit (c'est chez les Blanchâtres qu'il s'assombrit sous l'effet d'une contrariété).

— Ce serait trop simple. Ta recette était fallacieuse, mec. La bite et le cœur font chambre à part. Tirer un coup sublime n'a rien de commun avec aimer d'amour, mais cela dit, oui, ça va mieux.

Nous cherchons sur la liste interminable des occupants de la tour « Antoine et Cléopâtre » et y découvrons sans mal le blaze d'Edmée Lowitz ; dix-huitième étage.

Dans le hall, t'as une chiée d'ascenseurs en ligne dont certains sont directs jusqu'au quinzième. On s'en biche un en compagnie d'une énorme botte de poireaux derrière laquelle est embusquée une naine bossue et, vlan ! L'as-tu vue, la fusée volante ? Nous v'là parvenus à destinance. Moi, personnellement, pour ma part, comme dirait Bérurier, plutôt que d'habiter un machin pareil, j'aimerais mieux crécher dans une roulotte, voire dans une cabine téléphonique (que je poserais à plat pour la nuit), me faire sodomiser par Canuet, utiliser du verre pilé au lieu de gros sel avec mon pot-au-feu, marcher avec les deux cannes dans la même jambe de pantalon, faire l'amour à la reine Fabiola, visionner tous les films de Robbe-Grillet à la suite, habiter l'Albanie, vidanger des chiottes publiques en Guinée-Bissau, bouffer le cul d'une Chinoise avec des baguettes, habiter dans le même immeuble qu'un pianiste, me faire faire l'abla-

tion de la rate, régler le carburateur de ma Maserati
en smoking blanc ou me laisser tailler une pipe par un
alligator (mâle). La vie clapière, je pourrais jamais. Y
me faut un arbre, ne serait-ce qu'un tout gringale.
Venir m'encastrer dans l'une de ces alvéoles, le soir
tombé, pour y délacer mes pompes et brancher la
téloche relèverait de l'exploit impossible ; le moment
viendrait où je me balancerais par la fenêtre.

On arpente des couloirs en étoile. On musardine,
le nez dressé. Et puis voilà enfin une lourde toute
pareille aux autres, mais sur laquelle figurent les deux
blazes « Edmée Lowitz » découpés dans une carte de
visite non gravée.

M. Blanc soupire à t'en faire dresser les poils du cul
sur la tête :

— Et, naturellement, on remet la gomme avec ton
passe ! Je sens venir une cata de première ! Un de ces
jours, le locataire se pointera au mauvais moment et
ameutera la garde. Je lis déjà les commentaires des
médias sur nos méthodes policières !

Il se tait à la dérobée car, déjouant ses pronostics,
la porte qu'il met en cause s'ouvre pour livrer sortie à
une hôtesse de l'air.

Ça, c'est de la chute de chapitre, non ? Franchement, on ne peut pas faire mieux !

CHAPITRE IX

LA VALSE DES POUFFIASSES

La fille en question est grande, jeune, mince, d'un gabarit impressionnant. Près d'un mètre quatre-vingts, ce qui, converti en mesure helvétique, représente un mètre huitante ; te dire ! Uniforme d'Air France, souliers plats, lunettes à verres teintés. On la contemple avec quatre z'yeux incrédules, Jérémie et moi. On a des pensées primesautières plein la rotonde. On cherche à piger. On pige. On se dit (moi du moins, mais côté Blanc c'est probablement pareil), que le gusman qui est allé zinguer Torcheton à Beauvais s'est travesti en uniforme d'hôtesse pour faire porter les soupçons sur cette femme-là. On avance en bonne terre, l'aminche ! C'est plus du marécage, de l'hypothétique, du scabreux, de la tâtonnerie, mais un boulevard qui conduit aussi sûrement à la vérité que les Champs-Élysées à l'Étoile.

— Mademoiselle Lowitz ? m'enquis-je avec un sourire démesuré qui doit humecter sa culotte pour peu que ses mœurs fussent orthodoxes.

Elle se cabre.

— Pourquoi ?

— Je suppose que c'est « oui », enchaîné-je, autrement vous auriez répondu par « non » ?

— Que me voulez-vous?

Le coup routinier de la carte de police rapidement exhibée, suivi de cette phrase fatidique :

— Nous aimerions vous parler, mademoiselle Lowitz.

— Je regrette, j'embarque dans cinquante minutes et j'ai juste le temps d'aller à Charles-de-Gaulle.

— Vous prenez votre service sur quel vol?

— Bangkok.

— Vous ne l'assurez pas entièrement?

— Je descends à l'escale de Bombay.

— Retour?

— Dans quarante-huit heures.

Mon sourire se fait éperdu.

— Comment vous rendez-vous à l'aéroport?

— Le chef steward m'attend en bas avec sa voiture.

J'opine, l'air entendu.

— Voilà comment nous allons procéder, mademoiselle Lowitz : on va dire à votre collègue de filer tout seul et nous vous conduirons à Charles-de-Gaulle avec notre propre véhicule, ce qui nous permettra d'avoir, chemin faisant, la conversation que nous souhaitons ; ainsi tout le monde y trouvera son compte. O.K.?

Elle n'est pas joyce, la fille. Rouquine, j'omettais. Et vraiment! D'ailleurs elle renifle doucement la rouquemouterie. Ses mâchoires sont crochetées par la contrariété. Elle donnerait n'importe quoi, avec autre chose en prime, pour nous envoyer aux bains turcs, mais n'ose.

— Comme vous voudrez, finit-elle par rengracier.

Elle se baisse pour emparer sa petite valdingue en pur porc qui attendait dans son entrée, sort, bouclarde sa porte et nous suit.

— C'est à quel sujet? demande-t-elle, une fois dans

le véloce ascenseur (qui, en l'occurrence entreprend de *descendere*, dirait Ovide).

Je produis à nouveau mon radieux sourire, si prometteur, si sensuel.

— Attendons d'être installés pour aborder le sujet, réponds-je en désignant du nez (c'est un entraînement comme un autre) *Le Parisien Libéré* derrière lequel se trouve M. Joseph Hermanet, le propriétaire des *Caves du Roussillon* dont c'est le jour de fermeture, et qui en profite pour aller se faire extrapoler le Nestor chez Ernestine Lartiche, une dame qui travaille à la Sécu et qui va rentrer du boulot incessamment se briquer la moulasse avant de copuler.

La longue hôtesse n'insiste pas. Je sens se développer son angoisse. Et moi, ça me fout de belle humeur. Ce genre d'attente amollit le client. C'est kif les fruits avocats que t'enveloppes dans du papier journal pour hâter leur mûrissement.

J'essaie d'imaginer où en sont mes confrères de l'enquête officielle. Je connais le dispositif habituel. La mise en place de ce que les journalistes appellent « la machine policière ». Les visites aux domiciles des quatre victimes, l'interrogatoire de leurs proches. Tout cela est lent, fait l'objet de rapports rédigés dans ce style administratif inimitable qui se transmet par voie orale, buccale et anale. L'ex-épouse, la *sister*, l'associé, la secrétaire ! Butés ensemble ! Et puis Torcheton dont l'assassinat a été commandé depuis l'Afrique du Nord...

La miss hôtesse se parfume trop. Les passagers risquent de s'en plaindre : ceux qui développent des allergies aux odeurs...

Avenue d'Italie, y a effectivement une petite Renault 5 un peu délabrée, avec un gus en tenue de

steward, vachement galonné, au volant, qui se dé-
tronche sur la tour.

— C'est lui ? demandé-je à la fille.

— Oui.

— Prenez place dans ma voiture en compagnie de
l'inspecteur Blanc, je vais le prévenir.

Et je toque à la vitre du tacot. Comme elle est
baissée, ça ne fait pas de bruit, mais mon avant-bras
pénètre dans l'habitacle.

— Qu'est-ce que c'est ? demande le steward doré.

— Commissaire San-Antonio ! annoncé-je et prou-
vé-je. Il y a un os à propos de votre vol, chef. La petite
Lowitz ne va pas pouvoir embarquer. Je suppose que
vous avez des solutions de remplacement dans ces
cas-là ?

— Que lui arrive-t-il ?

— A elle, rien, mais l'un de ses proches a trouvé la
mort dans des circonstances dramatiques et elle ne sera
sûrement pas apte à prendre son travail lorsque nous lui
aurons appris la nouvelle.

— Fâcheux ! fait le galonné en matant sa montre qui,
précisément, se trouve sous ses ficelles. Bon, ben, je
vais me remuer !

Il embraye sec et décolle comme un 747, au risque de
m'emporter le bras en voyage.

Avant de regagner ma Maserati, je sors mon porte-
cartes. A l'endroit de la pliure, ça forme comme un
minuscule étui pour loger un brimborion de stylomine.
Je me saisis d'icelui, le décapuchonne et tourne un pas
de vis secret qui amène hors de l'engin une micro-
scopique aiguille pas plus grosse qu'un cil de souris.
J'assure le faux stylomine dans le creux de ma pogne et
vais à ma voiture.

— Jérémie, dis-je, prenez le volant, mon vieux, je

me mettrai à l'arrière avec mademoiselle, nous serons mieux pour bavarder.

On agit comme.

— Vous êtes rupins dans la police, note l'hôtesse: une Maserati!

— J'ai un peu de fortune personnelle, rassuré-je. Mes collègues se contentent des marques usuelles françaises.

Elle a une main posée sur un genou, l'autre qui se cramponne à la sangle de son sac-giberne. D'un geste lent, imprévisible, je plante le soupçon d'aiguille dans cette seconde paluche.

— Aïe! fait-elle en retirant sa dextre. Mais qu'est-ce...

Et puis elle devient toute chose, mollassonne, si tu vois ce que je veux dire; dodelineuse, flottante. Elle se tasse sur elle-même et sa tête glisse jusqu'à mon épaule.

Jérémie qui l'aperçoit dans son retro satanas interrompt son amorce de déboîtage.

— Elle a des vapeurs? demande-t-il.

— Provoquées par l'élixir du bon docteur Mathias, fais-je. Deux heures de sommeil garanti.

Il en frémit jusqu'au fondement.

— Toi alors, t'es chié!

— Je sais.

— Qu'est-ce qui te prend de pratiquer des voies de fait sur des témoins? Tu sais que ça dégénère, tes méthodes, mec! Si cette pouffiasse grimpe au suif, on va passer au tourniquet!

— Reprends ta place et attends-moi, je remonte jeter un coup d'œil dans son logis douillet; mais rassure-toi, je ne me servirai pas de mon sésame puisqu'elle a ses clés dans son sac!

Un quidam qui se réjouissait déjà de la place rendue

vacante par notre projet de départ se met à invectiver
Jérémie de s'être ravisé. Il lui explique, comme ça, qu'il
est un enfoiré au cul plein de bites et au crâne vide. Et
qu'il attende un peu que Le Pen soye au pouvoir, ce
grand nœud, là il sera sûr de la revoir sa Normandie
tropicale !

Je quitte mon noble char pour m'approcher de sa
Volkswagen imprudemment décapotée. Lui colle ma
carte sous le nez.

— Tu te tailles, sinon je te fais bouffer tes dents
avant de t'embastiller pour provocation raciale, hé,
lavement !

Calmé, il va chercher à remiser sa ferraille plus loin.
Et moi je remonte au dix-huitième étage de la tour
prends garde pendant que la fille Lowitz poursuit son
gros dodo dans le brouhaha de l'avenue d'Italie.

Y a un camion de livraison dans la vaste cour. Il
appartient à un grand magasin de Lisieux. Deux gon-
zoches en blouse bleue déchargent des sommiers et des
matelas qu'ils coltinent ensuite dans la grange, aidés
d'Alexandre-Benoît. Because notre passagère endor-
mie, nous placardons ma tire sous une vétuste remise
vermoulue où festonnent les plus vastes toiles d'araignée jamais homologuées, puis nous nous approchons
du groupe.

— Tiens ! Les comiques troupiers de la République,
s'écrie joyeusement le Mastar en nous apercevant.
Vous pouvez pas vous passer d'ma pomme, décidément. Saint-Locdu, ça d'vient la sucre-sale du Quai des
Orfèv' !

Il est ravi.

— Tu montes un pensionnat ? demandé-je, en désignant les éléments de literie, vachement surréalistes
sur cette esplanade rurale.

— Tu brûles, mec. V'nez voir un peu l'à quel point mon institu s'organiste.

Nous pénétrons dans la grange immense, et là, franchement, ça valait le voyage. Cela tient un peu de l'hôpital de guerre et d'un rêve de Salvador Dali. Louisiana, la concubine du Gros, achève de décorer le local qu'il me faut bien, bon gré mal gré, te décrire, sinon je manquerais à ma noble profession, ce qui n'est pas envisageable de la part d'un littérateur que l'on presse de toutes parts de se présenter à la Cadémie française.

L'on a tendu une toile de tente au mitan de ce rude espace afin d'en faire oublier la charpente branlue, les planches disjointes, les reliquats de paille et de foin archidesséchés, les chauves-souris en grappes, les araignées suractivées et les mille autres insectes bizarres rampants ou volants, en train de constituer l'espèce régnante de demain.

Sous ce chapiteau, deux douzaines de sommiers munis de leur matelas, sont disposés en arc de cercle. Au centre de cet amphithéâtre est plantée une estrade d'environ vingt mètres carrés, surélevée de trois marches. Un lit sans montants trône sur le praticable. Trois projecteurs sur pied donnent à la chose une connotation cinématographique et font songer à un studio de cinéma, voire de téloche.

Au moment de notre arrivée, Louisiana, la belle et ardente, est occupée à scotcher des posters gigantesques sur les parois de toile. Tous sont consacrés au même sujet, à savoir le sexe d'Alexandre-Benoît Bérurier. L'engin est pris dans sa gloire, c'est-à-dire dans sa turgescence la plus aboutie. Étant énorme et cylindrique, il ne propose pas de profil. Nonobstant, les multiples angles de prise de vue sont parvenus à lui en

délimiter un, grâce au repaire que constituent les testicules. Ainsi a-t-on ce chef-d'œuvre de la nature sur
toutes ses coutures et en couleurs naturelles, avec ses
plis, ses veines, ses ourlets, ses épanouissements lisses,
ses poils touffus ou folâtres selon leur point d'ancrage,
ses rudes comédons, cyclopes au regard singulier (évidemment), son oblique cratère sournois mais redou-
table et, quand il est pris par-dessous, son armature
annelée qui saurait, le cas échéant, le transformer en
gourdin.

De toute beauté! La chose bouleverse! On se sent
infime, comparé à cette somptueuse extravagance de
l'espèce. Même l'homme qui s'estime comblé (comme
c'est mon cas, merci Seigneur d'infinie bonté!), croit
soudain appartenir à la légion des petites bitounes
fiévreuses, des mollusques en déclin, des bas-reliefs
promis à la poubelle.

C'est su-per-be! Fou de beauté brutale. Implacable,
aussi! C'est péremptoire! Cela s'impose. Un texte
s'inscrit au bas de l'image sans, heureusement, la
contrarier. Tu lis: « Professeur Bérurier. Son vit, son
nœudvre. » Grandiose raccourci qui accorde à la chose
sa réelle dimension. Ce n'est plus une photo de bite,
mais un auguste portrait. Cela rejoint celui de Sa
Majesté Élizabeth II sur une boîte de biscuits, ou celui
de M. Le Pen sur une affiche électorale. Ça impose
silence, intime le respect. Ne suscite même pas l'envie
car l'on ne convoite que ce qui est proche de soi.
L'inaccessible, lui, se vénère, un point c'est tout!

— On nous a livré tout l'équipement dont j'avais
commandé, commente Béru. Maint'nant, on va pouvoir marner sérieusement. T'sais qu'les inscriptions à
mes cours désemplissent pas? Encore huit, rien qu'la
journée d'aujord'hui. On vole au succès, Sana. J'pré-

voye d'la main-d'œuv' en renforcement. J'ai déjà téléphoné à la Grande Louisette si elle voudrait travailler
pour moi avec P'tit Saint-Jean, son partenaire, dont ils
s'expliquaient y a pas si naguère dans le boxif d'la mère
Léone. J'les verrerais bien dans la démonstration des
figures bizarres. De vrais acrobates, ces deux! Lui,
c't'un gazier si tell'ment souple qu'il aurait pu s'faire
une pipe à lui-même personnellement! Y parvient à
enfourner Louisette cul contre cul, t'imagines?

    « Faudrait qu'j't' fisse un dessin pour comprend'. On
croive pas, des esploits d'ce genre, qu'y soivent possib'.
Deux trois collaborateurs d'ce calib' et j'casse tout dans
la contrée. Y vont v'nir d'Évreux, d'Rouen, d'Alençon.
On frétillera des bus pour rabatt' la populace. Louisette
a réservé sa réponse biscotte elle souff' d'une salpingite
qu'lu aurait filée un Chinois qui y aurait infesté les
trompes de Sallope[1] selon qu'elle m'a espliqué. Mais
sitôt guérie, elle est partante et s'fait fort de décider
P'tit Saint-Jean.

    « Y a une aut' personne encore dont à laquelle
j'pense, mais c't'encore trop tôt pour en causer. J'ai mis
mes éconocroques en cale sèche, av'c ces transfos,
grand. J'veuille bien qu'y faut s'mer pour récolter,
s'lement j'peux pas m'endetter d'trop. J'ai essayé d'en
causer à ma banque, c'matin, mais y veulent pas
s'mouiller, ces veaux, sous prétesque s'lon eux, qu'ça
frise la prostitution, mon institu! D'nos jours, pas
étonnant si les affaires péclotent. Les financiers en-
travent rien à rien. »

    — Et Pinuche? suggéré-je. Il ne peut pas t'aider?
Le mammouth reste sans voix.

    1. Il est probable que le professeur Bérurier veut parler ici des
trompes de Fallope.

                                        La Direction littéraire

— T'sais qu'j'y avais pas pensé! J'arrive pas à m'faire à l'idée qu'il est riche comme Mathusalem, César. Tu parles qu'il s'ra partant! J'l'nommerai administrateur et y frim'ra comme une boissée d'morbacs! Bon, attends qu'j'file un pourliche à mes lits vreurs[1]. T'aurais pas deux francs sur toi, j'ai pas un laranqué de mornifle.

Je lui en remets cinq. Il fait la moue.

— Si j'commenc'rais à leur donner d'mauvaises habitudes, j'sus pas sorti d'l'auberge, dans ces campagnes où tout s'sait! Louisiana, ma grande, lâche mes portraits d'art et va nous préparer une morfile, on laisse quimper mon régime pour une fois. Je verrerais une belle om'lette au lard et aux œufs pour décarrer, n'ensute l'gigot dont j'ai ram'né des courses, avec quéqu'boîtes d'cassoulet qu'on a dans la réserve, manière d'lu bricoler une couche nuptiale, ma chérie salope! Les from'tons, j'm'en chargererai, quant au dessert, y reste deux tartes et des œufs à la neige d'à midi.

Lorsqu'il a congédié ses « lits vreurs », je pose ma paluche sur ses épaules d'hercule bulgare catégorie poids lourds.

— Un service à te demander, Alexandre-Benoît.

— Tu dis et t'as! réplique-t-il sobrement.

— Je suis en train de jouer mon va-tout dans l'affaire dont je t'ai parlé. La course de vitesse est lancée pour essayer de biter les petits copains et l'abominable Achille. Tous les moyens me sont bons. Ainsi, viens-je de neutraliser une fille qui trempe dans ce sirop de

1. Faut-il que ce diable de San-Antonio soit un familier du parler de Bérurier pour qu'il puisse en percevoir l'orthographe à la seule intonation!

Maurice Rheims, de l'Académie française

merde jusqu'aux paupières. J'ai besoin de l'entreprendre à la sérieuse, Gros, en lui faisant croire que je
ne suis pas un perdreau, mais un grand méchant flin-
gueur. Seulement, pour ça, il me faut un endroit
peinard.

— Ben, tu l'as trouvé! ricane le professeur d'éducation sexuelle en ponctuant d'un rire qui enchante les
échos champêtres environnants.

Un qui renâcle, renaude et invoque tous les saints du
Paradis, qui frotte ses grigris au fond de sa poche et
cabalise en loucedé, c'est Jérémie. Ma nouvelle démarche le terrorise.

— Il est complètement fou, ce mec! bougonne l'as-
sombri. Il se croit devenu grand inquisiteur introduit
par Innocent III en 1199 auprès des tribunaux ecclésias-
tiques[1]! Ce scandale en perspective! Les flics arrêtés!
Le procès. Le déshonneur! L'opprobre du pauvre Noir
redevenu sale bougnoule! La déchéance! Être venu en
France pour se faire jeter dans un cul-de-basse-fosse! O
ma vénérée mère, que ne suis-je resté au village à
arracher le manioc qui fournit à ces sales cons de Blancs
le tapioca dont ils gavent leurs bébés de merde! Que
n'escaladé-je encore les cocotiers superbes au lieu de
gravir les minables et vermoulus échelons d'une carrière administrative merdeuse et incertaine. Je voulais
combattre le crime, et j'en deviens le complice! Je
voulais servir Dieu, et je suis devenu le valet de Satan!

Ainsi parlait Blanc Jérémie en cette fin de jour
agonisant qui mettait des teintes violines au ciel normand.

---

1. L'une des raisons qui me fait apprécier Jérémie, c'est cette
culture qui lui sourd par tous les porcs de l'appeau.

San-A.

— Ell' va être enchoyée comm' un' p'tit' reine,
affirme Béru. C'tait notre cellier. Le cid' y restait
toujours frais. Y a pas d'fenêt', juste une meurtrière
d'aérance dont elle donne su' l'jardin en fricheti. É peut
gueuler, personn' l'entendera. J'vas y donner une
caroub le, pas qu'elle prende froid. Y a toujours la
couvrante à Gamin, not' bourrin d'jadis qui balançait
les plus gros pets qui m'fussent donné d'écouter. Pour
ses b'soins, j'y descendrerai l'seau d'émail à mémé. Sa
chambre s'trouvait à côté d'la mienne et j'l'entendais
licebroquer, la noye, mémé. É pissait dru, la vieille !
T'aurais dit comme quand tu laves ta bagnole au jet.
L'matin, é balançait l'cont'nu d'son seau par la fenêt',
sur les soleils qu'épanouissaient en bas, cont' le mur. Ça
leur f'sait une santé !

Je contemple Miss Lowitz, toujours inanimée, sur
des sacs à pommes de terre qui l'isolent de la terre
battue. Mon soporifique est à long terme. Ce con de
Mathias prétendait qu'il assurait deux plombes de
dorme aux patients, mais il avait dû l'expérimenter sur
des tigres du Bengale car ça en fait plus de trois qu'elle
roupille !

On bouffe.

Comme Jérémie est toujours en déprime, je le réconforte :

— Cette gonzesse, Noirpiot, est mouillée jusqu'à la
moelle dans notre affaire. En fouillant chez elle, j'ai
trouvé le numéro de téléphone correspondant au poste
installé chez le défunt cantonnier. C'est bien elle l'Edmée qui prévenait que « l'homme de Bruxelles » ne
viendrait pas. Et pourquoi crois-tu que D.C.D. ou son
exécuteur se soit fait la silhouette de cette gonzesse
pour aller refroidir le père Torcheton, hmm ? Un vrai
panier de brigands tout cela.

Heureux de participer à l'affaire, même en qualité de garde-chiourne, Bérurier pose mille et une questions. Je lui relate le coup de grelot reçu à Glanrose, notre équipée à Beauvais, l'enlèvement de l'hôtesse.

— Tu veux qu'je vais t'dire, Antoine ? Tout ce bigntz tient dans une boîte à chaussures.

— Développe ?

— C'est en tas, en vrac, emmêlé. Mais y a juste à faire l'ménage. Quand t'auras tout bien trillé, t'y verreras clair, mon gars.

— Un zig a refroidi quatre personnes à Paris, un autre en a buté une à Beauvais. Un troisième appelle d'Afrique du Nord pour parler à un mort qu'il croit vivant, et tu prétends que tout est dans le même carton, toi ?

— Je prémonite, mec. Toi, tu sentais dans la crèche à Bonblanc qu'le turlu allait sonner ; moi, je sens que tout ce circus se tient par la barbichette. T'as rud'ment bien fait d'm'am'ner la grande hôtesse, je t'vas la faire causer nickel, bouge pas.

— Pas de sévices ! égosille M. Blanc.

— Le sévice est compris dans le prix de la pension, rigole l'Hénorme. Vous tombez bien qu'on n'a pas cours ce soir, biscotte les installations, j'ai tout mon temps pour compter des fleurettes av'c c'te pouffiasse.

Il cligne de l'œil et tu dirais un éléphant pour de la pub sur le thé ou des laxatifs.

— J'ai ma techenique, annonce Bérurier.

— On peut savoir, Gros ?

— Surprise ! Savoure ton omelette, Sana, elle est baveuse au poil et Louisiana, faire griller des lardons, elle est orfèvreuse en la matière comme tous les Canadiens.

— On va mett' des loups, décrète le préposé à la question. Ça impressionne toujours. Quéqu'un qu' t'houspilles, s'il voye pas ta physionomie, y peut pas s'faire une idée d'tes sentiments réels, et alors il cho-cotte.

— Tu en as? m'étonné-je.

— Je m'en ai fait livrer une pleine caisse. C'est prévu pour mes cours, quand t'est-ce on arrivera au chapit' d'la partouze. Je veux leur espliquer, à mes élèves, qu'au début, t'as des gens qui s'gênent. Y veulent bien montrer leur sexe mais pas leur gueule en même temps. Et puis on va passer les anciennes blouses de grand-père, quand est-ce il allait maquignonner les jours de foire. Et mettre ses bitos noirs. Faut qu'on aye des aspectes qui la fasse glaglater, ta souris.

Docile, je suis les directives du grand maître. Et je reconnais qu'une fois harnachés, nous avons une allure pas croyable. Le côté Cadoudal. Société secrète pay-sanne. On chouane à tout va.

Quand nous sommes parés, Alexandre-Benoît va explorer un tiroir et y prend un objet si menu que je ne puis l'identifier.

Nous gagnons alors le cellier où Edmée Lowitz a enfin retrouvé sa lucidité.

Elle a un haut-le-corps en voyant débouler ces deux maquignons masqués, et s'agenouille sur son amoncel-lement de sacs vides.

— Où suis-je et que me voulez-vous? demande-t-elle.

— Non, non, ma poule, y a maldonne, fait le Gros. C'est nous qu'on pose les questions.

Il va s'emparer d'une caisse vide qu'il amène près de la prisonnière et place à la renverse afin de s'en servir de siège.

— Donne ta main, môme !

Comme elle n'obtempère pas, il lui saisit le poignet gauche et le bloque entre ses genoux en étau. N'ensuite il prend dans sa poche l'objet dont il s'est muni et qui se trouve être un tube gros comme le petit doigt (le mien, pas le sien !). Il le dévisse, puis sélectionne le médius et l'annulaire gauches de la fille. Il approche alors l'orifice du tube des deux doigts, presse légèrement et une minuscule fiente cristalline se dépose à l'intérieur de l'annulaire. Le Mastar agit très lentement, avec la précision souveraine d'un chirurgien procédant à une greffe d'organe. Il dépose le tube sur le sol après l'avoir recapuchonné, rassemble dans sa main les deux doigts de la môme Edmée, les tenant serrés l'un contre l'autre, et se met à compter posément :

— Un... Deux... Trois... Quatre...

Ainsi de suite jusqu'à soixante.

— Voilà qui fait une minute, annonce-t-il au bout du compte.

Il rouvre sa puissante dextre et abandonne la mignonne sinistre d'Edmée Lowitz, comme on rend sa liberté à l'oisillon un instant capturé.

Le mammouth éclate d'un bon rire de cultivateur en goguette.

— Tu vas te marrer, ma poule ! Essaie d'écarter tes deux doigts à présent !

Elle s'empresse, mais n'y parvient pas, malgré ses efforts.

— J'ai jamais vu une colle pareille, me dit le professeur Bérurier. C'est pire qu'd'la soudure ! Cette pétasse serait née av'c les deux doigts réunis ça r'viendrait au même ! Pour les séparer, j'voye qu'une lame de rasoir, et encore faut pas avoir crainte d'y laisser des bouts de bidoche !

— Misérable! crie l'Edmée. Pourquoi me faites-vous ça?

Misérable, c'est un mot obsolète, on peut considérer, pour employer le jargon dénoncé par le cher Jean Dutourd. Tu ne le trouves plus guère dans un texte de nos jours, et encore moins dans le parler courant.

— S'agit d'une simp' démontrance, ma jolie, explique le tortionnaire. J'voulais qu'tu pusses juger l'efficacité du produit. A présent qu'j't'ai convaincue, tout va êt' fastoche. Môssieur ici présent va t'poser des questions. Si t'y réponds juste, on d'vient des amis d'enfance, tous. Si tu mouftes pas ou si tu nous ber- lures, je te pose cette colle en guise de rouge à lèvres et c'sera à la lampe à souder qu'on t'rouvrira l'clapoir. Me fais-je-t-il bien comprendre?

Un beau silence franc et massif. Elle continue de s'escrimer pour séparer ses deux malheureux doigts, mais en vain! Béru reprend le tube.

— Qu'est-ce tu décides, la grande? Tu nous mets au parfum ou je te mets à la colle?

Des larmes qu'elle ne parvient pas à retenir lui perlent aux cils inférieurs.

— Mais je n'ai rien à vous dire, balbutie-t-elle.

— Alors, puisque ta bouche ne sert à rien, on va te la fermer!

Il passe derrière Edmée, lui met une légère man- chette anesthésiante au cou et enserre sa tête avec ses genoux de colosse comme il l'a fait de sa main.

— Tu vois, j'vas m'y prend' commak, la mère. En t'pinçant l'pique-bise pour t'faire ouvrir la trappe. Je te file la bonne dose bien partout, puis je te soulève par l'menton et, au bout d'une minute, faut qu'on te chirurgique pour qu'tu repuisses bâiller.

Nouveau silence d'une rare qualité.

Béru chuchote à l'oreille de sa prisonnière :

— Et note bien, ma gosse, que la bouche soudée, ça n'empêche pas d'écrire. Tu n's'rais pas quitte pour autant. J'ai d'aut' projets pour toi, mais alors là, on sait plus où ça s'arrêt'ra. On dérape dans la chinoiserie mâtinée gestape, comprends-tu ? Ensuite, j'aurai sûr'ment l'cafard, mais toi tu port'ras des prothèses un peu partout. Et y vaut mieux s'déplacer av'c des remords qu'avec des béquilles !

Il hésite puis, théâtral, relève sa blouse bleue, déboutonne son grimpant et sort son outil à ramoner les dargeots.

— Comme t'es pas mal bousculée, si tu s'rais copérante, t'aurais droit au super-guiseau de môssieur, ma mignonnette. C'est pas du braque d'archiduc, ça ? Et encore, tu l'contemp' alors qu'il est comme qui dirait en pantoufles, l'apôtre. Mais tu le verrais caracoler du gland, du coup tu chantes le grand air de l'Acné ! Ah ! j'voye à ton regard qu'il t'intéresse mon Pollux, pas vrai ? Tu chatoyes de la moniche, ma loute ! Tu permets qu'j' contrôlasse ?

Il coule sa main sous la jupe de Miss Lowitz.

— Moi, l'uniforme Air France, ça m'a toujours excité. Fais voir ! Qu'est-ce j'disais ! Elle a l'escarguinche qui s'laisse aller, la mère ! Et pas qu'un peu, mon n'veu ! Oh ! dis donc, t'es pas feignasse des glandes, toi ! Inutile d't'jouer l'*Beau Danube bleu* pour qu't'humectes du sensoriel ! Lève-toi un peu, minette ! Là, maint'nant assoye-toi su' mon gros zygomatique joufflu. T'as vu qu'il est sous pression, l'artiss' ? Opérationnel jusqu'aux roustons ! Pose-toi, j'te dis ! Qu'est-ce tu risques pusqu' c'est toi qui contrôles la dévalade ? Tu m'enfournes à ta botte, si j'pourrais dire. Mollo, la glissade sur la rampe. Qu'est-ce tu dis ? T'as gardé ta

culotte? Ça te cigogne le frifri? Attends, j'sors mon
Opinel. Et bouge pas d'trop si tu veux pas qu'j't'égra-
tigne la chattoune!

« Voilà! Cric-crac, merci Kodak! On peut batifoler
tout notre chien de soûl! C'est bonnard, non? Tu joues
su'l'velours. Maint'nant qu'la tronche est passée, l'reste
c't'une prom'nade d'santé. Continue d'm' gainer la
rapière, chérie! C'te science! Merde, on comprend
qu't'aimes mieux ça qu'd'faire du point d'croix! Dans ta
situasse, y aller à la langoureuse, pareillement, faut pas
craindre!

« Sana, tu pourrais p't'être poser tes questions à cette
friponne du temps qu'on lime, les deux, ça s'rait un gain
d'temps. J'ai idée que la pointe, ça la conditionne
mieux que les m'naces. Y a des gens qui sont un sifflet[1].
Le tisonnier rougi dans le fion, ça la laisse froide, mais
un beau chibre qui y effervesce ça lu disjoncte la
volonté. Surtout que là, mate comme elle langoure
bien. J'l'aide en lu r'montant le baigneur à deux mains,
pas qu'é peinasse dans les côtes! C'est *gode for you*,
hein, ma bioutifoule? »

— Mademoiselle Lowitz, risqué-je, je suis au courant du téléphone clandestin dans la cahute du cantonnier. Je sais beaucoup de choses sur vous (là je bluffe,
mais hein?). Beaucoup, mais pas tout, or je dois *tout*
connaître. Êtes-vous d'accord pour répondre à mes
questions?

Mais la gosse, elle, a d'autres chats à fouetter: le
sien!

— Après, aprèèèèès! gémit-elle en accélérant sa
gigue.

---

1. Nous estimons que Bérurier par « qui sont un sifflet » a
voulu dire « qui sont ainsi faits ». Qu'on lui pardonne le lapsus,
compte tenu des circonstances.

L'Éditeuse

On ne célébrera jamais assez la volonté d'acier du Mastar. Il se défait de la fille en la soulevant péremptoirement de son pouf en forme de paf.

— Non, môme, c'est du tout de suite ! Pas de confidences, pas de bite ! Comme mon braque te chavire de trop, j'vais juste t'entr't'nir en le frottant ent' tes jambons ; comme ceci, tu piges ? Là, ça t'fait frissonner d'la moulasse sans t'ôter la parole ; kif si j'te garderais la chatte au chaud aux infras rouges, pour ainsi dire. Vas-y, grand, pose tes colles à Mad'mselle Miss ; si elle est à la hauteur, j'lu mets une bitée qui l'empêcherera d'marcher dans une jupe étroite pendant n'au moins quinz' jours !

Situation saugrenue, certes. Qui n'en conviendrait ? J'en discutais récemment avec Mme la comtesse de Paris qui abondait dans mon sens (lequel est similaire à celui des aiguilles d'une montre). Mais je pratique un très étrange métier où tous les moyens sont bons lorsqu'on veut parvenir à ses fins, n'oublie jamais cette vérité première, gamin. Si tu obstines farouchement, tu obtiendras tout de la vie : les femmes, les situations et aussi les honneurs si, par malheur pour toi, ils te tentent ! Or, donc, tandis que la belle Edmée flotte entre les deux eaux du plaisir, comme l'a écrit joliment le duc d'Edimbourg dans son ouvrage intitulé « Mon sexe et tout ce qui s'en suit », je coule ma dextre toujours chaude dans son décolleté, pour régler la fréquence de ses seins sur celle de sa chatte. Et je lui chuchote, comme dans la pénombre d'un confessionnal :

— Quels étaient vos rapports avec Jean Bonblanc, ma chère enfant ?

— Wraou ! wraou ! répond-elle d'une voix rauque.

— Je veux bien, dis-je, mais traduit de l'orgasme, qu'est-ce que cela signifie ?

Tu sais quoi? Oh! non, j'ose pas. Tu vas trouver ça
trop fort avec ta culture judéo-chrétienne. T'as trop
baigné dans la convention bourgeoise. Mais bon, faut
vivre avec son étang, comme disait une carpe moins
muette que les autres! La gosseline me chope la membrane flexible à travers mon Cerruti de lin.

J'ai jamais mené un interrogatoire de ce niveau! On
commence par des sévices et on embraye sur la par-
touzette! Où ça va, ça? que répétait mon vieux Francisque! Il trouvait que « ça allait trop vite, trop fort,
trop loin ». Il aurait aimé calmer un peu le jeu, comme
tu ralentis un vélo sans freins en frottant le pied sur la
roue avant. Mais que tchi! La manière qu'on est lancés,
on s'arrêtera plus avant le fond des abîmes. On va tous
s'y aller planter, pêle-mêle, dans les douleurs, les confusions, les contusions. La couche d'ozone, mon cul, le
Sida, tout ça, c'est joué, râpé. Le printemps ne revien-
dra plus. On agonise à prix fixe: carte merveille,
American Express (tututt).

— J'ai demandé quels étaient vos rapports avec Jean
Bonblanc. Vous faites des affaires ensemble?

— Vouiiiiii!

— Quel genre?

— Laisse-moi prendre ta grosse bitoune, petit cochon!

Une désaxée sexuelle. M'est avis qu'ils doivent pas
s'emmerder, les équipages de ses vols. Je subodore de
la pipe à haute altitude. De l'enfilage de guingois
pendant le pilotage automatique.

Je me dis qu'en lui donnant satisfaction, je ferai
mieux jouer la réciprocité. Fectivement, lorsqu'elle
tient l'objet en main, qu'elle l'amène à maturité, le
frotte contre sa joue, lui donne des baisers, elle est en
limonade complète, cette salace.

— Vous avez monté un trafic, non?

— Hmmm!

— Drogue?

— Non! Ah! Oh! Je ne tiens plus! glapit Edmée.

— Minute, ma gosse! Chose promise, chose duse! se fâche Béru. Tu l'auras, ta belle aubergine, mais après la converse. Et même, si c'que je voye est pas du toc, tu risques d'en bénéficier d'deux pour l'prix d'une! Cause, et plus d'simagrées, sinon c'est pas s'l'ment la bouche qu'je te seccotine, mais la chatte!

Et là, sévère, il cesse de frottailler la môme.

Comprenant qu'elle va droit à la crise d'hystérie si on la laisse quimper à ce point de surchauffe, Edmée Lowitz cause, parle, se confesse, se met à table, s'affale, dit tout! Du moins, je l'espère.

— Tu rentres prendre un verre? proposé-je à Jérémie comme nous parvenons devant mon pavillon de Saint-Cloud.

Au lieu de répondre, il murmure:

— Que se passe-t-il chez toi, Antoine?

Et il désigne deux voitures noires stationnées le long de notre grille. Des messieurs jeunes et bien baraqués devisent en fumant, adossés aux véhicules.

— Ne dirait-on pas des confrères? chuchote M. Blanc.

— Ça m'en a tout l'air.

Je sors de ma Maserati et fonce à ma lourde. Deux gusmen s'interposent.

— Hep! Où allez-vous?

— Je n'ai plus le droit de rentrer chez moi, les gars?

Alors seulement on me reconnaît.

— Oh! commissaire, faites excuse, la rue est mal éclairée.

— Vous surveillez ma crèche? m'étonné-je.

— Très provisoirement, commissaire.

— Je peux savoir pourquoi?

— Vous le verrez à l'intérieur, me répond l'un d'eux avec un petit sourire flou.

Sans insister, je bombe à travers l'allée jusqu'à notre perron. Tiens, un pissenlit téméraire pousse entre deux marches. La nature, où elle va se nicher, je te jure! Tout lui est bon. A des détails comme celui-ci, tu piges qu'elle en a rien à branler, des hommes, et que, quand ils auront terminé leur tour de piste, elle reprendra possession de la planète et remettra tout à plat: New York, les centrales nucléaires, les stades olympiques, les temples et les bistrots du Commerce.

J'escalade. Il y a de la musique *at home*. Je pousse la lourde. C'est du Tino Rossi. *Le plus beau de tous les tangos du monde.*

La voix du cher Corsico me veloure les trompes. *Près de la grève, souvenez-vous, des voix de rêve chantaient pour nous.*

C'est le phono à manivelle de Félicie. Son phono de jeune fille qu'elle ne sort plus que dans les *big* occases. Il graillonne un chouïa en moulinant. Le plateau étant voilé, le disque boite bas.

Ça joue dans la cuisine. Si m'man utilise son moulin à guimauve c'est que tout baigne, pas de panique.

J'entre et qui vois-je? Des années que ça ne s'était pas produit!

Je commençais à me demander si, nous deux, lui et moi, ça n'avait pas été un rêve, une illuse d'un jour... On doute des grands moments au fur et à mesure qu'ils s'enfoncent dans le temps.

Il est là, le cher grand homme, dans un costume clair qu'il raffole. Souriant de la pointe des dents, un peu pensif comme toujours : un pied dans la réalité, l'autre dans ses méditations. Le regard empreint, quoi ! Avec ce profil que je devine déjà sur la monnaie future. Le président. Oui, tu as bien lu : le président ! Bien sûr : de la République, qu'est-ce que tu crois ?

Il est assis devant notre table. Il mange une belle tranche de tarte aux pommes (pâte extra-mince) confectionnée par maman. En buvant une limonade-grenadine, parce que lui, l'alcool, merci bien. Déjà qu'il est obligé de faire semblant avec tous ces repas officiels, le pauvre, à tremper ses lèvres minces dans du pauillac, puis du sauternes. M'man lui a sorti son phono des grands jours. Le passé qui chante. Tino ! « Le plus beau de tous les tacots du monde... c'est celui que j'ai dansé dans vos bras. »

Je reste interdit. Jérémie en a les lotos qui lui partent de la tronche et qui se mettent à pendre sur sa poitrine comme des yo-yos qu'on cesse d'activer.

— Tu as vu qui nous avons ? me demande Féloche, radieuse.

Je m'avance, le buste à ressort.

— Mes respects, monsieur le président... Rien de fâcheux, j'espère ?

Il essuie sa bouche en la tamponnant avec une petite serviette à dessert empesée, bordée dentelle.

— Non, non, mon cher commissaire. Il se trouve que j'ai eu une soirée à Versailles avec des chefs d'État étrangers qui m'ont épuisé. En rentrant, j'ai songé que vous habitiez sur le chemin du retour, pratiquement. J'ai eu envie de faire halte quelques minutes dans un havre de paix. J'avais conservé un excellent souvenir de votre mère et de cette cuisine...

« Les lieux de détente sont rares pour un homme assumant ma charge, et les instants de répit introuvables. Il faut les grappiller, les voler sur des horaires implacables. Comme il y avait du feu aux fenêtres du rez-de-chaussée, je me suis permis de sonner. Cette tarte est divine! Et ce phonographe! Toute ma jeunesse. Cher Tino! Lors de mon arrivée à l'Élysée, d'aucuns prétendaient que je lui ressemblais; depuis j'ai maigri et il est mort, deux raisons qui nous éloignent l'un de l'autre. »

Il déguste une gorgée de sirop et je lui présente Jérémie Blanc dont il presse la main avec chaleur.

— Vous êtes sur une enquête, San-Antonio?

Moi, tu me connais? L'élan du cœur; besoin de lui faire un cadeau. Alors quoi de mieux que la franchise? Qu'est-ce qu'un homme peut proposer de plus précieux qu'un secret à un autre homme?

— Une étrange affaire, monsieur le président, sur laquelle j'enquête presque clandestinement.

— Pour quelle raison?

— Si vous disposez d'un petit quart d'heure, je vous narre l'histoire.

— J'ai toute la nuit, mon cher ami.

On s'installe autour de la table, face à notre Auguste. Il a son léger sourire qui flanque la courante à ses terlocuteurs.

— Je vous écoute.

Bon, j'y vais. Depuis le début. Tout bien. Rien omettre est primordial dans un cas de ce calibre. J'attaque par la lettre dans le coffre. Puis c'est la crise cardiaque de Bonblanc chez « ces exquises femmes ». Elles me mandent pour que je leur conjure cette énorme tracasserie. Là, le président place une innocente pointe:

— Car vous les fréquentiez?

M'man croit opportun de sortir pour ne pas porter le comble à mon embarras.

— L'une d'elles a eu des faiblesses pour moi avant qu'elle ne songe à les monnayer, monsieur le président.

Je poursuis par la visite chez Bonblanc, la rencontre avec sa sœur, femme irascible qui me laisse deviner une haine fervente entre elle et son frangin. Elle m'énumère les personnes qui ont peut-être des raisons de « perturber » l'existence de Jean Bonblanc. Je les cite. J'arrive à cet interrogateur à distance. On remonte jusqu'au téléphone dans la masure avec les messages qui s'y trouvent.

Le disque vient de s'arrêter. Le bras de métal s'est remis sur la position d'attente en produisant des craquements mécaniques. Le président m'écoute avec plus d'intérêt qu'il n'en accordait au grand Chirac pendant les Conseils des ministres de la période de frein rongé. Notre retour chez Bonblanc. Et alors là, le coup de théâtre : quatre personnes assassinées au salon !

— Oui, j'ai lu la chose dans les gazettes, confie le président ; les médias en font leurs choux gras. La soi-disant « Révolution chinoise » a capoté misérablement et un tel fait divers survient à point nommé. Continuez !

Alors là, un brin salopiot et revanchard, l'Antonio. Je mentionne notre visite nocturne au vieux. Sa trahison qui m'oblige à travailler dans la marge, sous le manteau. Après, c'est nous deux, Jérémie et moi, dans la villa de Glanrose, en attente du coup de fil improbable, mais qui se produit pourtant, m'annonçant la mort d'un vieux gêneur. Altercation avec mon confrère le commissaire Plâtroche que je hais de tout mon cœur. Il s'agit de découvrir le mort annoncé. Visite à la petite usine presque artisanale où le père Aubier m'apprend l'existence d'Alexis Torcheton. On se rue à Beauvais. Effectivement, l'ex-beau-père de Bonblanc est mort, on l'a étranglé, puis pendu pour camoufler le meurtre en suicide. Les dames de l'entourage m'éclairent : une hôtesse de l'air ! Je subodore qu'elle est bidon. Et pourtant, grâce aux documents dénichés dans le logis du mort, je parviens chez Mlle Edmée Lowitz, hôtesse, bel et bien, à Air France, dont j'avais trouvé un message dans la masure. En outre, cette perquise beauvaisienne m'a révélé que Torcheton faisait chanter son ex-gendre depuis des années, laissant entendre qu'il le soupçonnait d'avoir provoqué l'incendie dans lequel a péri sa fille. J'achève ce plantureux récit par notre « enlèvement » de la fille Lowitz.

Le président cesse de sourire.

— Vos procédés me semblent peu conformes avec les Droits de l'Homme, citoyen commissaire ! objecte notre monarque républicain. Entendre un tel rapport quand on célèbre le bicentenaire de 1789 me plonge dans un grand embarras.

— Il ne faut pas, monsieur le président, vous ne m'avez pas vu et donc je ne vous ai rien dit.

Il se dérenfrogne quelque peu.

— Où est cette personne, présentement ?

— Chez un ami à moi qui habite la Normandie.

— Vous l'y retenez contre son gré ?

— Absolument pas, c'est une femme à la sensualité exacerbée qui vient de trouver enfin son équilibre. Elle va démissionner d'Air France pour prodiguer des cours d'éducation sexuelle dans un nouvel institut appelé à un grand avenir.

— Elle est donc innocente ?

— Non, mais comme mon enquête est pour ainsi dire occulte, je n'ai pas qualité pour réclamer un mandat d'arrêt contre elle.

— Elle a fait des révélations ?

— En effet, monsieur le président.

— De propos délibéré ? doute le premier des Français, qui commence à comprendre qu'avec moi on peut tout craindre.

— Au début de notre interrogatoire, nous usions d'arguments d'intimidation, avoué-je, mais une initiative mutine de mon hôte a infléchi le déroulement de notre entretien ; un climat de confiance s'est dès lors instauré et la demoiselle nous a spontanément confié tout ce que nous souhaitions connaître. Soyez sans crainte, monsieur le président, je ne me permettrais pas de vous mentir, d'ailleurs vous avez eu la preuve de ma franchise.

Il a retrouvé son sourire mystérieux de masque égyptien. Je le sens qui se relaxe. Il récupère avec nous des fatigues du pouvoir, des contingences, discours, converses, palabres, prises d'armes, poignées de main, requêtes, inaugurations, discours, toasts, accueils sur *le* perron, raccompagnades sur *le* perron, discours, audiences, conseils, interviews, conférences, banquets, déclarations, chiraqueries, rocarderies, cocarderies, discours, voyages, réceptions, première-pierreries, visites, visites, visites, voyages, voyages, voyages, discours, discours, discours, la France, la France, la France, l'Europe, l'Europe, l'Europe, et le cortège interminable, la cohorte toujours renouvelée des cons, des cons, des cons plastronneurs, rutilants, dindonnesques, faramineux, sangsuels ! Et qu'il traverse tout ça dans son complet beige, le menton dressé, l'œil ardemment résigné, la lippe quant-à-soite. Sûr de lui (ou faisant admirablement semblant), blasé mais humain. Désenchanté mais courageux. Domptant notre pire ennemi, le temps ; s'en faisant le plus sûr des alliés et avançant de son pas court et tranquille, porté par sa

foi en l'homme, soutenu par son Attali à l'intelligence
fiévreuse. Avançant à la rencontre de son destin, le
dépassant sans lui accorder un regard pour gagner cette
immortalité vaporeuse dans laquelle s'engloutissent les
géants.

— Alors, commissaire, que vous a appris l'étrange
personne?

— Eh bien, monsieur le président, que Jean Bonblanc, ce bon père tranquille, avec sa petite usinette
d'emboutissage et ses parts dans une modeste multifiduciaire, Jean Bonblanc, maire respecté d'une
commune des Yvelines, était à la tête d'un trafic surpre-
nant.

— Lequel? laisse tomber comme à regret notre
formidable visiteur.

— Il se procurait des microprocesseurs non encore
standardisés, inventés par deux savants suédois, les
professeurs Kalbär et Kalbüt, disparus il y a six ans de la
faculté de Stockholm et qu'on croyait passés à l'Est. En
fait, ces deux chercheurs ont été kidnappés et sont
retenus prisonniers en Belgique, dans une propriété de
la banlieue de Bruxelles. C'est là qu'ils poursuivent
leurs importants travaux, sous la contrainte, naturellement. La fille Lowitz ignore le moyen de pression
utilisé par les ravisseurs, toujours est-il que les deux
éminents Suédois assurent la production de ces microprocesseurs absolument révolutionnaires.

— Qu'est-ce qui les rend révolutionnaires? s'informe le président, dont l'esprit universel se passionne
aussi bien pour les arts que pour les sciences.

— Leur taille, réponds-je.

— Miniaturisation?

— Plus que cela, si je puis me permettre, monsieur le
président. Kalbär et Kalbüt sont parvenus à donner à

ces organes de traitement la dimension d'une tête
d'épingle.

Le masque de notre chef suprême s'aggravit. Ses
traits se crispent, son visage s'allonge et devient aigu
comme un coupe-papier.

— Et votre ignoble Bonblanc monnayait cette stupé-
fiante découverte, San-Antonio?

— A prix d'or!

— A qui vendait-il ces microprocesseurs?

— Au Japon!

— Bien entendu! Ces gens, capitalistes innés, volent
ce qu'ils nous vendent après l'avoir usiné. Ce Bonblanc
aurait pu négocier avec son pays! Mais non, sa soif
d'argent l'a porté immédiatement à traiter avec Tokyo.
Jadis, les pilleurs de secrets industriels négociaient avec
les U.S.A. Mais depuis que l'Amérique devient peu à
peu une sous-préfecture, ils se tournent vers les nou-
veaux maîtres de forge régnants! Pardonnez-moi de
vous avoir interrompu: l'indignation, commissaire!
Qu'ont donc les gens pour s'attacher aussi fortement à
l'argent? Ensuite?

— D'après les révélations d'Edmée Lowitz, Bonblanc « travaillait » (vous me passerez ce mot inoppor-
tun) avec son associé et sa secrétaire. Ces derniers
s'occupaient, à travers la multifiduciaire, du rapatrie-
ment des sommes énormes versées par les acheteurs.
Edmée, en sa qualité d'hôtesse, livrait la marchandise,
grâce à un système de relais organisé sur la ligne
Paris-Extrême-Orient. C'est elle également qui l'ame-
nait de Bruxelles. Dernièrement, les ravisseurs belges
ont prétendu que les deux savants refusaient de travailler, d'où son appel sur le répondeur, pour prévenir que
le « type de Bruxelles » avait annulé son voyage.

— Sait-on ce que les Japonais font de ces microprocesseurs?

— Des expériences, pense-t-elle. Ils les implante-raient dans des cerveaux humains de façon à prolonger une certaine forme de vie après la mort. Grâce à eux, le cerveau d'un cadavre continuerait d'émettre des ordres préalablement mis en mémoire. Les savants nippons se penchent donc sur le problème de l'immortalité !

— Chimère !

— Ah ! monsieur le président, combien de réalisa-tions actuelles auraient paru plus chimériques encore à nos frères du dix-neuvième siècle si on les leur avait annoncées ! Jules Verne était un chimérique, voyez comme il est dépassé aujourd'hui.

— La fille Lowitz a une explication concernant le quadruple assassinat ?

— Aucune.

— Vous êtes certain qu'elle ne vous ment pas ?

— Qui peut être assuré qu'une femme dit vrai ou faux, monsieur le président ?

Il a un court éclat de rire, puis il vide son verre de grenadine.

— Venez avec moi, commissaire. Et vous égale-ment, inspecteur Blanc !

Nous le suivons sans poser de question.

La mine effarée de James, le vieux larbin anglais d'Achille. Pyjama de soie blanc, robe de chambre de velours bleu. Quand je dis effaré : il sourcille, c'est ça l'effarement d'un valet de chambre britiche.

Me reconnaissant, il reprend son visage plastifié.

— Aoh ! Commissairre.

— Salut, James, familiéré-je. Le Vieux est là, n'est-ce pas, puisque j'aperçois sa Rolls sous le hangar.

Sursaut du valleton.

— Môssieur dort ! oppose-t-il formellement.

— Ce qui va vous permettre de le réveiller, déclaré-je.

— Il faudrait un événement capital pour que je me risque à le faire! affirme James, farouche.

— Je suis cet événement, mon vieux. A cette heure, votre singe a dû finir de se faire mâchouiller par la belle blonde qu'il a l'impudence d'amener sous son toit en l'absence de son épouse, alors courez toquer à sa porte et avertissez-le de ma visite! Ça urge!

Impressionné par mon assurance, il opine, puis me ferme la lourde au pif, m'abandonnant sèchement sur le perron. M'est avis que mes actions ne sont toujours pas en hausse à la Bourse de Dabe. J'attends en mâchant des rancœurs. Des lumières naissent au premier. Un temps qui me paraît interminable s'écoule, puis l'huis est déponné en force et Chilou surgit, nu sous un pardessus, chaussé de ses mocassins noirs. Dans sa rage, il n'a pas pris le temps de mettre son harnachement nocturne mais a sauté dans ce qui lui tombait de la penderie.

— Ah! non! hurle-t-il. Ah! non! Pas vous! Pas à une heure du matin! Mais vous avez un culot forcené, San-Antonio! Votre outrecuidance n'a d'égale que votre...

Je place mon index favori perpendiculairement à ma bouche.

— Chuuuuut! ponctue-je.

— COMMENT! glapit-il en majuscules, et il le dirait en chiffres romains si c'était réalisable.

Au lieu de répondre, je lui fais signe de me suivre jusqu'à la grosse limousine noire stationnée en double file dans sa rue.

Dominé par ma péremptoirité, il me suit. Comme il s'approche, la portière arrière s'entrouvre, mais personne ne quitte le véhicule. Achille s'arrête, indécis, me regarde.

— Approchez-vous, lui conseillé-je, vous ne regret-
terez pas le voyage.

Alors, bon, très bien, il accomplit les deux derniers
pas et se penche. Tu verrais ce sursaut! Comme si, en
allant pisser, il sortait un serpent à sonnette de son futal
au lieu de son pauvre brise-jet usé.

— Oh! mon Dieu! fait-il. Oh! mon Dieu! Ce n'est
pas possible! Je rêve!

Et, se tournant vers moi:

— Ce n'est pas... ce n'est pas LUI, n'est-ce pas?
Mais quelqu'un qui porte un masque! On me fait une
farce? On m'abuse! On se gausse!

— Approchez, monsieur le directeur, fait la voix
présidentielle depuis l'intérieur de la guinde. La soirée
s'éternise et je suis fatigué.

Oh! tu verrais Chilou! Tu sais quoi? A genoux!
Parfaitement, comme à confesse. A genoux sur le
paveton, les mains jointes, les yeux perdus dans un
« Notre Père » récité in petto mais à fond la caisse.
Superbe image qui manque certes de républicanisme
sur les bords, mais qui exprime avec vigueur ce qu'est la
hiérarchie, la vraie, la totale.

— Oh! gémit le dirlo! Monseigneur! Monsieur le
président! Vous ici! Devant chez moi, à cette heure!
Sire, que dois-je en penser? C'est trop d'honneur,
Votre Excellence. Je suis pénétré d'une extrême confu-
sion, Altesse! Vous être dérangé pour venir jusqu'ici!
Dans le seizième! Depuis l'Élysée, vous rendez-vous
compte, Votre Seigneurie! Un tel déplacement, de
nuit! Pour moi! Pardonnez ma tenue, réagit Chilou, en
rajustant les pans de son lardeuss devant sa zézette,
pendant bien qu'il se teignît les poils pubiens afin
d'offrir un écrin plus pimpant à son triste joyau familial.

« Tout ce chemin, Majesté, et de nuit encore! Voulez-vous me faire l'honneur d'entrer dans mon modeste

hôtel particulier, Votre Grâce ? Je crois savoir que vous n'aimez pas le style Louis XV, mais vous fermerez les yeux ! J'ai plein de Watteau et de Fragonard dont je n'actionnerai pas les rampes lumineuses afin de ne pas vous désobliger.

« Pour vous, c'est le design qui prime, Votre Honneur. L'on dit que vous avez réaménagé votre auguste bureau ! Parce que vous êtes un président hardi, qui précède son époque, prépare la suivante, devance l'événement. Pardonnez mon élocution un peu chuintante qui vous fait peut-être songer à l'abominable Giscard, il se trouve que dans ma hâte de venir me jeter à vos pieds, j'ai omis de reprendre mon appareil dentaire. Cela dit, il ne comporte que deux incisives, et quatre canines ; la molaire tient bon ! Elle est inexpugnable. J'ai beau la cigogner du doigt, voyez, rien ne bouge ! Un blockhaus ! »

La voix du président, sort, feutrée de la bagnole :

— Calmez-vous, monsieur le directeur, et pardonnez-moi de ne pas entrer chez vous, mais comme je vous l'ai dit je commence à être fatigué. Je tenais seulement à connaître la situation à propos de cette enquête sur le quadruple assassinat de Neuilly.

— Le... Oh ! oui ! Eh bien, heu... comment vous dirais-je ? Les choses suivent leur cours, monsieur le président général. Beaucoup d'effectifs sont dessus.

— Les résultats ?

— C'est une affaire complexe, aux ramifications imprévues qui...

— Bref, vous n'avez rien de positif ?

— C'est... c'est tout à fait imminent, Très Saint-Père. D'un jour à l'autre ! Et peut-être avant ! Ça remue ! On brûle ! On touche à l'obus !

— Me serait-il permis de vous faire une suggestion, monsieur le directeur ?

— Une suggestion ? Mais dix, Vincent, Émile, plus encore, monseigneur le président !

— Il me semble que vous devriez confier la direction de cette enquête au commissaire San-Antonio, lequel m'a l'air bien parti pour aboutir à un dénouement.

— C'est ce que je me proposais de faire, Votre Éminence ! Je peux vous montrer mon agenda à la date de demain. J'ai écrit « Confier l'enquête à San-Antonio ! » Voulez-vous que j'aille le chercher pour vous le montrer, Votre Grandeur ? Je me rappelle même avoir commis une faute d'inattention : j'ai écrit « confié » avec un e accent aigu !

— Je vous crois sur parole, mon cher, dit le président.

Sa main pâle sort de l'ombre.

— Pardon de vous avoir arraché du lit. Bonne nuit !

Achille se jette sur la main destinée à des moulages futurs. Il la pétrit, la baise, l'essuie.

— Bonne et heureuse nuit, monsieur le président. Je forme des vœux pour que votre sommeil soit serein, profond, indélébile. Je prie pour que ce repos tant et tant mérité...

— Merci, merci, coupe le président. Bonsoir, San-Antonio. Dites à madame votre mère que sa tarte était succulente ; elle devrait communiquer sa recette au chef de l'Élysée. Au revoir, inspecteur Blanc. Bonne chasse !

L'auto s'en va, un pan du lardeuss à Achille s'est coincé dans la portière. Brutalement dévêtu, le dirlo se retrouve nu, seulement chaussé de ses mocassins.

Nous demeurons seuls. Jérémie, ma pomme, sur le trottoir ; James debout sur le perron ; le Vieux à poil et à genoux sur la chaussée, saugrenu et indicible.

Il volte dans ma direction. D'un ton d'hypnotisé, il dit :

— La tarte aux pommes de votre mère! Dois-je comprendre que M. le souverain pontife a mangé chez vous, San-Antonio?

— Il nous a effectivement fait cet honneur, monsieur le directeur.

— Mon Dieu! Comme vous avez de la chance, et comme je suis fier d'avoir eu l'idée de vous donner les pleins pouvoirs dans cette enquête. Ça me démangeait! Oh! que ça me démangeait! Si je l'avais initialement confiée à vos confrères Plâtroche et Delachiace, c'est parce qu'on murmure dans les rangs, à votre sujet. On le sait que vous êtes mon enfant gâté, mon tout petit, mon chouchou! Alors, pour calmer les esprits... Mais ce sont des cons! Aidez-moi à me relever, Antoine!

« Merci. Un peu d'arthrite, rien de fâcheux, toujours jeune et fringant! Pourquoi m'apportez-vous ce peignoir de bain, James? Ça ne va pas la tête? Moi, en peignoir, dans la rue! Comment dites-vous? Le président a emporté mon pardessus? Ah! qu'il le garde! Pourvu qu'il lui aille bien! Mais en vigogne, ça m'étonnerait qu'il le mette. Il a des goûts si simples!

« Qu'est-ce que je voulais encore vous dire, Toinou, mon gros lapin? Venez, on va discuter de tout ça en buvant du champagne. Vous aussi, cher inspecteur Blanc! Si vous saviez ce que je vous aime, tous les deux! »

Il nous saute au cou.

A cet instant précis, comme on dit puis dans les récits à suce-pince, un car de matuches déboule. Les perdreaux, en apercevant ce vieux mec à poil, en train de bisouiller deux magnifiques gars, stoppent comme des malades et se précipitent sur Chilou.

On le laisse emballer, parce que ça va être un grand moment dans l'histoire de l'humanité (et même de l'*Humanité-Dimanche*), ce directeur de la Rousse, nu comme un œil dans un poste de police!

CHAPITRE X

POIL AUX NEZ!
POUDRE AUX YEUX

Y a Pavarotti qui chante *O Sole mio* à pleine vibure. Sa voix de « centaure » (Béru dixit) file une monstre branlée aux vitres d'alentour. Au milieu de ce mélodieux vacarme, M. Van Lamesche, le fondé de pouvoir de la Banque Industrielle pour le Développement de l'Économie Italo-Maltaise signe le courrier que lui présente son accorte secrétaire. De sa gauche, il devait lui trifouner le slip car, lorsque nous entrons, elle a l'arrière de sa jupe étroite remonté significativement.

Agénor Van Lamesche (d'origine flamande probablement) est un quinqua blondassu, au regard strabismé. Calvitié du dessus, il compose avec la vingtaine de tifs qui lui végètent sur la coupole, les alignant et collant avec application.

Il nous frime d'un regard en chanfrein par-dessus le *book* aux pages buvardées percées d'un trou central. La secrétaire, pas joyce qu'il lui abandonne le caramel pour recevoir des perdreaux, nous visionne sans joie et mon sourire ensorceleur ne lui fait pas davantage d'effet que le dernier numéro de *L'Événement du Jeudi* à un gardien de lamas de la cordillère des Andes.

Van Lamesche coupe la radio, achève de distribuer ses paraphes, referme le livre et le tend à la môme.

— Merci, Nicole.

La fille se casse avec toujours sa jupe retroussée, mais elle ne le sait pas encore et son boss n'ose pas l'en prévenir devant nous, sachant bien qu'on a pigé le topo.

Gêné, il nous désigne deux fauteuils de cuir pivotants, en forme de tulipes.

— Prenez place, messieurs. Que puis-je pour vous ?

Je fais un signe à Plâtroche, et mon collègue présente les pièces nous constituant en commission rogatoire.

Van Lamesche les consulte et approuve.

— A votre disposition, messieurs.

Le mec Plâtroche, je te signale en passant, a perdu sa superbe et son triomphalisme. Faut dire qu'il y a eu grande réunion à la Rousse, ce morninge, et que Mister Achille y a développé la crise la plus spectaculaire de cette décennie. Sa balade nocturne au quart ne l'a pas rendu joyce, le big boss ! Comme humiliation, ça se pose-là. D'autant qu'ils l'ont pris pour un jobastre, les archers, quand il leur a expliqué sa nudité par le fait que le président de la République lui avait embarqué son pardingue par inadvertance !

Tu frimes la bouille des bourdilles quand il leur a raconté l'historiette ?

En arrivant à la Grande Taule, ça été le monstre rassemblement dans la salle des conférences. Il est sorti de ses gonds, le dirluche. Les a traités d'empaffés, mes doux confrères ! De débiles mentaux ! Il voulait les expédier en France profonde, mais y avait rien d'assez loin pour assouvir ses rancœurs. Nouméa, la Guadeloupe, Tahiti ! Il ne voulait même pas envisager, because le soleil transforme ces postes en vacances payées. Le Périgord ? Trop pittoresque. Trop de foie gras ! Son cul ! Il allait chercher des coins pas racontables, dans des banlieues de banlieues pleines de

suie et de merde, là qu'il flotte toujours et que chaque
habitant est alcoolo à en pisser de la bibine ou de la
vinasse. Il allait se mettre en quête des postes maudits,
potasser la liste noire, qu'ils en chient pendant des
années ! Plâtroche et le principal Delachiace en avaient
des nausées de l'écouter. Ils étaient si pâles que leurs
frimes, t'aurais dit du papier-cul pour bébé !

Pour finir, le Vénérable m'a désigné, dans ma gloire
d'ostensoir au soleil.

— Voilà celui qui va prendre les opérations en main :
San-Antonio, bande d'idiots ! Le seul véritable flic que
compte cette Maison où s'illustrèrent jadis tant de
gloires policières ! Il a carte blanche ! Je me fais bien
comprendre ? On me reçoit cinq sur cinq ? Carte
blanche ! A compter de tout de suite, vous êtes sous ses
ordres. Faites-lui un rapport sur les maigres éléments
que vous avez pu rassembler et attendez ses directives !
J'ai dit !

Comme ça il leur a causé, l'homme au talon. Et je te
reproduis pas l'intonation ! Je te gomme les malson-
nances, les termes flétrisseurs. Quand il s'est tu, le boss,
il avait vieilli de dix piges. Il a porté la main à sa
poitrine, comme les infarctus de cinoche ; tout le monde
a plus ou moins espéré qu'il allait nous défunter devant,
tout de go. Mais il s'est repris. Plus ou moins bien. Il
gardait une tronche d'oryctérope. T'avais le sentiment
qu'il devrait se nourrir exclusivement d'insectes, doré
de l'avant (comme dit Béru).

Il a chuchoté :

— C'est terrible d'être un chef ! Foch n'était qu'un
branleur de merde en comparaison de moi !

Leurs rapports, à Delachiace et Plâtroche, conte-

naient des pets de lapin. Tu y trouvais des renseignements sur l'identité des quatre morts, l'endroit où ils
vivaient, leurs occupes, tout ça, mais rien de très
croustillant. L'associé de la multifiduciaire était marié,
père d'une grande fille qui faisait pharmacie, et il
collectionnait les vieilles M.G. ; la dame Crépelut Ma-
thilde, la secrétaire, était divorcée sans enfant, elle
créchait à Fontenay-aux-Roses dans un pavillon de
meulière, en compagnie de sa vieille tante délabrée ;
quant à Maryse Brissardon-Bonblanc, la seconde
épouse de Jean Bonblanc, elle vivait dans une résidence
de Cannes, mais se trouvait à Paris depuis deux jours
quand elle avait été assassinée. Elle était « montée »
pour consulter un avocat, relativement au rajustement
de sa pension. Elle appartenait à un cercle de bridge
cannois auquel elle consacrait le plus clair de son temps
(je devrais écrire le plus « clerc », compte tenu de son
tempérament chicaneur — ou chicanier). C'était une
femme aigre qui ne paraissait pas avoir de liaison.

Le seul intérêt du rapport concernait la manière dont
ces quatre personnes étaient mortes. Selon les exper-
tises médicales, un homme (probablement masqué)
s'était introduit dans le salon pendant la réunion des
quatre, armé d'un pulvérisateur d'acide cyanhydrique
et les avait supprimés en leur vaporisant la bouche. Il
avait dû agir avec promptitude car aucune trace de lutte
n'apparaissait. Le fait qu'il fût masqué avait probablement paralysé d'effroi les assistants, peut-être même
s'était-il servi d'un pistolet pour les braquer ?

On ne retrouverait aucune trace de l'assassin. Il
paraissait avoir surgi du néant et s'y être englouti, son
forfait commis. Il faut dire aussi que l'immeuble
compassé des Bonblanc, avec un locataire par étage,
était désert, surtout le soir. La gardienne avait sa loge

dans un renfoncement du rez-de-chaussée et il fallait pratiquement la chercher quand on avait besoin de renseignements.

Mais bon, je t'informe et laisse en carafe le sieur Van Lamesche, alors que nous sommes là, posés devant lui, à exciter sa curiosité.

J'attaque (au tac):

— Monsieur le directeur, vous aviez pour client le dénommé Jean Bonblanc, récemment décédé.

— Ne m'en parlez pas! Vous avez vu ces assassinats à son domicile, le soir de sa mort?

— J'ai vu, de mes yeux vu!

— Il était client si l'on veut. Il n'avait pas de compte bancaire chez nous, se contentant seulement de nous louer un coffre.

— Client tout de même à ce titre-là, mettéjeles-pointssurleshisse.

— En somme, oui, cède Van Lamesche.

— Avait-il donné procuration à quelqu'un, concernant l'accès à son C.F.?

— Je vais me renseigner.

Il téléphone à Georges Lacosse, le chef de la section coffiots, le prie de se munir de tout ce qu'il possède relatif à Jean Bonblanc et de ramener sa couenne dans les meilleurs délais.

Très peu après cet ordre, un petit chauvâtre maigrichu, avec une moustache qui renâcle (mais il tient à la laisser pousser quand même, histoire de corriger sa surface de con) entre furtivement, tel un rat dans une église pendant l'élévation. Il salue du chef et du buste à la ronde et contourne le bureau directorial afin de remettre au fondu de pouvoir un dossier et fichier de bois.

— Merci, Lacosse.

— De rien, monsieur le directeur.

Van Lamesche compulse le dossier qui fait répertoire alphabétique. Il bourdonne du pif. Mouille son index. Tourne les pages. Son ongle dévale une colonne.

— Sans procuration, messieurs, finit-il par déclarer.

Il propose :

— Vous intéresserait-il de connaître les dates aux-quelles M. Bonblanc Jean a visité son coffre ? Vous savez que chaque fois qu'un client descend, il remplit et signe une fiche où est mentionnée la date, son heure d'arrivée et son heure de départ.

— J'allais précisément vous entretenir de la chose, monsieur le directeur, m'empressé-je. J'aimerais que vous nous confiiez les fiches qui concernent ce brave homme ; bien entendu, le commissaire Plâtroche, ici absent, vous établira une décharge.

Ainsi est fait.

Je joue le premier rôle de « Cassos », avec une demi-douzaine de fiches bristolées en fouille. J'ai comme une allégresse sournoise. Nous sommes tous des enfants de butin et le mien me comble d'aise.

Tu t'en souviens, je suis resté longtemps en froid avec Mathias, le rouquin ? Il s'est biché la grosse tronche lorsque, sur mes instances, on l'a nommé directeur du labo et je l'ai expédié aux bains turcs. En outre, sa bonne mégère, soucieuse de le rendre jaloux, je sup-pose, lui a fait croire, y a pas lurette, que j'étais son amant, allant jusqu'à s'écrire à elle-même des babilles signées de mon nom ! Tout cela, comme la petite vérole au début du siècle, laisse des traces indélébiles (et débiles). Alors, depuis, on a l'amitié toute grêlée, comprends-tu ? On se parle pour les besoins du service,

mais à voix morte et sans se regarder. Pourtant, autrefois, on a vécu des moments choisis, les deux ! Des
expéditions pas communes ! Des péripéties qu'à côté
d'elles, les feuilletonneries ricaines sont chiantes
comme des prospectus pharmaceutiques.

Je toque à son bureau-labo.

— Entrez.

Il est en costar, avec nœud pap, mais il passe une
blouse blanche amidonnée par-dessus ; style grand patron ! Joliot-Curie au labeur.

— Ah ! commissaire, quel bon vent ? jette-t-il avec le
ton qu'on prend pour informer un représentant en
pinards que sa cave est pleine.

— Besoin de vos lumières, môssieur le directeur du
laboratoire de police technique.

Il se radoucit :

— Elles vous sont acquises, mon cher.

J'aimerais pouvoir balancer un gros pet à la Béru,
mais ce sport dangereux n'est pas à la portée de tous les
anus.

— Délicate opération en trois parties, monsieur le
directeur du laboratoire de police technique. Primo,
voici quelques fiches de banque. Elles portent toutes la
même signature, mais est-ce la même main qui a tracé
ces sept paraphes ? Secundo, je vous remets cet agenda
dont je sais déjà qu'il comporte deux écritures différentes. Dans l'hypothèse où les signatures portées sur
les fiches ne seraient pas de la même personne, peut-on
vérifier si les « intruses » correspondent à l'écriture
numéro 2 de l'agenda ? Troisio, voici une banale note,
écrite à l'usage d'un livreur. A-t-elle été rédigée par la
deuxième personne qui s'est manifestée dans l'agenda ?
Tout cela est-il clair, monsieur le directeur du laboratoire de police technique, ou bien dois-je répéter ?

Mathias, c'est une tête de haineux, mais il pige rapido. Connard mais intelligent, si tu me comprends. Minable, mais hautement qualifié. Certaines gens ne vivent pas seulement *de* leur métier, mais *par* lui !

— Je suppose que vous êtes pressé, commissaire ?

— Terriblement pressé, mais si vous ne me donnez les réponses à mes problèmes que dans une heure, je saurai attendre, monsieur le directeur du laboratoire de police technique.

Il sourit jaune. Dame, rouquin à ce point !

— Madame votre épouse va bien, monsieur le directeur du laboratoire de police technique ? hasardé-je.

Là où le bât le bâtonne !

— J'ai de gros problèmes avec elle, murmure-t-il. Elle nous fait un délire érotique, figurez-vous, et se jette sur tous les hommes qui passent à sa portée, depuis le garçon boucher jusqu'au syndic de l'immeuble. Un psy que nous avons consulté pense que ce sont ses dix-huit maternités qui l'ont perturbée. Un rejet ovarien ! Son subconscient lui demande de compenser les cent soixante-deux mois durant lesquels elle a été « porteuse », par une frénésie sexuelle. Pauvre chère âme ! La plus sérieuse des épouses. Grande chrétienne, femme d'abnégation et de courage...

Deux larmes donnent du brillant à ses taches de son.

— Je suis très malheureux, monsieur le commissaire. J'aimerais que vous me pardonniez ma conduite passée, consécutive à la griserie d'une promotion accélérée.

— On n'en parle plus, monsieur le...

— Oh ! non, plus de titre. Tutoyez-moi comme « avant ».

— O.K., Rouquemoute !

— Merci! Vous ne savez pas? Je m'attaque immédiatement à ces documents. Si vous voulez bien vous installer dans ce fauteuil, je vous donnerai une pré-expertise dans la foulée.

— Banco!

Il se précipite, lesté de mes fafs, sur un microscope gros comme une pompe à incendie.

Tandis qu'il usine, le grabouilleur flippe.

— Tu veux que je décroche, Rouillé?

— Ce serait gentil, monsieur le commissaire, répond-il d'un ton vaporeux, car il est embarqué dans ses examens et chez lui, c'est toujours du sérieux.

Alors je chope le manche du turlu.

L'organe du standardiste:

— Je vous demande pardon, monsieur le directeur, on me dit que le commissaire San-Antonio se trouve chez vous.

— La preuve! réponds-je en claironnant du timbre.

— Je ne vous avais pas reconnu, s'excuse le standardiste.

— Probablement parce que je n'avais encore rien dit! suggéré-je.

Et qui vient s'installer dans mes cornets acoustiques? Béru! Une voix mélécassistique, indice d'une nuit orgiaque. Il se ramone la descente, glaviote dans la cabine du bureau de poste de Saint-Locdu-le-Vieux (ou celle de Saint-Locdu-le-Petit) et attaque:

— C'est ta pomme personnellement, mec?

— Au grand complet.

— Faut qu'j' te vas signaler un nélément nouveau dont je sais duquel il va t'intéresser.

— A quel sujet?

— La sauteuse de l'air!

— Vas-y.

— Pour tout t' apprend', côté amour, c't'une forcenée ; une tout-terrain. C'morninge, pendant qu'j'allais
en loucedé tailler un morceau de cul à mon cochon
pourbouffer au déjeuner, elle a t'été r'joind' Louisiana
dans not' plumzingue et ces d'moselles s'est payé une
monstre partie d'jambons, plus sustancielle que la
mienne, vu qu' mon goret, j'ose pas lu prélever des
biftecks trop conséquents tant qu'il est vivant.

— Des « biftecks de porc », ricané-je, c'est rarissime, Gros.

— C'est p't'êt' rarissime, mais c'est fameux ! assure
le Maousse. Brèfle, t'j' disais donc que mes péteuses
s'offrent une partie de tarte aux poils en double. La
grande, j't' prille d'agréer qu'elle aime ça autant qu'ma
biroute format travalieur d'force ! Moi, moustillé,
j'veux interviendre av'c mon goume, mais ces garces me
rebuffent comme deux salopes ! A coups de pompes
dans les couilles, si tu voudras savoir ! Ell'voulaient
rester entr'elles pour la dégustation d' gigot ! Une lubie !
En un instant, la rapière à Béru, c'tait dev'nu moins
qu'une carte de meilleurs vœux, style « dites-z'y av'c
des fleurs.

« Ça m'a vexé et, pour leur faire chier les ébats, j'ai
branché la radio à fond. Ell' se groumaient l'trésor av'c
tant d'importation qu'ça les a pas arrêtées. Et pis, v'là
qu'ils donnent les infos. *Y* causent d'la Chine, de ceci,
c'la, puis du quadrature crime de Neuilly, et enfin y
signalent la mort suce-pet à Beauvais d'un vieux r'traité, l'père Torcheton, qu'aurait p't'être été zingué par
une hôtesse de l'air qui lui aurerait rendu visite, tout ça.

« A c't'instant, la môme Edmée cesse de déguster
l'Chemin des Dames à Louisiana. Ell' me pousse un
grand cri et s'fout à chialer à torrents. Si fort qu'elle
étouffait, même qu'j'ai cru qu'elle avait un poil d' chatte

dans la gorge. Ils sont tellement frisottés, ces cons-là, quand on en avale un, merci bien ! Pour s'en décamoter le laryngologue, bernique ! »

— C'est l'annonce du décès d'Alexis Torcheton qui lui causait ce gros chagrin ?

— Exaguete, mec ! Et sais-tu-t-il pourquoi ?

— Pas encore, mais c'est imminent.

— *C'était son grand-père, Tonio.*

Là, il m'en bouche quatre coins, le mutilateur de porc. Torcheton, le grand-père d'Edmée Lowitz ? Mais il prétendait à Amélie Lesbain qu'il n'avait pas d'héritiers !

Je gamberge comme tu laisses se dévider le moulinet quand un gros poiscaille a mordu l'appât. Torcheton n'avait qu'une fille, que je sache. Celle qu'a épousé Jean Bonblanc et qui est morte dans l'incendie de sa maison, jadis... Alors, ils auraient eu un enfant, la morte et lui ? Ça se serait su ! Là, le mystère coagule de plus en plus. Devient béton en train de sécher. On s'y engloutit dans ce pastaga. Mes cellules vont s'écraser comme du caviar pressé ! Tu vas bientôt me retrouver dans une petite charrette, gâteux, la morve au nez, la bave aux commissures, suintant de partout !

— T'es là, l'artiss ? s'inquiète Queue d'âne.

— Oui, oui... La fille t'a expliqué comment elle se trouve être la petite-fille du pendu de Beauvais ?

— Non. Ell' m'a just' dit que Torcheton était son grand-dabe. J'ai couru t'préviendre. On n'a pas encore l'biniou à l'institu, malgré la d'mande dont j'ai fait aux pétés. J'sus au *Café Martinet*, su'la place ; maint'nant y s'appelle *Café Longins* d'puis qu'la fille Martinet, Aglaé, a marié c'con de Babylas et qu'les parents Martinet sont morts. Aglaé, sa manie, c't'ait que j'm'l'astique entr' les seins d'sa poitrine. Elle pressait ses loloches autour d'mon panais, j'croive qu'ell' crai-

gnait d'êt' enceintée. J'lu déburnais su' l'plastro, tant et
si fort qu'à la longue, il y est poussé des poils, comme à
un homme, à force d'y larguer des zormones mâles!
Marrant, hein! Ben ell' est laguche, Aglaé. Toujours
appétissante! Tiens, ell' d'vine qu'j'cause d'elle et
m'fait d'l'œil, la salope! Tu veux parier qu'j'la ram-
bine? Mais c'te fois, j'la plombe dans la moniche. Y a
plus à s'gêner du moment qu'elle est marida.

— Béru, soupiré-je.

— Moui, mec?

— Faut que tu m'entreprennes sérieusement l'hôtesse de l'air. Tu la fais au zob, à la colle forte, ou au
sérum de vérité, mais tu dois tout apprendre de ses
origines dans les meilleurs délais, c'est compris?

— Avant la fin de d'la journée tu pourras grimper
comme un sapajou dans son arb' géologique!

On se quitte.

Provisoirement.

— Ça se décante, monsieur le commissaire, murmure l'Embrasé, l'œil rivé à son microscope.

— Déjà! me réjouis-je en m'approchant (deux actions qui ne sont pas antinomiques, contrairement à ce
que prétendait M. Raymond Barre, à l'époque où il
faisait de la politique).

Le Flamboyant saisit l'une des fiches.

— Si on les classe par dates, on peut considérer que
celle-ci est l'avant-dernière. Sa signature ne correspond
pas à celles des autres. Certes, elle est parfaitement
imitée, par quelqu'un qui connaissait bien l'original et
qui s'est beaucoup exercé car le trait est sûr, mais il
s'agit d'un faux!

— C'est ce que j'espérais entendre, Mathias. Bravo!
Et pour le reste?

— Prenons l'agenda. Il est effectivement visible que deux personnes ont écrit dedans, mais là, la seconde écriture n'est pas déguisée. A noter au passage, commissaire, que cette dernière est réservée à des rendez-vous d'ordre domestique concernant principalement le village de Glanrose. Vous m'avez demandé enfin s'il se pouvait que l'auteur du faux paraphe de la fiche fût le même que celui de l'écriture n° 2 de l'agenda. Je vais potasser la chose, mais a priori, si je me réfère au test de Bougnazet et à celui de Tulapile, je penche pour l'affirmative.

— Merci, Blondinet. Tu restes unique dans ton drôle de genre !

Je lui presse sa main entre les deux belles miennes. Il exécute un remerciement puis, tout de go, me dit :

— Commissaire, j'ai une immense faveur à vous demander.

— Accordé ! magnanimé-je.

— C'est délicat.

— Alors, mon acceptation n'en aura que plus de valeur pour toi !

— Cela concerne mon épouse...

— Eh bien ? commencé-je d'être inquiet.

— Quand nous parlons, elle et moi, de ses crises de débordements physiques, elle me répond sempiternellement qu'elle est amoureuse de vous et que c'est vous qu'elle recherche dans des étreintes de passage.

— Allons donc ! balbutié-je, embarrassé.

— Vous êtes son fantasme, commissaire. Il me semble qu'il n'y a qu'un seul moyen de l'en guérir : ce serait que vous couchassiez avec elle, une bonne fois et que vous la déceviez.

Un lent frisson me démarre de l'extrémité des orteils, remonte le long de mon tibia en crispant mon mollet, se glisse entre mes cuisses musclées jusqu'à mes testicules qu'il cerne d'un trait de feu, va s'attarder dans mon rectum avant de partir à l'assaut de ma moelle épinière.

Je la vois, sa mégère, Mathias. Une petite aigrelette à peau jaune, au regard pas gentil, au nez pointu et qui pue de la gueule comme un anus de truie. Je m'imagine en train de la tirer, la donzelle, remontant sa voie royale pour lui minoucher la case délices. Son triangle de panne, j'ose pas l'imaginer! Clairsemé, rêche, d'une vilaine couleur vénéneuse.

— Écoute, Rouquemoute, ta propose me va droit au cœur, mais...

Il enfle sa voix, l'engage dans le pathétique:

— Vous me l'avez promis, commissaire!

Ah! l'étrange requête! C'est exact: je lui ai signé un chèque en blanc. Tant pis pour moi. Je ferai honneur à la parole donnée.

— D'accord, Lance-flammes, sitôt que j'aurai terminé cette difficile enquête, je *traiterai* ton épouse.

Il m'est reconnaissant de ce verbe *traiter* qui réduit l'acte adultérin à une thérapie nécessaire.

Il prend ma main, la porte à ses lèvres, la baise.

— Merci! dit-il. Oh! merci, merci et encore merci! Commissaire, je vous revaudrai cela!

J'aime bien traîner Plâtroche dans mon sillage. Le vilain-pas-beau, devenu soumis comme un caniche, marche un demi-pas en arrière. Tout juste s'il ne s'arrête pas pour flairer les merdes de chien dont le beau Paname est tapissé.

En arquant vers l'immeuble des Bonblanc, je lui glisse ma façon de penser:

— Vous êtes deux branques, Delachiace et toi. Tu me dis qu'il est inutile de me rendre sur les lieux des

meurtres, parce que vous avez relevé toutes les empreintes et tout passé au peigne fin! Mais je suis
convaincu que je vais y débusquer des trucs.

— C'est la vérité! insiste Plâtroche. On y a accompli
un boulot monstre! Le grand jeu. Les meilleurs gars de
l'Identité judiciaire, nous...

Il s'aperçoit que je ne l'écoute pas et la boucle. On
engouffre. On grimpe. Y a les scellés sur la porte, mais
je te les craque comme des noix véreuses.

— T'as pris les clés?

Il les tire de sa fouille et déponne.

Nous pénétrons. Il referme. Et voilà qu'on s'immobi-
lise dans le hall d'entrée. T'as déjà vu jouer *Typhon sur
la Jamaïque*? Moi non plus, mais ça devait ressembler à
ça. Un second carnage dont, cette fois, seuls les objets
sont victimes. Un appartementicide! Tout est saccagé
méthodiquement. Les meubles ont été vidés, puis bri-
sés, les tableaux décrochés et lacérés, les fauteuils et les
canapés éventrés, les tapis arrachés. Ça relève de
l'entreprise organisée.

C'est pas un simple pégreleux qui peut se permettre
des travaux de cette envergure. Et j'emploie le mot de
travaux à raison, car un bordel aussi démesuré, ça
rejoint l'action préparée et accomplie scientifiquement,
par toute une équipe.

On mate. On écoute le silence de catastrophe! Y a
des ondes pompéiennes, hiroshimiesques. Ça te fout les
boules! Ta salive devient noyau de pêche.

Mon temps de stupeur accompli, j'entreprends la
visite de l'apparte. Décombres! Bris! Éclats! Charpies!
Le commando implacable! Ceux qui sont venus *savaient* que la *chose* qu'ils voulaient s'approprier était ici,
et ont tout entrepris pour la découvrir.

C'est ce que me dit Plâtroche, fin limier de ses fesses!

— Et ils ne l'ont pas trouvée! conclus-je.

— Qu'en sais-tu?

— Écoute-moi, Tête-de-zob. S'ils l'avaient déni-
chée, ils se seraient arrêtés de tout démanteler. Or il ne
reste pas vingt centimètres cubes ou carrés qui n'aient
été saccagés. Ou alors il faudrait conclure qu'ils ont mis
la main dessus tout en bout de fouilles, ce qui serait un
peu fort de caoua!

— Les scellés étaient intacts, détourne mon collègue.

— J'étudierai de près ce qui en reste; je les ai
arrachés sans les examiner. Tu n'ignores pas que des
scellés, c'est théorique. Ça n'impressionne que les honnêtes gens, le plus tocard des malfrats sait leur passer
outre! Quand les avez-vous posés, au fait?

— Hier après-midi.

— Donc, le sac de l'appartement a eu lieu cette nuit!

— Sans aucun doute!

— Fais venir du trèpe de la Maison Poulaga, on
interroge tous les habitants de l'immeuble, tous le
voisinage sur le boulevard et la bignole, naturellement!
Une équipe comme celle qui a sévi ici n'est pas passée
« complètement » inaperçue, merde!

Il va au bigophone du salon. Pour ma part, je cherche
la chambre de la frangine assassinée. C'est elle que je
suis venu explorer. Note que les vandaux[1] m'ont facilité
l'exploration car tout ce que pouvait contenir la pièce
gît sur le plancher, pêle-mêle.

Alors voilà ton sublime Sana à croupetons, comme
s'il se laissait pratiquer feuille de rose, déplaçant les

---

1. Paraîtrait qu'on dit « des vandales ». Pour plus de sécurité,
je te prie de rectifier et de lire au lieu « Note que les vandaux m'ont
facilité l'exploration », « Note que le vandale et ses compagnons
m'ont facilité l'exploration ». Merci.

objets un à un, en quête de ce qu'il espère sans que cela
ait, dans son esprit, de forme précise. Je suis à la
recherche d'accessoires, comprends-tu? Non? Tu piges
pas? Tant pis pour toi, c'est trop vague dans ma tronche
pour que je puisse te développer l'idée. D'autant que je
peux me gourer. Seulement, j'arrive à une période de
mon enquête où il y a à la fois surchauffe et clarification
dans mon bulbe, où les pressentiments prennent le
relais, me guident! Je cherche et je trouve. Deux
éléments qui parlent d'évidence à ton Sana joli.

Frétillant comme le setter irlandais quand il vient de
découvrir la grouse flinguée par son maîmaître, je
radine au salon.

Plâtroche a raccroché. Les mains au dos, à la duc
d'Edimbourg filochant sa rombiasse, il examine le
tragique décor. Il remue ses lèvres sèches: il a soif, il est
en manque de rosé d'Anjou.

Je dépose ma provende sur une table encore munie
de ses quatre pieds, par miracle.

— Qu'est-ce que c'est que ce ceinturon qui fait au
moins vingt centimètres de large? Et cette espèce de
harnais avec des sangles de cuir? s'inquiète mon chose-
frère (dont le féminin est consœur).

— Le ceinturon écrase la poitrine et le harnais
compose une bedaine, salanternéclairé-je.

— Comprends pas, révèle Plâtroche.

— Parce que plus con que toi, tu meurs!

— Merci de l'explication, renfrognit mon hélas collègue.

Alors cette pitié, mâtinée de charité chrétienne, qui
m'anime et reste à l'état plus ou moins endémique dans
mon cœur trop lourd, me pousse à le décurioser:

— Une bonne femme, sœur jumelle d'un mec bedonnant, veut se faire passer pour lui. Côté gueule, il

n'y a que la chevelure à corriger ; mais côté tronc, elle doit gommer ses vieilles mamelles tombantes et s'affubler d'un faux ventre puisqu'elle est à peu près plate. On est à l'unisson, maintenant, fleur de crêpe ?

— Tu veux dire que la frangine se faisait passer pour Jean Bonblanc ?

— Elle l'a fait une fois au moins, afin d'avoir accès à son coffre de la banque. Sa voix de rogomme a dû la servir. Et sans doute a-t-elle conservé son chapeau car le père Bonblanc faisait un peu maquignon endimanché, si j'en crois son cadavre.

« Donc, ayant appris à imiter sa signature (et des jumeaux ont des dons naturels pour cultiver leur mimétisme), ça ne lui a pas été difficile de se faire ouvrir le coffiot. Elle s'est contentée d'y placer la bafouille dont je t'ai parlé. »

— Pour quelle raison ?

— J'ai des perspectives. Des hypothèses d'école, comme disent tous ces cons depuis un certain temps. Ma matière grise est délimitée de qualité supérieure, Plâtroche, force m'est de le dire, ma modestie dût-elle en souffrir.

— Alors, expose, génie de la Bastille !

— Point encore, laisse-moi fureter dans cet appartement dévasté. J'ai l'impression, non pas de procéder à une perquise, mais de faire les poubelles.

— Tu veux que je t'aide à chercher ?

— Trop difficile.

— Pour quelle raison ?

— Parce que j'ignore ce que je cherche.

Et alors, je vais glaner. Quand j'étais môme, on arpentait les champs de blé fraîchement moissonnés, ma grand-mère et moi. On se piquait les chevilles avec le bas des tiges. On ramassait les épis ayant échappé à la

botteleuse. C'était émouvant de prendre à la terre cette
écume de récolte. On arrivait à confectionner au bout
du compte une énorme gerbe qu'on allait ensuite se-
couer dans le poulailler. Les cocottes s'en faisaient
péter le gésier de tout ce grain noble et pur qui les
changeait du mélange acheté chez M. Monfagnon l'épi-
cier.

Et alors, dans l'appartement des Bonblanc, me voilà
redevenu glaneur. Courbé bas, comme sur une toile de
Millet, je cherche ce que les pillards ont bien voulu me
laisser, soit que cela leur ait échappé, soit que ça ne les
ait pas intéressés, eux! Et je découvre des choses,
effectivement. Des choses insignifiantes en apparence,
mais qui revêtent un intérêt pour moi, parce qu'elles
confortent mes doutes, structurent mon postulat,
comme on dit dans la belle presse. C'est menu, imper-
ceptible, apparemment insignifiant comme une pièce
de puzzle d'une seule couleur et sans motif qui appartient à un aplat figurant la mer ou une prairie, voire le
ciel. Seulement, elles s'emboîtent. Et le commissaire
Cent-ans-de-tonneau chemine. Sa pensée va l'amble,
levant simultanément les deux pattes du même côté!
Bientôt il va caracoler.

Taciturne, Plâtroche me défrime, à distance, mi-
écœuré, mi-sceptique. En tout cas assoiffé de fond en
comble. Il me tient pour un zozo, mais pour un zozo
inspiré. Un poulet qui tourne le dos aux méthodes
enseignées à Saint-Cyr-au-Mont-d'Or[1], qui tire à hue,
qui baise à dia, mais qui parvient au poteau d'arrivée
avant les autres, malgré tout, ça se respecte.

Soixante minutes plus tard, ayant réuni mes « épis »

---

1. Fameuse école de la région lyonnaise, où sont formés les
valeureux commissaires, fleurons de notre police.

                                                    S.-A.

dans un sac de plastique déniché dans les décombres de la cuisine, je me dirige vers la sortie. J'ai oublié Plâtroche, lequel me trottine au fion en bêlant :

— Je dois remettre les scellés ?

Ça me fait hausser les épaules.

— Est-ce qu'on pose les scellés sur une boîte à ordures ?

CHAPITRE XI

BARBICHETTE PARTY

Il commence à me pomper, Plâtroche, avec sa frime de faux témoin. Pendant un moment, c'était assez jouissif de l'avoir à ma botte après qu'il m'eût humilie à Glanrose, mais la vengeance, on s'en fatigue vite. Tu la rêves longtemps, la convoites. Et puis tu l'obtiens, et alors un gris sentiment d'écœurement te biche. Elle se mange froid, et les bouffes froides te débectent rapidement. T'as beau y mettre de la moutarde, te confectionner une mayonnaise, tu la remises dans le frigo de la mémoire... où tu l'oublies.

Parvenus à la Grande Casbah, je lui tends brusquement la main. C'est si inattendu qu'il me regarde la paume et les cinq doigts comme si je les mettais en vente.

— Tu pars? il hébète, en fin de méditance.

— Non, j'arrive.

— Et moi?

— Toi, tu peux foncer au ciné voir le dernier Bertrand Blier, ou mieux encore aller te faire sucer par une personne peu regardante sur la qualité. Salut!

Il reste planté au mitan du couloir, tel un arbre de la Liberté dans une cour d'école. Tout compte fait, c'est au troquet qu'il va.

Je me sens harassé, comme après un coït à répétition ou une longue course à travers bois. C'est le temps aussi, qui t'amollit les muscles. Une chaleur précoce et lourde. Mon bureau baigne dans une pénombre fraîche. En y pénétrant, j'avise mon brave Noirpiot installé à une petite table modestement placée à l'écart de mon burlingue à tiroirs, près du placard-portemanteaux. Il téléphone en prenant des notes. Je vais m'installer dans le fauteuil pivotant, que je me plais à faire grincer pendant les interrogatoires, histoire de limer les nerfs de mon vis-à-vis.

Je déballe mon fourbi du sac. Le marché a été bon. Y a hausse sur les melons, mais la pomme de terre nouvelle devient abordable.

Je pose devant moi une feuille blanche et j'écris. Merde, mon stylo est en cale sèche ! Me rabats sur une innocente pointe Bic, toujours vaillante ! Dessine un rond. Un rond, en haut et à gauche, qui s'appelle Jean Bonblanc. J'en trace quatre z'autres superposés à droite et plus bas. Ils représentent la frangine, l'ex-épouse, l'associé, la secrétaire. Nettement détaché, beaucoup plus bas, un sixième cercle est baptisé Torcheton.

J'en place un septième, mais dessiné en pointillé celui-là, pour le différencier de ses potes, et lui, il se nomme D.C.D.

Et cette page avec ces ronds devient une boule de cristal dans laquelle je m'abîme, dans laquelle je m'enfonce comme dans un brouillard nimbé du soleil qui va le dissiper. Je « vois » des trucs. En flou, en fantasmagorique.

Jérémie Blanc a raccroché. Il s'est tourné face à moi et observe mon « envoûtement » depuis sa petite table subalterne. C'est un regard confiant, un regard respectueux, pas du tout l'œil torve et sarcastique de Plâtroche. Je finis par surprendre ses grosses prunelles attentives et je lui souris.

— Où étais-tu, ce morninge? je questionne.

— Dans les bureaux du *Parisien Libéré*.

— Tu vas me lâcher pour tâter du journalisme? Tu souhaites devenir l'Albert Londres du Sénégal? Prendre le relais quatre fois deux cents lignes de Senghor?

— Je suis seulement allé compulser la collection. C'est un quotidien particulièrement axé sur le fait divers.

— Tu espérais trouver de l'inédit sur l'affaire du boulevard Richard-Wallace? Tu t'es dit qu'un reporter plus marle que nos roussins aurait des sources d'infos privées?

— Ce n'est pas l'affaire du quadruple assassinat qui m'intéresse.

— Quoi d'autre, alors?

— L'incendie dans lequel a péri la première Mme Bonblanc, jadis.

J'acquiesce, ravi.

— J'ai le regret de t'informer, Jérémie, que tu es un vrai flic, pur fruit, pur sucre! Faut avoir du chou pour remonter si loin.

Mes louanges le font sourire de fierté. Pour lui, mes paroles — quolibets exceptés — sont d'évangile.

— Et il a eu lieu dans quelles conditions, ce fameux incendie?

Le négro contemple les notes étalées devant lui.

— En 1963, Jean Bonblanc est déjà à la tête de sa petite usine d'emboutissage. Il est marié avec une demoiselle Aimée Torcheton et ils habitent une maisonnette qui jouxte l'entreprise. Un pavillon sans histoire, comme il en existe encore des dizaines de milliers

dans la région parisienne. Les 17 et 18 juin, il se trouve
en Belgique pour le travail. Au cours de la nuit, sa
maisonnette prend feu d'une façon inexplicable ; l'enquête pense à une fuite de gaz. La jeune Mme Bonblanc périt dans l'incendie.

Le Noirpiot enfle le ton et détache ses mots :

— Détail qui ajoute encore à l'horreur : elle était
enceinte de trois mois.

— Passionnant ! m'exclamé-je. Oh ! comme je suis
content de toi, mon nègre aux lèvres lippues !

— C'est le contremaître Justin Aubier (que tu as
rencontré) qui annonce au petit matin la sale nouvelle à
Jean Bonblanc. Ce dernier n'a pas quitté Bruxelles. Il a
eu un dîner avec un industriel wallon qui s'est terminé
tard. Ils ont fait la tournée des brasseries et Bonblanc a
fini la nuit en compagnie d'une entraîneuse ramenée à
son hôtel, une nommée Marika Baumer.

« Comme Jean et Aimée s'étaient assurés sur la vie
au bénéfice l'un de l'autre, l'ami Bonblanc a palpé un
gros paquet de fric qui l'a aidé à se consoler de son
veuvage. Le pavillon était également dûment couvert
par une autre assurance.

— Donc, murmuré-je, s'il n'y a pas eu de galoup
dans l'enquête, Bonblanc n'a pas mis le feu à sa
baraque ?

— Matériellement c'était impossible, car tu penses
bien que les assureurs, plus motivés que les poulardins,
ont épluché son emploi du temps ! Cherchez à qui le
crime profite ! Mais cela dit, il a peut-être eu recours à
de la main-d'œuvre qualifiée ? On a dû faire des recherches dans ce sens mais elles se sont avérées néga-
tives.

— C'est tout, fiston ?

— Tu trouves que ce n'est pas suffisant ?

— Amplement!

C'est marrant. Moi qui ne fume pas, j'allumerais volontiers un Davidoff *number one* si j'en avais un sous la main. Besoin d'un *must* insolite. Une allégresse m'impétuose les sens.

— Décidément, fais-je, Bonblanc a toujours des alibis en fonte renforcée quand des gens meurent sous son toit.

— Tu parles du quadruple assassinat?

J'opine.

Jérémie rigole grand comme un écran panoramique (en plus blanc).

— Évidemment, dans ce dernier cas, il était mort! fait-il.

— S'il avait été vivant, il en aurait eu un tout de même.

Je tapote les divers éléments résultant de ma « glane » et qui sont étalés en éventail sur mon burlingue.

— Tu es sûr?

— Voici son billet Paris-Genève par l'avion Swissair de 18 heures établi pour le jour de sa mort. Voici sa réservation à l'*Intercontinental* de Genève. Voici un papier écrit de sa propre main sur lequel il a noté « *Restaurant du Vallon* Rte de Florissant 182, Conches. O.K. pour 21 h. » Ce qui indique qu'il avait retenu une table dans cet établissement réputé. Donc, il se serait trouvé en Suisse pendant les meurtres, tout comme il se trouvait à Bruxelles lors de l'incendie.

— Tu oublies un élément capital: les quatre personnes ne se seraient pas retrouvées chez lui s'il n'était pas mort, objecte mon sombre ami.

Je ricane fort, comme Satan dans le *Faust* monté à l'opéra de Saint-Locdu-le-Vieux.

— C'est nous qui avons décidé que ces gens avaient été réunis par sa mort. En fait, ce rendez-vous général avait été organisé de son vivant.

— Raconte.

— L'associé et la secrétaire se trouvaient en Belgique depuis la veille et sont rentrés en voiture dans la soirée. *Ils ignoraient la mort de Bonblanc* en arrivant boulevard Richard-Wallace.

Je montre un papier.

— Ceci est un mot de la secrétaire adressé à Bonblanc. « D'accord, cher Jeannot (une secrétaire qui appelle son patron Jeannot, hein? bon!), nous nous arrangeons pour quitter Bruxelles à l'heure du dîner et ainsi arriverons-nous chez vous à l'heure que vous indiquez. » Quant à la seconde femme, elle avait expédié ce poulet: « D'accord pour la rencontre. J'en profiterai pour aller consulter mon avocat la veille. » Tu ne trouves pas fort de caoua, tézigue, que ce gros maquignon convoque à son domicile ceux qui devaient y être assassinés et qu'il ait organisé un voyage à Genève parallèlement?

M. Blanc sifflote *I love you my love*, une chanson française du fameux groupe « Prière d'Insérer », lesquels (le groupe et la chanson) connaissent cet après-midi et jusqu'à la fermeture des bureaux de postes un colossal succès.

— Les résultats tombent comme à Gravelotte! fait-il. Où as-tu déniché ces papiers?

Je lui résume.

— Tu trouves logique que Jean Bonblanc les ai conservés?

— Il ne les avait pas conservés, ils étaient dans la broyeuse à papelards fixée sur son bureau. Comme le hasard et la Providence font équipe pour secourir les flics en campagne, il se trouve que le pas de vis dudit appareil tourne à vide. Bonblanc ne s'en est pas aperçu et les documents qu'il comptait détruire se trouvaient froissés et plus ou moins effrangés dans le tiroir aux résidus.

Mister Négus abandonne son siège pour venir déposer son cul d'athlète sur l'angle de mon bureau.

— Bon, à présent, dis le fond de ta pensée, m'enjoint-il.

— Sache qu'elle est sans fond, Aigle Noir!

— Alors offre-moi l'écume qui stagne à la surface!

— A quoi bon, puisque tu as déjà tout deviné.

— C'est Bonblanc qui a programmé l'assassinat de ces gens?

— J'en suis convaincu.

— Moi aussi. *Il est décédé avant le guet-apens, mais sa mort n'a pas été connue assez tôt pour que celui-ci soit annulé.*

Le silence est musical, plein, entier, superbe. Du Schubert qui te vaseline l'âme!

— C'était vraiment la grande lessive, dit-il.

— J'ai l'impression que la vie arnaqueuse du bonhomme devait prendre l'eau de plus en plus. Il était menacé de toutes parts et beaucoup trop de gens le faisaient chanter, alors il a décidé qu'il était trop vieux pour subir ce genre d'existence et a voulu liquider en grand.

— Il devait avoir trouvé un tueur hautement performant!

— Je me demande s'il a eu affaire à *un* tueur.

— Tu penses à une organisation?

— Encore mieux que ça, Jéjé!

— A un service secret?

— T'as gagné une limonade-citron au bistrot de la place Dauphine!

— Les Japs ?

— Je le sens. Il « travaillait » pour eux, les approvisionnant en microprocesseurs secrets.

— Mais la source s'est tarie ?

— Suppose que ce soit lui qui ait fait croire la chose à ses partenaires. En réalité, il s'est mis à faire « bande à part » (et c'est pour cela qu'il a voulu lessiver ceux qui avaient barre sur lui). Suppose toujours qu'au lieu de fric, il se soit mis à réclamer en paiement l'équarrissage de tous ceux qui lui pompaient l'air. Il a fait un blaud ! La mort de ces quatre personnes en échange du rarissime matériel sophistiqué. Les Japs acceptent le marché. L'opération est fomentée, puis a lieu. Manque de bol, terrifié par la lettre trouvée dans son coffre, Bonblanc subit un tel traumatisme qu'il nous fait un superbe infarctus.

« Les Japs apprennent la chose trop tard : quatre personnes ont été nettoyées du bal ! Il leur reste à obtenir le paiement, *le prix du sang,* dira la presse. Suppose encore que, dans les conventions passées, il ait été convenu que la livraison des microprocesseurs s'opérerait au domicile de Bonblanc, en même temps que les meurtres, ou tout de suite après. Par exemple, Jeannot téléphonerait à une heure précise, depuis la Suisse, pour indiquer la planque. Et puis il n'appelle pas. Le tueur s'en va. Découverte des crimes. Enquête. Scellés ! L'équipe des Japs envoie de nuit un commando spécialisé ayant pour mission de dénicher ce qui leur est « dû » !

— Et il trouve, ton commando ?

— Probablement pas.

— Le vieux projetait de les repasser ?

— Sûrement pas, mais il a placardé les petits bidules ailleurs que dans l'apparte.

— Où ?

— Je l'ignore encore, mais nous trouverons.

— Tu as la foi !

— Toujours.

— Bon, voilà l'explication des quatre meurtres sur lesquels nos potes de la Grande Taule se cassent les ratiches, mais il reste... le reste !

— C'est-à-dire ?

— L'assassinat de Torcheton et l'intervention du mystérieux D.C.D.

— C'est la frangine perverse qui a écrit et placé la bafouille déclencheuse dans le coffiot de son frelot, cela, nous en sommes certains.

— C'était elle, D.C.D. ?

— C'était une partie seulement de l'impalpable personnage. Je crois qu'elle avait partie liée avec lui. Il s'est constitué là une espèce d'association qui visait à retrousser l'auber du vieux bandit.

— Charmante famille.

— Nous avons résolu l'énigme du « quadruple assassinat », pour adopter les formules journaleuses, à présent, vieux frère, nous allons élucider les autres.

Il hoche sa belle tête de statue d'ébène, comme on dit depuis toujours en causant gentiment d'un *black man*.

— T'es chié ! me complimente-t-il. Vraiment chié ! C'est peut-être vrai que je suis chié, après tout !

Le père Aubier, j'ai obtenu son adresse par l'atelier d'emboutissage, crèche dans le dix-huitième, au milieu d'une rue qui aurait fait jouir Utrillo dans son froc. Il habite un immeuble en pleine agonie que l'on a étampé avec de gros madriers ressemblant à des 4 d'imprimerie. Deux étages. Mais le rez-de-chaussée est nazé complet et faut pas craindre le vertigo pour s'engager dans l'escalier sans rampe.

Rheusement, il habite au premier seulement car la suite des marches paraît de plus en plus aléatoire.

Ce qui est touchant, c'est que sur la vieille porte crevassée et dépeinte, s'étale une somptueuse plaque de cuivre, fignolée par le digne ouvrier, probable. Son nom est martelé et les lettres sont constituées avec des petits ronds enchevêtrés. Œuvre d'art, *achtung!*

Une sonnette à serpent (la chaîne est un reptile de fer) se proposant, je l'actionne avec calme et détermination. Mon geste déclenche un carillon formé de différentes clochettes dont l'agitation fait songer à la regrettée musique des tirailleurs marocains.

Une vieillarde cyphosée comme c'est plus permis depuis que l'on a inventé le tire-bouchon à air comprimé nous ouvre. En larmes! De noir vêtue! Toute sa vie, elle a dû rêver de mesurer un mètre cinquante, mais le Seigneur qui a ses tronches lui aura refusé cette faveur et elle doit se contenter du mètre trente-huit qui lui fut imparti (sans laisser d'adresse).

Étant grand clerc, je devine qu'elle est en train d'essorer un gros chagrin. Rien de plus déroutant qu'une vieille en pleurs. Tu te dis qu'avoir tant attendu pour chialer à cet âge, franchement, c'est pas de jeu, comme disent les mômes. Alors on reste sans voix et c'est elle qui finit par demander, tout chétivement:

— Oui?

Question d'une somptueuse brièveté, je tiens à te le faire remarquer au cas où la chose t'aurait échappé.

— Pardonnez-nous, madame, nous sommes de la police.

Elle hoquette (sur gazon seulement) et s'écrie:

— Vous l'avez retrouvé?

— Qui ça, madame?

— Le sale chauffard qui a renversé mon pauvre garçon!

Et je réalise que je n'ai pas devant moi l'épouse du vieil Aubier, mais sa maman. Tu m'as lu ? Sa ma-man !

Elle chiale à outrance.

— Perdre un enfant à quatre-vingt-onze ans, c'est dur, vous savez !

« Perdre » ? Veut-elle dire qu'Aubier est mort ?

— Comment cela s'est-il passé ? demandé-je avec un maximum de tact.

Elle ouvre sa clape où il reste une dent témoin.

— Vous êtes des policiers et c'est vous qui me demandez comment ça s'est passé ? Mais pourquoi êtes-vous venus ?

— Pour élucider, je laisse tomber (que, si ça ne mène pas loin, ça ne mange pas de pain et ça peut rapporter gros).

— Ah ! bon.

— Où est M. Aubier ?

— A la morgue où Police-Secours l'a emmené avant même de me prévenir. C'est pas gentil, vous savez, messieurs. Je suis vieille : je n'y vois plus beaucoup de mes yeux, je n'entends presque plus de mes oreilles...

— Et vous ne mangez pratiquement plus de votre dent ? complété-je charitablement, car il faut toujours, et en toutes occasions, assister les personnes âgées en détresse.

— Eh non ! n'a-t-elle plus qu'à confirmer.

En termes passés à la moulinette (tant ils sont hachés), elle raconte que le « chef de fabrication » de l'usine d'emboutissage a été embouti à son tour, boulevard de Saint-Ouen, alors qu'il regagnait son *home* à bord de son Solex décapotable. Le choc a été d'une telle violence que le malheureux a exécuté un valdingue d'une dizaine de mètres avant de s'éclater le crâne contre une bordure de trottoir. La voiture qui l'a percuté ne s'est pas arrêtée et s'est perdue dans la circulation sans que les témoins aient pu relever son numéro.

Elle raconte sur le pas de sa porte, mémé, de sa petite voix nonagénaire, flûtée et chevrotante. On écoute, on compatit. Mon brave Jérémie a ses lotos pleins de larmes. On promet à la vieillarde chenue de retrouver l'automobiliste criminel. Elle nous fait jurer qu'on lui placera une balle dans la nuque, à la chinoise. Elle est prête à nous rembourser le projectile bien qu'elle ne soit pas riche. On dit que ça ne sera pas la peine, qu'une balle perdue, c'est dix de retrouvées !

Ça la réconforte un brin, la perspective de vengeance, pas beaucoup, mais tout de même.

Moi, d'une habileté diabolique, j'oriente la converse sur le métier du fils. Ah ! il dirigeait une usine ? Ben dites donc, il avait des capacités (bien que ça ne soit pas un type bidon !). Elle pleurniche que justement son patron, Jean Bonblanc, vient de trépasser, ce qui lui a causé un féroce chagrin. Dites-moi, ils se seront suivis de près, les deux. En somme, c'est ça, l'amitié. Deux bons copains qui se filent le dur jusqu'à la mort. Comme c'est beau, comme c'est grand ! Vous dites ? L'ami Bonblanc n'était pas si gentil que le croyait le fiston ? Il l'exploitait ? Le prenait pour son larbin ? L'a arnaqué de ses parts, jadis, et le bon Justin n'y voyait que du feu ! Il était à la botte de Jeannot, ça ne s'explique pas.

M. Blanc et ma pomme, on joue les échassiers sur le paillasson. On danse d'un pied sur l'autre comme deux envies de pisser mitoyennes. Mémère dans ses douleurs et évocations, elle a pris un siège de son vestibule et s'est installée dans l'encadrement de la porte. Elle a posé ses vieilles mains déformées sur ses genoux qui le

sont plus encore. Ses larmes rances finissent par se tarir.
A cet âge on urine davantage qu'on ne pleure. Les
liquides descendent, y a plus suffisamment de pression
pour les faire monter. On ne hisse plus, on pisse!

Bon, je crois qu'elle avait décelé avec justesse la
personnalité véritable de Bonblanc, la mère. L'avait
cadrée juste, grâce à cette clairvoyance femelle qui nous
aide à ne pas trop nous casser la gueule. Elle raconte la
manière que Jeannot l'a bien fabriqué, son nigaud! Du
grand art! Et lui, bon con, marchait au doigt et presque
à l'œil, vu qu'il gagnait des clopinettes à l'usine. Tout
ça. Le mur à prières, le moulin des lamentations. Je
laisse dévider. Et puis, poum! Au détour d'une respira-
tion laborieuse, j'y vais de ma banderille secrète (la
botte, je la garde pour les jeunes femmes):

— Dites-moi, ma pauvre madame, votre fils aurait-il
connu un homme du nom de Lowitz?

Mémé, elle allait pécorer de plus rechef, dire davantage sur ce salaud de Bonblanc. Ma question la laisse la
clape béante comme chez le dentiste qu'elle n'a jamais
fréquenté (chicot chicot par-ci, chicot chicot par-là,
comme on chantait). Son menton galochard se met à
trembloter. Elle branle sa tête de maillet au manche de
son cou, ainsi que l'a écrit Jean-François Revel dans son
traité sur le fromage de tête à travers les âges.

Elle finit par murmurer, kif une qui boufferait du
lapin en redoutant de se planter une perfide esquille
dans la gencive:

— Où vous allez repêcher ça, vous?

En moi, le vent du soulagement gonfle les voiles de
l'espoir.

— Ça vous dit quelque chose?

— Et comment! Mon pauvre Justin a failli perdre sa
situation à cause de ce bonhomme.

— Disez! Disez, chère médème!

Elle.

Et voilà ce qui résulte. Au début des années 60, Bonblanc avait engagé à l'usine un ingénieur originaire d'un pays de l'Est, qui était parvenu à « choisir la liberté ». Jeannot voulait développer son affaire. L'homme, Ernst Lowitz, possédait d'énormes capacités (lui aussi). Très vite, Bonblanc s'en enticha et le préféra à Aubier. Il l'invitait souvent dans son pavillon proche de l'usine, le bruit courut que le réfugié était devenu l'amant d'Aimée Bonblanc, née Torcheton. Lorsque la jeune femme tomba enceinte[1], on fit des gorges chaudes et chacun d'attribuer la paternité de l'enfant à Lowitz!

Aubier, en bon petit camarade revanchard, mit Bonblanc au courant de ces rumeurs. Ce dernier piqua une crise noire et renvoya Lowitz avec pertes et même fracas. Mais d'aucuns le virent encore rôder autour du domicile des Bonblanc quand Jeannot s'en trouvait absent, et puis quelques temps après, il y eut le terrible incendie dans lequel mourut la jeune femme et on n'entendit plus parler *du Polonais, ou Tchécoslovache, ou Hongrois, ou j'sais pas quoi de ce genre, monsieur le policier.*

Jérémie a fini par s'asseoir sur la première marche de l'escalier. Moi, j'ai des fourmis plein les guibolles. Des rouges, les plus perfides! Alors je remercie Mme Aubier mère et je la plante (des pieds) dans son encadrement de porte, ses souvenirs et son chagrin.

Les marches (de bois) branlent, ce qui est bon à savoir, qu'on ne peut jamais prévoir de qui ni de quoi on risque d'avoir besoin dans la vie (disait ma mère-grand).

1. On tombe enceinte après être montée au septième ciel.

San-A.

Une fois dehors, où le soleil ne désempare pas en ce juin radieux, je chope le grand par l'épaule.

— Ça se met bien en place, non?

— On dirait. Combien d'enseignements tires-tu de cette visite?

— A première vue: deux.

Il s'arrête, indécis, ses boules de billard jaunes assombries par la surprise.

— Je ne vois pas le second, avoue-t-il.

— Ça concerne le coup de grelot que j'ai reçu à Glanrose. Le type, Mister D.C.D., me parlait de l'assassinat du « vieux ». J'ai enquêté auprès d'Aubier et ça m'a aiguillé sur Beauvais où, effectivement, j'ai trouvé un vieux assassiné; *en réalité, le vieux dont parlait D.C.D., c'était Aubier!* Il a annoncé la chose une trentaine d'heures avant qu'elle ne se produisît.

— Et Torcheton, alors?

— Lui, sa mort vient d'ailleurs. Il avait raison, Achille: c'est bien l'affaire du siècle. Une histoire où tout le monde a projeté de tuer quelqu'un, seulement un grain de sable a fait que les choses n'ont pas eu lieu dans l'ordre préétabli. Et ce grain de sable, c'est la *mort naturelle* de Jeannot-le-chaud-lapin. Il y a eu un état de crise aiguë dans un essaim de crapules qui se tenaient par la barbichette. Le premier qui rira n'aura pas une tapette, mais il avalera son extrait de naissance! Et ils l'ont presque tous avalé. Ne reste plus grand monde pour dégager la vérité vraie, la rendre bien lisible. En gros, je sais tout, mais je le sais par intuition, je le sais en vrac, je le sais pêle-mêle. Ce que je ne sais pas...

Il connaît ma formule, me devance:

— Ce que tu ne sais pas, tu le devines, et ce que tu ne devines pas, tu le pressens!

— Tout juste, Auguste.

On atteint ma Maserati, on s'y installe. Un sauna !
Car elle stationnait en plein soleil. Vite fait, j'enclenche
la clime. Un air glacé nous éponge la sueur. M. Blanc
fouette de la négritude. Chacun son parfum. Nous
autres, blafards, paraît qu'on pue le cadavre, ce qui est
moins joyce que de schlinguer la ménagerie.

— Bien entendu, cap sur Saint-Locdu-le-Vieux ?
murmure le grand.

— Ça va de soit.

— Il sera dit que nous y passerons toutes nos soi-
rées !

— On risque de conclure ce soir, Jéjé.

Je m'arrache de Pantruche par des souterrains point
encore saturés. Je pourrais mettre la radio, mais ça
nous gênerait pour gamberger.

Il dit :

— Tu trouves normal, toi, que l'hôtesse de l'air reste
chez Béru délibérément ?

— Oui.

— Elle est à ce point convaincante, la queue d'âne
de ce gros sac à merde ?

— C'est pas ça, mon petit Suédois.

— C'est quoi, alors ?

— N'oublie pas que tout le monde se fait zinguer
dans cette aventure ; la môme sait que sa partition est
jouée et qu'elle risque d'y passer. Là-bas, c'est la
planque idéale pour voir venir. Elle a lâché un peu de
lest afin de nous amadouer, maintenant il va falloir lui
faire cracher tout ce qu'elle n'a pas dit, et ça, c'est pas
les charmes phénoménaux de Béru, ni même sa colle
forte qui pourront nous le faire obtenir.

CHAPITRE XII

ET CÉLÉRAT ET CÉLÉRAT[1]

Tout est bon dans le cochon : sa graisse adhérant à sa peau fournit le lard, ses poils (ou soie) permettent de fabriquer des pinceaux, ses pieds, son groin, ses oreilles sont comestibles, de ses boyaux on fait la gaine du saucisson ; nul autre animal n'est aussi totalement à la disposition de l'homme. Je suis vraiment navré pour mes amis musulmans qu'ils soient privés par leur religion de cette chair délectable, mais je conçois parfaitement qu'elle leur ait été interdite parce qu'elle se corrompait à la chaleur plus rapidement que celle du mouton.

Quitte à me faire zinguer par les extrémistes, je suggère qu'une remise en question s'opère là-bas, maintenant qu'on dispose de chambres froides et de réfrigérateurs. Les traditions les plus vénérables sont une simple question d'équipement.

Le porc de Bérurier pousse des cris presque humains au moment où je gare ma bagnole sous son hangar. Il faut dire que son cochon est une coche[2] et que les dames sont davantage bruyantes que les messieurs dans la douleur, la frayeur et l'amour.

1. Locution béruréenne employée pour « etc., etc. »
    Le Secrétaire perpétuel de l'Académie française.
2. Coche : synonyme de truie.

Alertés par les clameurs porcines, nous gagnons le lieu des supplices, à savoir la bauge de ce pauvre animal qui paie si durement le (très relatif) régime auquel sa nouvelle compagne astreint le Mastar. Je conclus de ces cris suraigus que notre Alexandre-Benoît est en train de se tailler une gourmandise dans le corps de la bête. Eh bien, non! Au contraire, dirais-je. Sa Majesté s'active pour ajuster une chose bizarroïde, faite de bois grossièrement sculpté et de sangles de cuir, à l'arrière de la coche.

— A quoi joues-tu ? lui lancé-je.

Notre nouvelle venance ne l'étonne pas. Il contracte rapidement des habitudes et se fait à la perspective de nous avoir à dîner tous les soirs.

Il s'explique, en termes hachés car il a grand mal à maintenir l'animal et à fixer l'objet mentionné juste quelques lignes au-dessus, regarde, tu ne peux pas te gourer.

— Au lieu d'chicaner c'goret à petit feu, j'y ai carrément prél'vé un jambon et j'l'ai confectionné une patte d'bois en remplac'ment. Négro, toi qu'as des musc' en béton, ça t'ennuierait de m't'nir la bête? A un tout seul c'est presqu'impossib' d'lu adapter sa guibolle bidon.

Belle âme, M. Blanc consent. J'assiste alors à une opération rarissime: la pose d'une prothèse postérieure à un goret. L'ingénieux professeur Bérurier, très doué pour la bricole, a réalisé un jambon de bois des plus convenables, bien que sans articulation. Il l'assure au moignon large et sanguignolent, léchant ses doigts ensanglantés de temps à autre, grognant en langage pur porc afin de calmer la gentille truie affolée qui lui pisse dessus en désespoir de cause pour marquer son impuissance.

Au bout de dix somptueuses minutes, que j'aurais voulu kinescoper pour l'édification des générations futures, la brave coche peut à nouveau se déplacer sur quatre pattes, en claudiquant bien sûr, mais l'essentiel est de se déplacer.

— Bouf! C'turbin! soupire le chirurgien en essuyant son front ruisselant. J'm' demande si c'pourceau saurait arquer av'c *deux* jambes de bois?

— Sûrement pas, tranché-je vivement. Tu devrais faire quelque chose pour cette bête, Gros.

— Quoi-ce?

— La tuer et la mettre au saloir, ainsi pourrais-tu la bouffer à tête reposée, sans la tourmenter à chaque instant.

Il secoue la hure.

— Non, mec. T'vas croire qu'c'est de la sensiblererie, mais j'y sus trop t'attaché. A force d'êtr' en contac', on est d'venus copains, les deux. V'nez boire un coup d'pichtegorne. J'ai un' surprise qui t'attend, Sana.

La surprise est de taille puisqu'il s'agit de Berthe Bérurier accompagnée d'Alfred, le coiffeur. Nous la découvrons en train d'essayer des lingeries suggestives. Il y en a tout un échantillonnage sur la table de la pièce commune (extrêmement commune!). Des culottes affriolantes, des soutiens-loloches demi-lune, des porte-jarretelles friselés de dentelles. Des noirs, des blancs, des rouges, des couleur chair. Nous trouvons Berthaga en slip rouge bordé d'une fine dentelle noire, les seins en chute libre, avec leurs embouts gros comme des bouchons de champagne.

— Oh! le beau commissaire, gazouille-t-elle en se jetant à mon cou.

J'essuie mes joues escarguées et regarde Béru d'un air interrogateur.

Il me virgule une mimique indulgente.

— Mouais, on a enterré l'hache de guerre, moi et Berthe ; qu'à quoi bon s'tirer la bourre ent' personnes intelligentes ? On va opérer un r'group'ment général à la ferme.

— Ménage à quatre ?

— Non, à cinq, t'oublilles la môme Edmée !

— Oh ! non, je ne l'oublie pas ; au fait, où est-elle ?

— T'as pas l'oreille fine, mon drôlet.

Il requiert en levant son index boudiné. On perçoit des cris, des plaintes, des râles et des branches et puis voici mon cœur qui ne bat que pour vous !

— L'a pleuré grand-père tout' la sainte journée. J'ai cruve qu'elle allait me tomber malade. Louisiana l'a entreprise alors à la consolation. Edmée lu chialait cont' la poitrine. Doucet'ment, ma gonzesse l'a apprivevoisée. Des bisous dans les ch'veux, su' la nucle, ent' les roberts. En fin d'journée, ces petites follingues ont reprise leurs agaceries du matin et à présent, ça fait la brasse dans les délices. Tu peux mater, é n'entendent même plus quand on ouv' la lourde. Faut dire qu'en guise d'boules qui est-ce, elles ont chacun un' paire de cuisses contre les portugaises.

« Pour t'en r'venir à ma Berthy, elle va m'faire un p'tit stage d'enseigneuse à l'institu. J'les fait préparer un duo, avec Alfred : la levrette avec élan. C't'un exercice pas évident. Faut avoir, comme ma légitime, un cent' d'hébergeage large comme l'entrée d'l'Opéra pour l'oser. J'ai connu un légionnaire qui s'est cassé la bite en le tentant un soir d'beurranche. Après, son paf f'sait l'équerre, même quand y triquait. Y a fallu lu confectionner une attelle pour qu'y pusse bouillaver corréquement. Alfred, c'est pas une grosse queue ; j'espère qu'il va pas m'en veudre d'le dire ; mais y l'est capab' d'faire n'importe quoi av'c. Un artiss'. L'Italien tout craché, quoi. Faut pas qu' tu m'en voudres non plus d't' traiter d'Italien, Alfred ; y a pas d' sot métier ! Moi, avec mon baobab géant, rien qu'd' penser à risquer la levrette av'c élan, j'en frissonne du trou d'balle ! Mais lui, y t'réussit l'esploit un' rose ent' les dents. Italoche, quoi, qu'est-ce tu veux dire d'plus ? Un numéro d'c't'acabit, je garantis un malheur auprès d'ma clientèle plouque. Quand ça va s' savoir, faudra r'pousser les murs pour accueillir tout l'monde. »

— C'est bien, approuvé-je, tu es un grand bâtisseur, Alexandre-Benoît. De la race des castors ; la réussite est au bout de ta queue !

Il rengorge.

— Je le croive en effet.

— Dis-moi, au sujet d'Edmée, tu l'as questionnée comme tu m'avais promis de le faire ?

Il hausse les épaules.

— Dans la peine qu'elle s'trouvait ! Tu m'prends pour qui est-ce, Sana ? Un tortureur ? Barbie ? Tu veux lui d'mander quoi, une fille qui sanglote ?

— C'est vrai, admets-je en montrant la pièce voisine d'où partent des cris de louves en rut, un chagrin pareil te rend impuissant.

Et le fichtre me bichant (habituellement, je dis le foutre, mais la situation présente déformerait le sens de l'expression), je me rue dans la chambre.

Je commence par saisir Louisiana à bras le corps pour la déventouser d'Edmée. Elle en pleure de déconvenue insoutenable, la jolie Canadienne, mais je n'en ai cure, comme dit un bon chanoine à la retraite. A ce point de pagination, moi, je pose mon bombardier, sais-tu ? Et avec Sabena, j'y serais déjà !

— Remettez votre exquise culotte, mademoiselle

Lowitz, dis-je, sans brutalité mais avec une détermination incorporée.

Elle s'assoit au bord du haut lit, jambes pendantes. Le doux trophée dont je lui parle est au sol, pareil au blanc pavillon de quelque plénipotentiaire venu réclamer l'armistice. Je le ramasse galamment et m'en caresse la joue avant de lui tendre. Encore toute frémissante de volupté, elle s'en saisit, puis se laisse couler au bas du plumard de campagne et le remet. Ah! le merveilleux mouvement de femme. Si souple, si aérien. Une culotte qu'on enfile, c'est encore la chattoune qui continue de te parler d'amour!

Putain, ce que j'aime la baise. A ce point, c'est un bienfait du ciel; une grâce particulière du Seigneur que je remercie chaleureusement et Auquel je crie: encore! Encore, par pitié! Comme j'aurais bien dansé au bal des pouffiasses, Divin Créateur de toutes choses et du reste! Quel émerveillement jamais relâché. De mon plus jeune âge à (je l'espère) mon heure suprême, comme il m'aura été doux de cheminer de la bite en des frifris ombreux!

Edmée porte une robe imprimée prêtée par Louisiana. Du léger, très froufrou: fond blanc avec des pivoines orangées et des feuilles vertes. C'est gai, chantant. Mieux encore: bandant.

— Vous y êtes, Miss Lowitz?

— Où allons-nous?

— Bruxelles!

Elle haulecorpse.

— Pourquoi Bruxelles?

— Parce que des gens que vous avez pigeonnés y demeurent. Des gens qui ont déjà choisi la manière dont vous mourrez. Étranglée comme votre cher grand-papa? Noyée dans la Seine? Arrosée d'essence et allumée, vous qui, déjà, avez le feu au cul? Que sais-je?

— C'est eux qui vous envoient?

— Non, mais je peux, moi, vous conduire à eux ; vous déciderez sur place !

Elle est lasse, lasse infiniment... Morte de peur, de peine, de plaisir (ce qu'on appelle les trois « p »).

— Je vous croyais policier, objecte-t-elle.

— Je le suis, mais il y a policier et policier ; cela va de garde-champêtre à agent secret. Je me situe dans une catégorie plus proche du second exemple que du premier, là où seule importe la finalité ; là où elle prime la légalité. Tous les moyens sont bons, tous les coups permis, principalement les coups bas.

— Pourquoi Bruxelles?

— Pour vous y proposer un marché. J'arrêterai ma voiture devant la porte des gens en question. Là, je vous questionnerai. Alors, ou bien vous me direz la vérité, toute la vérité, ou bien vous la tairez ou la travestirez. Dans la seconde hypothèse, je m'en apercevrai. Depuis ma Maserati, j'appellerai ces gens, ayant le téléphone à bord. Je les préviendrai que vous vous trouvez devant chez eux et je vous prierai de descendre.

— Et cela vous rapportera quoi?

— Une chose fondamentale : la preuve que je suis réellement un flic intraitable qui fait toujours ce qu'il a dit qu'il ferait. Qui pourrais-je impressionner si je ne m'impressionnais moi-même?

— Vous êtes un drôle de type !

— Si tous les gens qui m'ont dit ça me versaient une pension, je rachèterais l'Entreprise Nestlé et la General Motor.

Je sors une paire de poucettes et les lui passe :

— Venez !

— Vous m'arrêtez?

— Non : je prends mes précautions.

— Vous croyez qu'il est nécessaire d'aller jusqu'à Bruxelles faire du cinéma ? Je peux très bien vous dire ici même tout ce que vous voulez savoir.

— Vous craquez ?

— Non : *j'ai* craqué. Bien avant que vous ne veniez me chercher chez moi. L'aventure, c'est grisant un moment, mais la promiscuité la rend dégueulasse.

— Vous pensiez que l'arnaque était pratiquée par les honnêtes gens seulement ?

— J'espérais que les gens malhonnêtes pouvaient avoir une forme d'honneur.

— Ma pauvre biche, depuis Francis Carco et ses bandits au grand cœur il a coulé beaucoup de sang sous les ponts. On s'y met ?

— Par quoi voulez-vous que je commence ?

— Par l'incendie d'un pavillon de Saint-Ouen en 1963.

Elle hoche la tête :

— Vous en savez, des choses !

— Pas suffisamment. Alors je vous écoute.

— Ma mère était la femme de Bonblanc.

— Et la maîtresse de votre père Ernst Lowitz.

Rien de tel, quand tu accouches un prévenu, que de lui donner quelque aperçu de tes connaissances. Ensuite, il ose moins te chambrer, craignant d'être pris en flagrant délit de mensonge par omission !

Edmée opine.

— Enceinte de trois mois, poursuis-je. Pendant que ce gros sac de Bonblanc se trouvait en Belgique, vos futurs parents ont mis le feu à la maisonnette. Comme on a retrouvé un cadavre de femme calciné dans les décombres, Mme Bonblanc, née Torcheton, a été déclarée morte. Alors deux premières questions me viennent : quelle était l'identité du cadavre carbonisé, et où s'est rendu le couple après l'incendie ?

Elle murmure:

— Le cadavre était celui d'une clocharde, et mes futurs parents, comme vous dites, sont partis au Maroc. Ma mère avait pris l'argent du bureau de Bonblanc et toutes les choses de valeur qui se trouvaient à sa portée.

Charmante mentalité! Elle se trimbale une hérédité pas piquée des vers, la gosse!

— Votre grand-père Torcheton connaissait la vérité?

— Pas au moment où elle s'est produite, mais plus tard, ma mère l'a mis au courant. Papa qui avait des relations dans un certain milieu, avait fait établir de faux papiers à ma mère pour pouvoir quitter la France. Ensuite il a pu l'épouser avant ma naissance.

— Belle histoire d'amour. Et de quoi ont-il vécu, au Maroc?

Edmée me regarde, puis m'adresse un clin d'œil canaille.

— Ses fameuses relations équivoques?

— J'ai cru comprendre.

Le réfugié de l'Est devait avoir de bonnes raisons de fuir son pays! Drôle de coco, si j'ose dire! Je suppose qu'il lui fallait un condé, pour inspirer confiance aux autorités françaises, d'où son sage boulot chez Bonblanc. Il a dû en faire de chouettes au Maroc.

— Dans quelle ville habitiez-vous? Tanger, je parie?

— Oui, pourquoi?

— Ben voyons! Il y avait à faire, là-bas, voici vingt-cinq ans!

La porte s'ouvre brusquement sur Bérurier.

— Escusez-moi si j'vous d'mande pardon, les amoureux, c'est juste pour avoir votre avis. Que pensez-vous-t-il d'l'a t'nue d'Berthy pour son cours de levrette av'c élan?

Il dégage afin de permettre à la Baleine d'entrer. Franchement, ça mérite une pause! Mme Bérurier est vêtue de cuissardes très hautes et d'une ceinture constituée d'une chaîne à gros maillons fermée par un énorme cadenas qui lui pend sur le ventre. Fardée au max, à t'en faire craquer la prunelle.

— On va vous présenter les deux versions, poursuit Béru, et j'aimerais qu'vous m'donnassiez votre aviss.

Il frappe dans ses mains.

— En position, plize, maâme Berthy!

Docile, la Grosse s'avance. Impressionnante! Ses seins déboulent sur son ventre, son ventre sur ses cuisses, ses cuisses sur ses bottes où elle forment deux espèces de ceintures de sauvetage riches en cellulite.

La dame se place au fond de la pièce, se penche en avant et prend appui de ses deux mains sur ses genoux gainés de cuir (comme ils disent tous, talentueux ou non, cadémichiens ou pas: « gainé de » cuir, soie, velours, etc., ils raffolent!). Le gouffre qui se propose est indescriptible. C'est le Grand Cañon du Colorado en vue aérienne, mais un Grand Cañon situé en forêt amazonienne (que ces cons de Brésiliens sont obligés de défricher pour pouvoir payer leur note de gaz aux pays à économie de marché).

Profondeur, touffeur, rosâtrerie! La faille, la luxuriance, la vulvance! L'abîme, le cloaque! Tu prends peur! T'as le vertige! Une envie de prier t'empare. Tu dérives vers les rives fangeuses de l'ignominie.

Grave, Béru frappe une seconde fois des mains.

— En piste, m'sieur Alfred! On a l'goumi paré? Montrez-nous voir-t-il s'y est à l'équerre? Parfait! Tu peux arrêter d'y lécher les roustons, Louisiana: y tiendra, l'temps du voiliage. Surtout visez just', m'sieur Alfred! V's'y êtes? Go!

Alfred s'élance avec la souplesse féline d'un champion de saut en hauteur. Un pas, deux pas, trois pas et hop! Fsutt! Tchloc! Gagné. Mistress Bérurier est empaffée de première. Sans la moindre anicroche! Tu te croirais à notre base de lancement en Guyane. Pour bien montrer l'aboutissement impec de sa mission, M. Alfred lève les deux bras comme le font les mécanos de formule I lorsqu'ils viennent de changer les roues du coureur. Il se permet quelques allers-retours bien venus, prouver qu'il a ses aises et peut musarder dans la babasse de sa partenaire. A l'aise, Blaise!

Béru donne le signal des applaudissements. Berthe, radieuse, tourne la tête vers nous, au-delà de son gros cul, pour saluer. Elle murmure:

— Merci, merci!

— Bien, enchaîne Alexandre-Benoît, maint'nant, j'voudrais que nous passassions à la deuxième version, celle avec culotte fendue, dont pour laquelle, personnellement, j'ai un faib'. J'la trouve plus sexy malgré qu'on perdisse une grosse partie de la cressonnière à Maâme Bérurier. L'danger c'est qu'l'ouverture d' la culotte restasse pas écartée et qu'M'sieur Alfred s' fout l' zob en torche à l'arrivée; riez pas, on a vu des cas! Louisiana, mon trognon, apporte sa p'tite culotte fendue à Berthy. Bien sûr, la noire, elle fait plus classe. Alfred, tu veux bien déculter, qu'Berthe pusse enfiler son slip! Merci. Va t' remett' en position d'départ, mec. T'as b'soin qu'Louisiana t'reprenne en main pour r'charger les battreries? Non? Y t'reste suffisamment de tonomie? Tout de même, j'aime mieux assurer! Louisiana, passe-lui un p'tit coup de langue su'l'filet par acquisition d'conscience, t'es pas à ça près!

Et les deux « professeurs » de l'institu, réitèrent leur prestation avec un même succès.

Béru passe au vote. Il est éloquent. A l'unanimité, nous préférons la version avec culotte fendue. Sa Majesté rutile de bonheur.

— Merveilleux intermède, apprécié-je, mais à présent, je souhaiterais avoir une heure d'intimité avec Edmée.

Le Mammouth se fend le pébroque:

— L'numéro de levrette avec élan t'a donné des idées, grand, avoute?

— C'est juste, conviens-je: il m'a donné des idées!

CHAPITRE XIII

NOISULCNOC[1]

Ce qui fait une grande partie de sa force, au président, je ne le répéterai jamais assez, c'est sa pugnacité. Cette histoire Bonblanc que je lui ai narrée un soir, au débotté, tu crois qu'il l'a oubliée, malgré ses formidables obligations, préoccupations, tourments, malgré les lécheurs en essaims, les quémandeurs en troupeaux, les geigneurs en hordes ? Que non pas. Lui, malgré les Conseils de ministres, les visiteurs, les conférences, les subjonctifs plus-que-parfaits, sa pensée retombe toujours sur ses pattes. Aussi, quand les résultats de mon enquête ont fait les choux-raves des médias, m'a-t-il convoqué dans son vaste bureau. Pour éviter de foutre la merde, il l'a fait par le canal du Vieux.

Et nous sommes tous les trois réunis. Lui, dans un fauteuil, nous deux, Achille et moi, sur le canapé. Parfois, on entend un gémissement de chiot. Le président a le réflexe de se pencher, des fois qu'on se serait amené avec quelque yorkshire ou autre bestiole du

---

1. Ce titre de dernier chapitre est codé. Pour le déchiffrer, il n'est que de le lire dans une glace.

*MATHIAS, Directeur du Laboratoire de Police Technique.**
* Quel con, ce Mathias ; dans un miroir ça ne change rien ! C'est à l'envers qu'il faut le lire !

La Directrice Littéraire

genre. A un moment donné, comme il est appelé au bigophone, je chuchote à mon boss :

— Contrôlez-vous, monsieur le directeur. Je vous demande pardon, mais vous émettez des plaintes.

Il ne proteste pas.

— C'est l'émotion, San-Antonio. Il m'impressionne terriblement, cet homme ; si je vous disais que je me suis muni de Pampers, par précaution. Son regard me fait uriner !

Le président, au téléphone, il parle très feutré et très peu. Comme toujours il écoute. Au cours d'une communication, il prononce seulement des mots espacés. Pas de phrase, jamais, et cependant, il sait en confectionner de si belles, avec des verbes compassés, des compléments biseautés, des substantifs dorés à la feuille, des adverbes en cristal de roche, tout ça...

Il termine sa communication par le mot « oui », le plus délicat de la langue française, le plus beau et le plus dangereux aussi quand on exerce sa charge, et revient à nous.

— Poursuivez, cher commissaire, vous en étiez à ce sieur Torcheton, de Beauvais, franche fripouille, dirait-on.

— Pire que cela, monsieur le président ! Un être odieux, un combinard, un maître chanteur, qui, sans vergogne, s'est servi de sa petite-fille pour gagner de l'argent. D'ailleurs, la caractéristique de cette affaire, c'est que tous les protagonistes en sont des coquins. Habituellement, dans des affaires criminelles, comme dans la vie courante, on trouve des méchants et des gentils. Eh bien, là, il n'y a pas de gentils. Nous avons des spécimens d'humains gâtés, pourris : les bons gros, les grands maigres, les jeunes, les vieux, les femmes, les hommes, tous étaient bons pour l'enfer.

Il a un bout de rire à peine esquissé qui, hop! est déjà parti.

— Comme je vous l'ai déjà expliqué, reprends-je, Bonblanc a conclu un marché avec un service nippon pour faire supprimer tous les gêneurs de son entourage. Sa sœur, elle, avait décidé parallèlement de lui extorquer sa fortune tout en brisant son moral.

— De quelle façon?

— Il y a quelques années, au cours d'un voyage organisé qu'elle a fait au Maroc, le hasard a voulu qu'elle se casse le nez sur Aimée, son ancienne belle-sœur. Vous devinez sa stupeur en constatant qu'elle était vivante! Aimée, devenue Lowitz, n'a pu que lui avouer la vérité et l'a emmenée chez elle. Je suppose que la vie de Mlle Bonblanc n'a dû tenir qu'à un fil. J'ignore ce qui s'est passé entre les deux femmes et Lowitz, toujours est-il que les choses se sont terminées par une sorte de pacte soufreux, genre: mon silence contre votre aide. Cette sœur-servante, traitée avec mépris par son frère fortuné, tenait à se venger de lui. Réduire l'illustre Godissart et lui prendre sa fortune représentait un bel objectif.

« Lowitz, aux manigances internationales douteuses, savait le bonhomme intimidable puisque son beau-père le faisait chanter sans grande difficulté depuis des années pour un crime que Jean Bonblanc n'avait même pas commis. Avant tout, il fallait compromettre Bonblanc. Pour cela, l'appâter avec une jolie fille puisqu'il était sensible au beau sexe. On tenta et l'on réussit un coup extraordinaire: le faire séduire par celle qui aurait été officiellement sa fille si l'incendie du 18 juin 63 ne s'était pas produit! Tantine Bonblanc s'arrangea pour ménager une rencontre. Edmée séduisit sans peine l'ancien époux de sa mère. Peu à peu, elle révéla à son

vieil amant que sa profession d'hôtesse de l'air était une
façade destinée à masquer d'autres activités plus lucra-
tives. Le vieux requin mordit à l'hameçon. C'est ainsi
qu'il s'associa avec la bande de Bruxelles pour l'exploi-
tation des microprocesseurs... Il s'occupait, depuis des
lustres, d'affaires plus que douteuses avec ses
complices, à savoir son associé et sa secrétaire, gardant
apparemment les mains propres par un excès de précautions, exemple ce répondeur téléphonique clandestin, perdu en rase campagne.

« Le trafic avec les Japs prospéra. Il prospéra tellement que ses acolytes eurent les dents qui poussèrent.
C'est au moment où ils posèrent leurs réclamations que
le vieux décida de les "neutraliser". Comme il aspirait à
la tranquillité, il décida de faire une "charrette" des
gens qui gâtaient son existence, en y adjoignant sa sœur
et sa deuxième femme ; ainsi les pistes seraient-elles
complètement brouillées par l'abondance et la disparité
des victimes. »

— Diabolique! lance Achille. Vous êtes de cet avis,
monsieur le président?

L'interpellé ne répondant pas, captivé qu'il est par
mes révélations, le Vieux en conçoit de l'inquiétude. Il
se remet à gémir et à frétiller.

Je trempe mes lèvres dans le café refroidi que nous a
fait servir l'Illustre (il était chaud au départ, je rassure).

Mon président sait que je vais poursuivre et attend
sans impatience la suite de mon récit. Il me faut achever
d'éclairer son indicible lanterne. Aussi, reparté-je vail-
lamment :

— Vous pensez bien que pour obtenir des services
nippons la quadruple « exécution », Bonblanc devait y
mettre le prix. En l'occurrence, fournir du matériel en
paiement. Il prévint ses associés que Bruxelles avait

interrompu la fabrication pour l'instant et garda par-devers lui les dernières livraisons de microprocesseurs, lesquelles, je vous le répète, étaient destinées à rémunérer les tueurs. Mais ce sale bougre était un cupide, un torve. Il retarda de payer les microprocesseurs aux gens de Bruxelles jusqu'à l'assassinat de son associé, projetant ensuite de lui faire porter le chapeau.

— Infernal ! jette Achille. Diaboliquement infernal et satanique, ne trouvez-vous pas, monsieur le président ?

Comme précédemment, le Premier ne réagit pas. Alors, les os du dabe se glacent, son visage se creuse et ses yeux se mettent à ressembler à du verre Sécurit fendillé par un choc.

— C'est le moment que choisit la sœur pour démarrer son travail de sape. L'idée de la lettre déposée dans le coffre réputé inviolable est un chef-d'œuvre.

— C'est fort ! C'est très fort ! balbutie Achille. Vous en convenez, monsieur le...

Mais le président, d'un geste brusque de la main, le prie de ne pas l'emmerder à cet instant pilpatant. Du coup, le boss se tasse, prend dix ans, quinze, vingt, trente ! Il retient une nausée, une colique, une émission urinaire ..

— Le coup est lancé, dis-je. Le jour où Bonblanc annonce qu'il va passer à son coffre, sa sœur prévient Lowitz et, depuis le Maroc, ce dernier se charge de l'opération « téléphone ».

— Lorsque vous l'avez eu en ligne, vous faisant passer pour Bonblanc, il vous a annoncé la mort d'un vieillard.

— Oui, celle d'Aubier, le contremaître. Lowitz, au Maroc, n'a pu être prévenu du décès de Bonblanc à cause de perturbations téléphoniques. Il avait chargé un malfrat arabe d'écraser Aubier, mais le type en question a eu un empêchement et a différé sa mission de vingt-quatre heures.

— Ce qui a laissé à cet Aubier le temps de vous signaler l'existence de Torcheton. Quel superbe enchevêtrement de hasards. Ces horribles gens qui préparaient des assassinats et qui mouraient par ricochets de leurs complots! A propos, pourquoi la mort d'Aubier, commissaire?

Je souris triste.

— Selon les dires d'Edmée Lowitz, il était bien moins gentil que sa vieille mère ne l'imaginait; il détournait les bénéfices de la petite usine à son profit, son compte en banque d'ailleurs l'atteste. Bonblanc le savait mais n'osait faire un scandale parce que le bonhomme devait lui aussi connaître bien des choses déplaisantes à son endroit. Aubier s'inscrivait donc sur la liste de ses « indésirables ».

— Ne subsiste plus que le mystère Torcheton, fait plaisamment le président.

Il regarde sa montre.

— Et vous n'avez plus que trois minutes pour me l'expliquer car j'attends le ministre des Affaires étrangères espagnol.

Achille lève le doigt.

— Si j'osais, monsieur le président...

— Un instant, monsieur le directeur. Pas au moment où cela devient palpitant!

— C'est que...

Mais le chef suprême (de volaille, compte tenu de notre présence), ne l'écoute déjà plus.

— Alors, mon cher commissaire?

— Monsieur le président, savez-vous où cette canaille de Bonblanc avait caché les microprocesseurs destinés à payer les meurtres?

— A sa banque?

— Que non pas.

— Eh bien, dites-moi tout de suite la cachette, car dans deux minutes, l'huissier va m'annoncer mon visiteur ibérique.

— Il les avait confiés à Edmée.

— L'imbécile heureux!

— Laquelle les avait mis en lieu sûr... chez son grand-père, à Beauvais.

— Par exemple!

— Les gens de Bruxelles, qui n'étaient plus payés depuis un certain temps, ont demandé des comptes à Bonblanc. Ce dernier, pris de frayeur, les a adressés à Edmée, laquelle a été contrainte d'avouer que la marchandise se trouvait à Beauvais, chez l'aïeul. Un émissaire s'est alors rendu chez le bonhomme, travesti en hôtesse.

— Mais le vieillard coriace, pour assurer le salut de sa petite-fille, n'a pas voulu parler? termine mon génial vis-à-vis.

— Bravo!

A cet instant, le dirlo bondit du canapé.

— Monsieur le président! fait-il. Je suis confus, navré, mais vous produisez sur ma personne un effet si déterminant que... heu.,.

Il ferme les yeux.

— Y a-t-il des toilettes à l'Élysée, monsieur le président? implore-t-il en un raccourci épique.

Le bon monarque républicain retrouve son sourire enjoué et féroce qui a causé tant d'infarctus et qui encausera encore beaucoup au cours des trois septennats qui lui restent à accomplir.

— La chose n'est pas impossible, déclare-t-il. Moi, de par ma charge, je suis au-dessus de ce problème, n'est-ce pas, mais demandez à l'huissier, dans l'anti-chambre, peut-être pourra-t-il vous informer.

Chilou sort, marchant menu, sur les talons comme qui dirait.

Le président le suit du regard.

— Voyez-vous, mon cher San-Antonio, murmure-t-il, je vous confierais volontiers son poste, mais ce serait une folie vis-à-vis de l'État car, des chefs, on en trouve à la pelle, tandis que les garçons de votre trempe sont rarissimes.

— Merci, monsieur le président. M'est-il permis de vous faire un cadeau, pour vous exprimer ma grati-tude ?

— Hélas, San-Antonio, je ne puis...

Je sors une enveloppe capitonnée de ma poche.

— Prenez tout de même, monsieur le président, vous en ferez ce que bon vous semblera.

— Qu'est-ce ?

— Les microprocesseurs tant et tant recherchés par les uns et les autres. Je suis allé les récupérer cette nuit à Beauvais, chez une dame Amélie Lesbain à qui je les avais confiés sans le savoir. Je n'ai pas le temps de vous expliquer...

Effectivement, on frappe. L'huissier entre et clai-ronne :

— Son Excellence, monsieur le ministre des Affaires étrangères de la République espagnole.

— Vous, vous êtes mon ministre des Affaires étranges, conclut plaisamment le président.

Et il me donne l'accolade, tout comme si je venais de gagner la Coupe de France de foot-ball.

Et maintenant, il faut que j'aille « décevoir » Mme Mathias!

FIN

Achevé d'imprimer en août 1989
sur les presses de l'Imprimerie Bussière
à Saint-Amand (Cher)

— N° d'imp. 9262. —
Dépôt légal : septembre 1989.
Imprimé en France